KB059045

너는 나의

후회

3

A story of love and
dialogue between
a boy and a girl with
regrets.

[Author]

시메사바

[Illustration]

시구레 우이

presented by
Shimesaba × Ui shigure

아이가 곁눈으로
나를 보면서 말했다.

"들어오시죠,
손님?"

『문화제 · 바텐더』

『문화제 · 타코야키』

"음!"

카오루가 이쑤시개로
타코야키를 찍어
나에게 내밀었다.

오다지마 카오루.

VOCAL

카오루의 촉촉한
노랫소리에
아이의 키보드가
어우러졌다.

『밴드 스튜디오 연습』

KEYBOARD

미즈노 아이

A story of love and dialogue between a boy and a girl with regrets.

YOU ARE MY REGRET

너는 나의 후회
3

시메사바 지음 | **시구레 우이** 일러스트 | **박춘상** 옮김

안도 소스케

고등학교 1학년. 축구부.
교우관계가 넓은 인싸.
나고시 리사와
과거에 무슨 일이 있었다!

오다지마 카오루

고등학교 1학년. 독서부.
통명스럽게 보이지만 상냥하다!
아사다 유즈루를, 좋아한다!

아사다 유즈루

고등학교 1학년.

미즈노 아이를, 좋아한다.

지난번에 오다지마 카오루에게

고백을 받았다.

미즈노 아이

고등학교 1학년.

천진난만하고 귀여운 여자애.

아사다 유즈루를, 좋아한다.

나고시 리사

고등학교 2학년.

단골 땡땡이범, 자주 옥상에 있다.

축구부 전 매니저.

늘 커러칼을 갖고 있다.

이시가미 미스즈

고등학교 2학년.

경음악부 소속으로 드럼 담당.

소스케와는 중학교 시절부터

선후배 관계.

YOU ARE

A story of love and
dialogue between
a boy and a girl with
regrets.

MY REGRET...

그 사람의 소리가 세계의 전부였다.

그 소리가 세계를 울리면서, 점차 반짝이게 해주리라 믿어 의심치 않았다.

그 사람의 소리가 좋았다. 그 소리를 접하는 사이에 음악이 좋아졌다.

음악 위에서 사람은 자유롭다고 생각했다.

나는 소리로 꿈을 꿨다.

사람에게 날개는 없지만, 소리가 대신할 수 있다고 생각했다. 나에게는 자유로운 날개가 있어서 마음먹은 방향으로 날아갈 수 있다는 든든함조차 느껴졌다.

조금이라도 '그 소리'에 다가가고 싶어서 나는 매일같이 악기를 잡았다.

언젠가 나도…… 저 사람처럼 세계를 전율케 하고 싶다고 생각했다.

그 마음도…… 간절히 동경했던 '그 소리'조차도…… 전부 거짓이 됐다.

그날을 기점으로 아름다운 소리는 끊어졌고, 세계 그 자체가 사라진 것 같은 기분이 들었다.

마음에 뻥 뚫린 구멍에 무엇을 대신 흘려 넣어야 좋을지 몰라서.

나는 고통에 매달렸다.

반짝거리는 것이 싫었다. 그 시절의 내 모습이 떠오르니까.

질척질척한 것이 좋았다. 약속 없는 세계에 살고 있음을 실감할 수 있으니까.

모든 게 사라져 버린 세계에서, 죽을 이유도 딱히 없어 살고 있었다.

아무것도 느껴지지 않는다는 표정을 지으면서…… 두근두근, 심장이 살아 있음을 확인하듯 스스로에게 상처를 입히면서.

아침에 일어나 왼쪽 팔이 저릿하게 아파오면 조금 안심하고서…… 그저 시간을 때우기 위해 학교에 갔다.

지금도, 언제나 멀리서 소리가 들리는 것 같은 기분이 들었다.

그러나 그것은…… 귀를 감질나게 간질이기만 할 뿐 이제 나와는 관계가 없다는 걸 알고 있었다.

EP.01 [1장]

A story of love and
dialogue between
a boy and a girl with
regrets.

교실 안에서 필기도구가 종이 위를 쓱쓱 스치는 소리가 울렸다.

모두가 묵묵히 독특한 긴장감을 풍기면서 책상과 마주하고 있었다.

상대하고 있는 것은 '역사' 과목 정기 시험.

이른바 '기말시험'이라 불리는 이 과업이 끝나면 드디어 여름방학이 코앞이었다.

그중에서도 역사는 마지막 과목이니⋯⋯ 다시 말해서 이것이 여름방학 전에 치르는 마지막 시험이라고 할 수 있었다.

시험이 시작된 지 40여 분쯤 흘렀지만⋯⋯ 나는 문제를 다 풀고서 검토까지 다 마쳤다.

제한시간은 60분. 종료까지 아직 15분쯤 남았다.

한가해지긴 했지만 그렇다고 딱히 할 일도 없었다. 내가 그림에 소질이 있었다면 문제지에 낙서라도 하면서 시간을 때울 수 있었을지도 모르겠지만⋯⋯ 내가 그릴 줄 아는 것이라고는 기껏해야 선으로 된 몸통에 원만 달린 머리 정도였다. 그런 걸 그린들 시간을 잘 때웠다는 만족감보다는 허무함이 더 크겠지.

주변을 두리번거릴 수도 없고 ─컨닝을 한다는 의심을 살 수 있으니─ 결국에는 책상에 엎드리는 선택을 하기로 했다.

이렇게 하니 왠지 신기한 기분이 들었다.

나는 밤샘이 쥐약이라서 시계의 짧은 바늘이 꼭대기를 가리키기 전에 잠자리에 든다. 그래서 학교에 와서 졸린 적이 거의 없었다. 졸리지도 않으니 책상에 엎드린 적이 없었다.

즉, 이런 때가 아니라면 내가 이런 자세를 취하는 경우는 거의 없었다.

졸리지도 않은데 책상에 엎드려서 눈을 말똥말똥 뜨고 있으려니 이상해서 눈을 감았다.

시야가 어두워지고, 어둠 속에서 교실에 새어드는 빛의 잔상 같은 붉은 실루엣이 깜빡거렸다. 그 깜빡거림을 보고 있으니 —엄밀하게는 보고 있다고 할 수 없을지도 모르겠지만— 의식이 멍해지더니 졸리지도 않은데도 어느새 꾸벅꾸벅 선잠에 들었다.

"자, 그만!"

갑자기 큰소리가 귀에 확 들어와서 나는 몸을 벌떡 일으켰다.

교실 안이 이완된 분위기로 충만했다.

여기저기에서 "끝났다~!" 하는 함성과 시험 결과에 일희일비하는 목소리가 들려왔다. 흐릿한 눈으로 벽에 걸린 시계를 보니 종이 울리기 5분 전이었다.

"뒤에서부터 답안지를 거둬~."

선생님이 그렇게 말하자마자 누군가가 내 등을 툭 찔렀다.

돌아보니 카오루가 뾰로통한 표정으로 나를 보고 있었다. 그리고 답안지를 옆에서 살랑살랑 흔들어 대고 있었다.

나는 그것을 받아 그 위에 내 답안지를 포갠 뒤 앞자리에 앉은 동급생의 어깨를 두드렸다.

설마 이토록 짧은 시간에 잠들 줄은 몰랐다.

교실의 밝은 불빛에 익숙해지고자 눈을 약간 가늘게 뜬 채로 멍하니 있으니…… 또다시 누가 내 등을 찔렀다.

"잘 자더라."

돌아보니 책상 위에서 턱을 괴며 카오루가 말했다.

"아니…… 잘 생각은 없었는데."

"유즈는 벼락치기도 안 했지? 독서에 열중하느라 밤이 가는 줄도 몰랐나?"

"시험 전날 밤에 그런 짓은 안 해. 그냥 한가해서 엎드렸는데 어느새 잠이 들었어."

내가 콧등을 북북 긁적이며 말하자 카오루가 흥, 하고 코웃음을 쳤다.

"15분이나 남겨두고 자길래 많이 졸리나 싶었어."

"아니, 검토도 다 마쳐서 할 일이 없었을 뿐이야."

"……검토까지 하고 그 시간에 끝냈다고? 왠지 짜증 나."

카오루가 입술을 삐죽 내밀고서 나직이 덧붙였다.

"난 제한 시간까지 아슬아슬하게 풀었는데."

평소에 공부를 착실히 해왔으니까, 하고 말하려다가 그만뒀다.

그걸 다 알면서도 그녀는 토라진 모습을 보여준 것이다. 내가 무슨 말을 하든 그녀는 '짜증 나'라는 말로만 대꾸하겠지.

시험이란 결국 공부량이 결과를 좌우한다. 내가 나름대로 공부한 걸 알고 있기에 카오루도 그 자체를 시기하지는 않는다.

이런 가벼운 말에 진지하게 답변하는 건 촌스러운 짓이겠지.

교단에 선 선생님이 답안지가 모두 걷혔는지 확인하자마자 종이 울렸다.

당번의 호령에 맞춰서 모두가 인사를 하고서…… 시험이 끝났다.

아까 전보다 더 알기 쉽도록 교실 안 분위기가 다시금 이완됐다.

다들 시험에서 해방된 기분으로 친구와 담소를 나누기도 하고, 으으으— 하고 기지개를 켜는 모습을 보는 것이 왠지 즐거웠다. 나도 나름 긴장감을 갖고서 시험에 임하기에 그들과 마찬가지로 몸에서 힘이 빠져나가는 것이 느껴졌다.

교실을 까닭 없이 둘러보고 있으니 교탁 앞자리에 앉아 있는 소스케가 이쪽으로 몸을 돌렸다. 눈을 딱 마주쳤다.

그가 대담하게 씨익 웃더니 의자에서 일어서 이쪽으로 걸어왔다.

"시험 끝났네."

"그러게. 고생했어."

"아~ 진짜. 드디어 부활동을 할 수 있겠다."

소스케가 어깨를 빙글빙글 돌리며 말했다.

그래…… 시험 일주일 전부터 운동부는 부활동에 나오지 말고 그 시간에 시험공부에 매진하라는 지시를 받았다고 한다. 게다가 고문이 낙제점을 받은 학생은 부활동에 일주일 더 참가할 수 없다고 방침을 세웠다나?

소스케도 이러쿵저러쿵 투덜거리면서도 공부를 진지하게 한 것처럼 보였다. 온몸에서 드디어 부활동을 재개할 수 있다는 기쁨이 배어 나왔다.

"게다가 이제 곧 여름방학이잖냐?"

소스케가 들뜬 표정으로 말했다.

말뜻은 알겠지만…… 방학 기분에 젖기에는 아직 조금 이르다.

"방학 생각하기 전에 무슨 행사를 할지부터 정해야지."

이렇게 찬물을 끼얹으면 소스케가 '그렇긴 한데' 하고 깨나른한 표정을 지을 줄 알았다. 그런데 실제 반응은 정반대였다.

그가 연기하듯 손가락을 딱! 튕긴 뒤 반짝이는 눈으로 나를 쳐다봤다.

"그래! 그게 있었지!"

"어…… 뭐가?"

그가 책상을 뛰어넘을 기세로 말하자 나는 당황했다.

"10월에 문화제가 있지? 그래서 반에서 뭘 할지 정하는 거잖아."

"응, 그렇지."

"하지만 문화제는 그뿐만이 아냐!"

"뭐, 뭐가 더 있는데……?"

소스케가 여전히 눈빛을 반짝이고 있었다. 그러나 나는 짐작 가는 바가 없었다. 반 행사 말고 또 뭐가 있지? 하고 생각하고 있으니.

"후야제 말이야. 후야제!"

소스케가 큰 소리로 말하고는 주인이 자리를 비운 내 앞 자리에 기회라는 듯 멋대로 앉았다.

"후야제 때는 말이야. 상급생의 미스 콘테스트나 고백 대회 등 매년 열리는 중요 이벤트도 있긴 하지만…… 원하는 사람들끼리 팀을 짜서 공연을 해도 된대."

"그, 그렇구나……?"

소스케는 축제의 떠들썩한 열기를 좋아하리라 쉬이 상상이 되긴 했지만, 그럼에도 너무 신이 난 듯했다.

그리고 그가 다음에 내뱉은 말을 듣고서 내 생각이 정지했다.

"그러니까 우리끼리 밴드를 하지 않을래?"

밴드를 하지 않을래? 우리끼리.

어째선지 머릿속에서 그의 말이 도치법으로 변환됐다.

그리고…… 그 말의 의미를 곰곰이 곱씹은 뒤에.

"뭐…… 나도 하자는 거야?"

가장 커다란 의문을 입에 담았다.

그럴 리가 있겠어? 라는 생각으로 물어봤는데 소스케가 당연하다는 듯 수긍했다.

"당연하지. 우리끼리, 라고 했잖아."

"아니, 아니, 아니, 난 악기 같은 거 다룰 줄 모르고……."

"여름방학 동안에 연습하면 되지. 그리고…… 가능하다면 미즈노 씨도 함께했으면 좋겠는데 어때?"

"잠깐, 잠깐…… 아직 하겠다고 말 안 했어."

"내가 뭘?"

"으아!"

소스케와 대화를 나누면서 당황한 바람에 복도와 창문을 잇는 창문에서 당사자인 아이 본인이 얼굴을 내밀고 있었음을 미처 알아채지 못했다.

나는 화들짝 놀랐으나 소스케는 마침 잘 왔다는 듯 '오' 하고 호응했다.

"미즈노 씨, 시험 고생했어!"

"응, 고생했어~. 드디어 끝났네."

아이가 싱글벙글 웃으면서 소스케와 나를 번갈아 쳐다봤다.

그러고는 '그래서?'라는 의도를 담으며 고개를 갸우뚱 기울였다. 소스케는 그 의도를 헤아리고서 다시 입을 열었다.

"우리 학교 문화제 말이야. 2일차 행사가 끝난 뒤에 후야제가 열리거든."

소스케가 최근에 전학을 왔던 아이를 배려하듯 전제부터 설명하기 시작했다. 의외로 세심한 구석이 있네, 라는 생각이 들었다.

"그래서 나랑 유즈루랑 다른 멤버들도 모아서 밴드를 하는 게 어떨까 싶어서."

"아니, 그러니까 난-."

"밴드?! 재밌겠다?!"

아이가 예상보다 덥석 반응한 바람에 내가 웅얼대던 불평이 묻혀버렸다.

"오, 흥미 있어? 괜찮으면 미즈노 씨도 어때? 유즈루도 있고."

"난 아직 하겠다고 안 했대도."

"나, 키보드 칠 줄 아는데에."

"어?"

"진짜?! 그럼 하자!!"

생전 처음 듣는 정보가 튀어나와서 나는 놀랐다.

아이와는 중학생 시절부터 알고 지내온 사이인데 -도중에 공백기가 있긴 했지만- 그런 이야기는 전혀 들어본 적이 없었다.

소스케가 기뻐하며 권하자 아이가 선선히 수락했다.

"응. 재밌을 것 같으니 하고 싶어!"

"야호! 그럼 기타는 내가 하기로 하고…… 이제는 베이스랑 드럼, 그리고 보컬이 남았나."

소스케가 즐거운 표정으로 손가락을 꼽으며 밴드를 어떻게 편성할지 궁리하고 있었다.

　남아 있는 파트를 들어보니 솔직히 내가 할 수 있을 것 같지가 않았다. 보컬은 악기를 다루지 않아도 되지만, 나는 노래를 잘하는 편이 아니라서 논외였다.

　아이가 소스케의 모습을 보다가 나를 힐끗 쳐다보고는 다시금 내 뒤쪽으로 시선을 옮겼다.

　"카오루 짱도 해?"

　"어?"

　아이가 느닷없이 이름을 거론하자 카오루가 얼빠진 목소리를 냈다.

　돌아보니 그녀는 스마트폰을 조작하고 있었다. 귀를 완전히 닫고 있었든지, 아니면 자신과는 관계가 없다며 흘려듣고 있었든지 둘 중 하나겠지.

　"뭐? 밴드?"

　카오루가 동요하며 말했다. 일단 듣기는 한 모양이었다.

　소스케가 아이를 힐끗 보고서 그녀의 눈빛이 반짝이고 있음을 확인했다. 그러고는 싱긋 웃었다.

　"그래, 후야제 밴드! 너도 할래? 미즈노 씨에다가 오다지마까지 같이면 무조건 신날 거야. 먹힌다니까?"

　소스케가 말하자 카오루가 노골적으로 인상을 찡그리며 고개를 가로저었다.

　"싫어. 내가 같이 해봤자 신이 날 리가 없잖아……. 그보다 악기 다룰 줄도 모르고."

"아니, 다들 꼭 보고 싶어 할 거라니까! 악기를 못 다루면 보컬을 하면 되잖아. 너, 음악 수업 때 늘 칭찬받으니까."

소스케가 말하자 나는 무심코 '아—' 하고 감탄을 흘렸다. 카오루가 시선을 내 쪽으로 돌렸다. 째려보고 있었다.

소스케의 말대로 카오루는 음악 수업 중에 가창 테스트를 위해 한 명씩 노래를 시켰을 때 평상시 무기력한 인상과는 정반대로 다른 학생들보다 꽤 진지하게 불렀다. 그리고 선생님이 발성과 비브라토를 칭찬했던 기억이 깊게 남아 있었다. 이러니저러니 해도 노래를 좋아하는 것 같다고 멋대로 짐작했다.

"아니, 그거랑 이건 전혀 다르다고 해야 할까……."

카오루가 뺨을 살짝 붉히며 말끝을 흐렸으나 소스케는 놔줄 생각이 전혀 없는 눈치였다.

"모처럼 찾아온 기회니까 하자! 여름방학도 있으니 연습 시간은 충분할 거야."

소스케가 강하게 권하자 카오루가 우물쭈물하며 눈을 이리저리 굴렸다. 그러고는 내 쪽을 힐끗힐끗 쳐다봤다.

내가 뭐지? 하고 생각하니.

"유즈도 한다면…… 할게."

카오루가 그렇게 말했다.

"엇."

나는 얼빠진 소리를 내뱉고 말았다.

카오루를 보니 그녀가 입을 꾹 다문 채 나에게서 눈길을 돌렸다. 나, 나한테 떠넘기고서 도망치다니…….

"결정됐네!"

소스케가 손뼉을 팡! 치면서 말했다.

아니, 나는 아직 하겠다고 승낙하지 않았는데……?

그렇게 말하고 싶었지만, 도저히 말을 꺼낼 수 없는 상황으로 굳어갔다. 나도 분위기에 휩쓸리기 시작했다.

"그럼 남은 파트는 베이스랑 드럼인데……. 뭐, 초보자라면 드럼이 나으려나? 드럼이 간단한 곡을 고르면 되고."

"아니, 아니, 아무리 간단하다고 해도……!"

"괜찮아, 괜찮아. 한 달이나 연습하면 어떻게든 돼."

귓등으로도 듣지 않는다는 게 바로 이런 걸 두고 말하는 건가?

내가 드럼을 두드리는 광경을 상상해 봤지만, 소리부터 제대로 날 것 같지 않았다. 애당초 크고 작은 북―그렇게 표현하는 게 맞나?―들 중에서 뭘 때려야 어떤 소리가 나는지조차 몰랐다.

무리라고 생각하면서도 나는 왠지 내색하지 못하고 당황만 했다.

시선을 이리저리 돌려보니 창틀에 기댄 아이와 눈을 마주쳤다.

아이가 입꼬리를 위로 씨익 올리며 귀엽게 웃었다.

"드럼, 좋네! 유즈루가 치면 어떤 소리가 날까."

"……아니, 저기……."

너무나도 아름다운 얼굴에 나는 할 말을 잃고 말았다. 그리고 아이가 기대한다는 걸 알자마자 '잠깐 해봐도 괜찮을지도……' 라는 생각이 들고 말았다. 스스로도 너무 단순해서 어이가 없었다.

내가 무슨 생각을 하든 말든 아랑곳 않고, 아이가 소스케 쪽으로 시선을 돌렸다.

"으음, 그럼 베이스가 남았네? 누가 칠 수 있는 사람이 있을까?"

아이가 묻자 지금껏 발랄하게 이야기를 진행시켰던 소스케의 얼굴이 긴장한 듯 조금 굳었다.

그러나 이내 표정을 확 밝히고는 평소처럼 활기차게 대답했다.

"부탁할 만한 사람이 있긴 해! 한번 부탁해 봐야 알 수 있겠는데…… 내가 물어볼게!"

"……그래? 알겠어. 그럼 부탁할게."

"오, 맡겨둬!"

아이도 소스케의 변화를 눈치챈 듯했지만, 애써 명랑하게 구는 그의 표정을 몇 초쯤 쳐다보다가 결국 아무것도 묻지 않고 수긍했다.

소스케가 또다시 손뼉을 팡! 치고서 내 어깨를 툭툭 두드렸다.

"그럼 정해졌네! 일단 지인 중에 드럼을 무지 잘 치는 사람이 있으니까 유즈루 좀 가르쳐 줄 수 없는지 내가 부탁해 볼게!"

"아, 응…… 알겠어. 그…… 배우면 잘 칠 수 있게 되려나?"

이미 '하지 않겠다'라고 말할 수 없는 상황에서 이런 물음을 던져 본들 아무 소용도 없음을 잘 알지만, 무심코 저자세로 물어보고 말았다.

소스케가 시원스레 웃고서 고개를 끄덕였다.

"시도만 할 수 있다면 사람이 못할 건 없어!"

그 대답이 묘하게 힘차게 들렸지만, 내용물은 텅 비어 있었다. 근성! 을 중시하는 느낌이라서 나는 쓴웃음밖에 나오질 않았다.

"그럼 잘 부탁해! 멤버를 결정한 뒤에 무슨 곡을 할지 정하자고."

소스케가 그 말만을 활기차게 하고서 가벼운 발걸음으로 자기 자리로 돌아갔다.

나는 그의 등을 멍하니 쳐다봤다.

솔직히 '다짜고짜'라는 말이 가장 먼저 떠올랐다.

그러나 몇 분 만에 의논을 깔끔하게 매듭지은 것 자체는 감탄스러웠다. 다짜고짜 같다는 느낌이 들면서도 그렇게까지 불쾌하지 않은 이유는 분명 소스케의 산뜻한 성격 때문이겠지.

밴드…… 밴드라…….

마음속으로 그 단어를 되뇌었다.

지금껏 음악과 친했던 적이 없던 내가 고등학생이 되어 느닷없이 밴드를 하게 될 줄은 상상하지 못했다.

그리고 여름방학 때 밴드 연습……을 한다고 생각하니 왠지 반짝거리는 이미지가 떠올랐다. 엄청 싸구려 감상평이지만 '조금 청춘답다' 같은 생각도 들었다.

지금껏 독서 말고는 흥미가 없었던 내가 그런 이벤트에 참가한다고 생각하니 기분이 조금 신기했다.

누가 내 어깨를 툭툭 두드렸다. 아이였다.

그녀가 내 얼굴을 물끄러미 쳐다본 뒤 꽃이 피어난 듯 웃었다.

"기대된다. 연습, 열심히 하자!"

"그, 그러게. 폐 끼치지 않으려면 열심히 해야겠어."

내가 말하자 아이가 어깨를 들썩이며 키득키득 웃었다.

"그렇게 긴장할 거 없어. 재밌게 하면 되잖아."

아이가 그렇게 말하자마자 수업을 알리는 예령이 울렸다.

시험은 끝났지만 홈룸 시간은 아직 남아 있었다.

아이가 헉하고 우리 반에 걸친 벽시계를 보고서 창틀에서 몸을 뗐다.

"얼른 돌아가야겠어! 그럼 또 봐!"

아이는 나와 카오루에게 손을 흔든 뒤 복도를 타다닷 달려갔다. 아이가 '복도에서 뛰지 말라고 선생님한테 주의를 받았어'라는 소리를 여러 번 했는데, 고칠 생각은 전혀 없는 듯했다.

그녀의 뒷모습이 시야에서 사라질 때까지 멍하니 쳐다보고 있으니 불현듯 누가 내 등을 툭툭 건드렸다. 평소보다 손놀림이 조심스러웠다.

"응?"

내가 돌아보자 카오루가 왠지 침울한 기색으로 나를 쳐다봤다.

그러고는 미안해하는 듯 기어드는 목소리로 말했다.

"미안…… 어쩌다 보니 휘말리게 한 것 같아서."

카오루가 소심하게 등을 동그랗게 말고 있었다.

그렇게 미안해할 거였다면 애당초 거절하지 그랬어, 하는 생각도 들긴 했지만…… 그녀의 마음도 약간이나마 헤아릴 수가 있었다.

이러니저러니 해도 그 제안이 싫지만은 않았던 거겠지. 나와 마찬가지로 '할 수 있다면 해보고 싶다' 같은 마음은 있었겠지.

그러나 대놓고 '할래!' 하고 나서는 건 창피하니…… 지인도 함께 끌어들이면 조금은 홀가분하게 참가할 수 있겠지.

애당초 카오루가 그런 표정을 지을 필요가 없다고 생각했다.

"괜찮아. 어차피 소스케는 내가 거절하지 못하도록 어떻게든 구슬렸을 거야."

내가 대답하자 카오루가 뭐라 형언할 수 없는 표정으로 우물쭈물거렸다.

"뭐…… 그야 그렇긴 하지만."

내가 이 화제를 계속 질질 끌면 카오루가 언제까지고 미안해할 것 같았다.

"드럼이라…… 할 수 있을까?"

이미 결심했다는 듯 드럼 이야기로 돌렸다.

카오루가 조금 안도한 표정으로 '음–' 하고 코로 숨을 내뱉는 것 같은 소리를 냈다.

"잘 모르겠지만……."

카오루가 한동안 생각하다가 입가가 조금 풀어졌다.

"그래도 좀 보고 싶네. 유즈가 드럼 치는 모습."

그녀가 그렇게 말하고서 수줍어하며 시선을 돌렸다.

왠지 낯간지러운 기분이 들었다.

"……나도, 카오루가 노래 부르는 모습, 기대 돼."

내가 멋쩍게 말하자 카오루가 눈을 동그랗게 뜨고서 쳐다봤다.

"음악 시간 때 말고는 들어본 적이 없으니까."

이번에는 명백히 골려대는 투로 말하자 카오루가 얼굴을 순식간에 붉히고서 내 어깨를 팍 때렸다.

"징그러워!"

더불어서 내 의자까지 걷어찼다. 무지하게 창피한가 보다.

……카오루가 바다에서 고백한 뒤로.

이렇게 평소처럼 대화를 주고받는 상황에서도 뭔가 낯간지러움을 느끼게 됐다.

지금도 나는 아이를 좋아한다고 생각한다. 그래도 이렇게 스스럼없이 대화를 나누다가 카오루가 부끄러워하는 모습을 볼 때마다 그 속마음에서 나를 향한 호감이 보일 듯 말 듯 해서 멋쩍은 기분을 멈출 수가 없었다.

그리고 일단 연애 감정을 빼고 보더라도 카오루의 저런 귀여운 모습을 나는 아주 좋아한다.

그렇구나…… 밴드를 하는구나.

카오루와 대화를 나누다가 새삼스레 실감했다.

줄곧 좋아했던 여자애와 아주 소중한 부원과 그리고 최근에 새로 생긴 싹싹한 친구와 함께 밴드를 한다. 베이스 담당이 누가 될지는 모르겠지만, 왠지 그 사람과도 잘 해낼 수 있지 않을까, 라는 낙관적인 기분마저 들었다.

어쨌든.

처음에는 마지못해 받아들였건만 지금은…… 밴드가 결성돼서 정말 기뻤다.

A story of love and
dialogue between
a boy and a girl with
regrets.

"시험에서 해방된 날의 하굣길은 왠지 발걸음이 가벼워."

기말시험 마지막 날을 끝마치고 나는 아이와 나란히 귀가하고 있었다.

실은 부실에 가서 독서를 하려고 생각했지만…… 어제까지 시험을 대비하는 데 정신을 많이 쏟아서였는지 책가방에 문고본을 넣어두는 걸 깜빡하고 말았다.

카오루도 어머니와 함께 외식하러 간다며 신나서 하교했기에 나도 얌전히 귀가하기로 했다.

그리고 아이는 어제 밤을 새면서 시험을 대비했는지 희한하게 집으로 곧장 돌아가려다가 나와 맞닥뜨렸다.

"시험 어땠어?"

아이가 흐느적흐느적 걸으면서 물었다.

어떻게 대답할지…… 망설였다.

솔직히 내 머릿속에서 시험이란 평상시 얼마나 학습했는지 그 성과를 확인하는 과정에 불과했다. 그래서 시험공부에 각별히 공을 들이지는 않았다.

성적만 떨어지지 않는다면 굳이 잔소리는 하지 않는 가정에서 자라난 덕분인지 예습과 복습은 일상 루틴 안에 포함되어 있었다. 엄마는 공부만 해둔다면 내가 다른 무엇을 하든 불평을 토로한 적이 없었다. 오히려 요즘에는 '공부만 하지 말고 더 청춘답게 보내라!' 하고 잔소리를 늘어놓는 실정이었다.

즉…… 수업이 사라지고 시험 기간에 돌입한다……는 느낌밖에 들지 않았다.

그러나 오늘 시험을 위해서 그야말로 밤까지 샌 상대에게 그렇게 말해 본들 귀에 거슬릴 뿐임을 알고 있었다.

"응. 뭐…… 대체로 다 푼 것 같아."

그러나 거짓말을 하는 것도 싫기에 나는 무난하게 대답했다.

"엥~!"

아이가 목소리를 높였다.

"난 대부분의 과목이 반 정도밖에 자신이 없어."

아이가 쓴웃음을 지으며 말했다.

석양이 그녀의 얼굴을 비추자 눈 밑에 드리워진 다크서클이 내 눈에도 또렷이 보였다.

"밤샘 벼락치기는 의외로 익숙해지질 않지."

내가 말하자 아이는 내 시선이 그녀의 눈 밑에 갔음을 알아챘는지 두 손으로 눈 밑을 가렸다.

"어머, 보지 마!"

"평소에도 조금씩 해두면 좋을 텐데."

"시험 직전에 해도 낙제점은 안 받는걸……."

"하지만 다크서클이 생길 텐데."

"보지 말래도~."

아이가 귀엽게 뺨을 푸우, 부풀리고는 체념한 듯 얼굴에서 손을 치웠다.

"유즈루는 재주도 좋네. 책도 잔뜩 읽는데 공부도 착실히 하니 말이야."

아이가 왠지 토라진 듯 말했다. 공부가 화제에 오르면 어째서 내 주변에 있는 여자들은 다들 이런 표정을 지을까?

"아이보다 한가한 것뿐이야. 달리 할 게 없어서 공부하는 거지."

"엥~ 아니야! 내가 독서에 푹 빠졌다면 분명 공부는 안 하고 책만 계속 읽을 거야."

"하하, 확실히…… 상상이 되긴 하네."

아이가 내 말을 적절히 부정한 것처럼 웃었지만, 내 입장에서는 마찬가지였다.

나는 분명 생활 속에 독서라는 일과를 집어넣었을 뿐…… 푹 빠졌다는 느낌은 아닌 듯했다. 책을 열중해서 읽는다기보다…… 독서라는 행위 자체를 좋아하는 느낌이었다. 그래서 공부를 옆으로 제쳐두면서까지 책을 읽지는 않았다.

아이가 말했듯 그녀가 독서를 '즐겁게' 느꼈다면 모든 것을 내팽개치면서까지 독서에 몰두하리라 생각했다.

나는 시험 점수를 잘 받는 것보다 그런 식으로 무언가에 몰두할 수 있다는 게 더 부러웠다.

아이의 '공부가 젬병'인 일면을 보고도 나는 부정적인 감정이라곤 들지 않았다. 낙제점만 받지 않는다면 아무렇든 상관없다고 생각했다.

그녀는 이러니저러니 해도 필요해지면 하는 성격인 것 같으니 '그러다가 언젠가 찾아올 대학 입시는 괜찮을까?'라는 걱정도 솟지 않았다.

더욱이…… 평소에 발랄한 아이의 눈 밑에 다크서클이 진 모습이 왠지 귀여워서 그런 부분까지도 좋다고 느껴졌다. 이것도 콩깍지인가?

그런 생각을 하고 있으니 아이가 '뭐, 시험은 이제 됐어~' 하고 태평하게 말했다.

"드디어 여름방학이야. 이사를 오고서 시간을 우당탕 보내다 보니 순식간에 찾아왔네."

아이가 진심을 담아 말을 이어나갔다.

그래. 아이와는 여러 일들이 있긴 했지만…… 중학교 때부터 생각해 왔기에 그렇게 느꼈을 뿐 고등학교에서 재회한 지 아직 몇 개월밖에 지나지 않았다.

아이가 온 뒤로 학교생활이 정말로 순식간에 흘러가 버렸다. 더군다나 그녀는 이사를 오고 나서 생활환경이 확 바뀌어 버린지라 더더욱 그렇게 느꼈을지도 모르겠다.

"밴드도 엄청 기대 돼. 나, 전학이 잦아서 그런 걸 해본 적이 없거든!"

아이가 그렇게 말하며 생긋 웃었다.

"그러고 보니."

나는 그런 그녀를 보다가 문득 교실에서 소스케와 대화를 나눴을 때 느꼈던 의문이 떠올랐다.

"키보드를 칠 수 있는 줄은 몰랐어."

내가 말하자 아이가 눈을 여러 번 껌뻑거렸다.

그러고는…… 그 표정이 살짝 어색하게 굳었다.

……뭐지? 내가 의아해하자마자 아이가 입을 열었다.

"음~ 피아노를 배웠거든. 클래식이었으니 밴드 키보드랑 전혀 다를지도 모르겠지만, 악보가 있으면 아마 칠 수 있을 거야."

"피아노를 배웠다고?! 그것도 처음 들었어."

"아하하, 내가 깜빡 말을 안 했나 봐."

아이가 키득키득 웃었지만, 역시나 왠지 그 표정도 딱딱하게 느껴졌다. 무언가를 얼버무리는 것 같은…….

위화감을 씻어내지 못하고 무심코 질문을 거듭하고 말았다.

"배웠다는 말은 그만뒀다는 뜻이야?"

내가 묻자 아이가 언짢아하지는 않았지만, 어떻게 말할지 고민하듯 시선을 잠시 헤맸다.

"응. 어린이집에 다닐 때부터 배웠는데…… 중학교 3학년 때 그만뒀어."

"어렸을 적부터 했구나. 그만둔 이유는 바빠져서?"

"응, 그런 느낌……!"

아이가 왠지 부자연스럽게 씨익 웃고서 수긍했다.

……더는 추궁하지 말자. 왠지 그런 생각이 들었다.

아이가 말을 얼버무린 적이 거의 없어서 마음이 술렁였다. 그리고 그것이 '부적절하게' 흥미를 불러일으켜 질문을 거듭하게 했다.

누구에게나…… 하고 싶지 않은 이야기쯤은 있겠지.

"왠지 미안해. 캐묻듯이 물어봐서."

내가 말하자 아이가 눈을 동그랗게 뜨고서 고개를 붕붕 저었다.

"아냐, 아냐! 난 유즈루가 뭐든지 물어봐 줬으면 좋겠어!"

아이가 황급히 시선을 이리저리 돌렸다. 그러고는 자신의 어깨를 내 어깨에 스윽 댔다.

"내가 좋아하는 곡은 말이야. 「물의 반영」이야. 연습하다가 지치면 늘 연주하곤 했어."

아이가 속삭이듯 말했다. 아까 전 느껴졌던 어색함은 어디론가 사라졌다.

그녀는 열심히 피아노 이야기를 해줬다.

"처음에는 평온하면서도 아름다워. 고요한 수평선처럼 말이야. 근데 중간부터 조금씩 격해지고 파도가 이는 것처럼 거칠어져. 그 파도가 지나가면…… 또다시 조용히 흐르는 물과 수면에 반사되는 빛을 느낄 수 있어서……. 응, 굉장히…… 좋아해."

아이의 말을 들으면서 그 풍경이 머릿속에서 떠올랐다. 풍랑이 일면 격해지고 그렇지 않으면 고요해지는 바다의 여러 모습들을 상상하다가 아이의 모습이 그 풍경에 겹쳐졌다. 들어본 적이 없는 음악을 생각하고 있는데도 어째선지 그녀가 그런 곡을 치고 있는 모습이 또렷하게 상상됐다.

"물이나 바다가 테마인 곡을 좋아할지도. 그 밖에도 「비둘기들의 수반(水盤)」이나 「해원의 작은 배」나…… 앗."

아이가 도중에 나를 쳐다봤다.

서로 어깨를 딱 붙인 채로 대화를 나누고 있었기에 그녀 쪽으로 시선을 돌리니 생각보다 훨씬 가까이서 눈을 마주치고 말았다. 가슴이 철렁했다.

"바다!!"

아이가 반짝이는 눈빛으로 말했다.

"바다?"

내가 앵무새처럼 다시 말하자 아이가 고개를 응응 끄덕였다.

"여름방학에 같이 바다에 가고 싶어!"

아이가 느닷없이 제안하자 나는 '엇' 하고 난감해했다.

"바, 바다……?"

"그래! 바다! 카오루 짱이랑 안도 군도 함께 말이야. 분명 재밌을 거야!"

아이가 천진난만하게 말하고서 웃었다.

"바다…… 바다라……."

그러고 보니 친구와 바다에 놀러 간 적은 없구나.

'친구와'라는 말이 가장 앞에 붙은 이유는 매년 가족과 바다에 가기 때문이었다.

아빠는 바쁘기도 하고 단신 부임을 반복하고 있어서 집에는 좀처럼 돌아오지 않는다. 그래서 엄마의 고집으로 여름에만은 가족끼리 반드시 바다에 놀러 간다. 듣자 하니 엄마와 아빠가 교제하기 시작한 곳이 여름 바다였다고 한다. 그래서 엄마가 '초심을 잃지 않도록 하기 위해'라는 말을 입이 닳도록 한다.

그러나 우리 가족들 중에 운동을 좋아하는 사람이 없는지라 해변에 파라솔을 몇 개 세운 뒤 그 아래에서 잡담이나 나누는 게 대부분이다. 엄마가 파도치는 바닷물에 발을 첨벙첨벙 담그면서 놀기 시작하면 아빠는 함께 하거나, 옆에서 맥주를 마시면서 그 모습을 바라보곤 한다. 그건 그것대로 왠지 재밌긴 하지만…… 친구와 바다에 가서 시끌벅적하게 노는 것과는 조금 다른 듯했다.

그리고…… 요전에 카오루와 함께 바다에 갔던 것을 '친구와 놀았던 것'으로 해석해서는 절대로 안 된다.

그렇게 생각하면 친구와 바다에 놀러 간 적이 한 번도 없다고 할 수 있지 않나?

"어라…… 별로 안 내키나……?"

내가 이런저런 생각을 하면서 입을 다물자 아이가 내 얼굴을 들여다봤다.

"아냐! 그렇지는 않은데……! 그냥 친구랑 바다에 놀러 가는 건 처음이구나 싶어서."

"응?"

내가 당황하여 대답하자 아이가 생각하듯 시선을 다른 데로 돌리고는 헉, 하고 숨을 삼켰다.

"그러고 보니 나도 그런 것 같아!"

아이가 기뻐하며 말했다.

"그래…… 그렇구나."

나는 조금 숙연해져서 고개를 끄덕였다.

그녀는 옛날부터 줄곧 자유롭게 행동해 왔다. 그래서 친구가 별로 없었다는 사실을 나는 알고 있었다.

아이가 내 생각을 헤아렸는지 '음후후' 하고 웃더니 다시 내 어깨에 몸을 붙였다.

"맞아. 그래서 가고 싶은데~?"

그녀가 응석을 부리는 표정으로 쳐다봤다.

"응, 가자. 꼭."

내가 수긍하자 아이가 '야호~!' 하고 두 손을 올리며 기뻐했다.

"둘 다 처음이네!"

아이가 너무나도 천진난만하게 그런 말을 했다.

나는 어떤 표정을 지어야 할지 모른 채 '그러게……' 하고 조금 작은 목소리로 대답했다.

키득키득 웃으며 톡톡 튀듯 걸어 나가는 아이를 바라보면서, 나는 친구들과 바다에 놀러 가는 이벤트를 생각했다.

즐겁겠네, 라는 감상과 동시에.

……조금 난감한 모임 아닌가? 라는 불안감도 생겨났다.

아이는 단순히 '친구와 바다에 놀러 간다!'로 인식하는 모양이지만, 나에게는 조금 복잡했다.

적어도 아이와 카오루를 그냥 '친구'라고 표현하기가 너무나도 어려웠다.

한쪽은 내가 사랑하는 사람, 다른 한쪽은 나를 좋아한다는 사람.

더욱이 소스케는 아이를 좋아한다고 했다.

그런 것들을 모조리 다 잊고서 즐겁게 놀고 싶다는 기분도 들긴 하지만, 그렇게 간단할 것 같지 않았다.

두근거리면서도 왠지 마음이 무거워지는 것 같기도 했다.

"수영복 사야겠어!"

내가 고민하는 걸 아는지 모르는지 아이는 바다에 관한 즐거운 상상들을 하는 듯했다.

그런 그녀를 보고 있으니 신기하게도 아무러면 어때, 같은 생각이 들어 여러 가지를 내려놓았다.

많은 고민들은 일단 옆으로 제쳐두고. 여름방학이 기대되는 이유가 하나 늘었구나, 라고 생각했다.

A story of love and
dialogue between
a boy and a girl with
regrets.

"우와~ 나, 바다는 오랜만이야!"

흔들리는 전철 안에서 소스케가 신나게 말했다. 여름방학에 돌입하고 그 첫 번째 주말에 우리는 바다에 놀러 가게 됐다.

아이가 바다에 가자고 제안했더니, 소스케가 바로 승낙하고서 여러 준비들을 착착 진행했다. 그의 행동력은 흉내 낼 수 없을 것 같았다.

"미즈노 씨랑 오다지마는 현지에서 합류한댔지? 같이 가면 좋을 텐데."

소스케가 문 옆에 기대면서 그렇게 투덜거렸다. 함께 가는 편이 즐겁다고 여기는 걸 보니 그의 높은 커뮤니케이션 능력을 느낄 수 있었다. 나는 모호하게 웃으면서 대꾸했다.

나는 솔직히 아직 아이와 카오루와 만나지 않았는데도 긴장됐다. 학교에서 두 사람과 대화를 나눌 때는 아무런 거리낌도 없었는데 왜 '특별한 이벤트'가 시작되자마자 두 사람을 여자로 의식하게 되는지 모르겠다. 참 한심한 이야기였다.

"뭐…… 여자이니 여러 이유가 있지 않겠어?"

싱숭생숭한 속마음을 감추듯 말하자 소스케가 창밖을 보던 시선을 나에게 돌리고는 조금 놀란 표정을 지었다.

그러고는 푸핫, 하고 뿜어냈다.

"뭐야, 혼자서만 어른스러운 분위기를 풍겨대고 말이야. 왠지 야한데?"

"뭐어?! 뭐가 말이야!!"

단순히 '남자보다 준비할 게 많을 거 아냐?'라는 의도로 말했을 뿐인데, 이상하게 받아들인 듯했다. 얼굴이 화끈거렸다.

그리고 '야하다'라는 단어가 등장하면서 애써 기억 밑바닥에 봉인해뒀던 '어떤 대화'가 떠오르고 말았다.

어제 준비를 대부분 마치고서 잠자리에…… 들었지만 평소처럼 쉽사리 잠들지 못하고 이리저리 뒤척이고 있었다.

그러던 중 평소 집 안에서는 거의 울리지 않는 내 스마트폰이 딩동! 울렸다.

무슨 일인가 싶어서 책상 위에 놔뒀던 스마트폰을 집어서 화면을 보니 메시지 어플 알림. 아이가 보낸 메시지였다.

「내일 새로 산 수영복을 보여줄 테니까 감상평 들려줘!」

그런 간단한 메시지와 함께 못생긴 개가 '아무쪼록' 하고 말하는 스탬프를 보냈다.

나는 메시지를 바라보면서 수십 분이나 침대 위에서 계속 뒤척였다.

뭐라고…… 답장을 해야 좋지.

그런 고민을 계속하고 있으니 또다시 딩동! 울렸다.

「안 돼?」

그런 메시지가 떴다. 메신저를 계속 열어뒀기에, 순식간에 읽었다는 표시가 떠서 당황했다.

그리고 몇 분 고민한 끝에 나는 기본으로 깔려 있는, 사람 표정을 우스꽝스럽게 표현해놓은 토끼가 엄지를 척 세우는 스탬프를 보냈다.

결국 그 후로 한 시간쯤 잠들지 못하고, 버틸 수 없는 졸음이 쏟아질 때까지 침대 위에서 번민했다.

아이의 수영복 차림…….

그녀는 무엇을 입든지 분명 잘 어울릴 테니…… 구체적으로 상상이 되지 않는데도 죽을 만큼 두근거렸다.

그리고 그녀가 그 모습을 보여주며 '감상평'을 들려 달라고 부탁한들 스마트하게 칭찬해 줄 수 없을 것 같았다.

나는 소스케를 힐끗 쳐다봤다.

저 녀석이라면 선뜻 칭찬할 것 같은데 말이야.

그런 생각을 하고 있으니 불현듯 그의 시선이 움직여 눈을 마주치고 말았다.

"근데 문화제 말야, 결국 우리 반은 무난한 내용으로 타협돼 버렸네. 나, 귀신의 집 하고 싶었는데."

내가 번민하든 말든 아랑곳 않고, 소스케가 화제를 자주 바꿨다. 이렇게 학교에서 벗어난 곳에서 친구와 수다를 떠는 것이 몹시도 즐거운 눈치였다.

문화제라는 키워드가 떠오르자 나는 일단 아이의 수영복을 머리 한구석으로 쫓아내는 데 성공했다.

여름방학에 들어가기 전 마지막 홈룸 시간 때, 우리 반은 문화제에 무엇을 선보일지 결정했다.

소스케는 무조건 귀신의 집을 하고 싶어 했지만…… 결국 '준비하기가 귀찮을 것 같다'라는 소극적인 이유로 −특히 여자들이 격하게 반대해서− 결국에는 '타코야키 가게'를 하기로 정했다.

소극적인 이유라고 했지만, 그 이외에도 사정이 있었다.

문화제 때는 각 반마다 예산이 정해져 있다. 반 전체가 각출하여 마련한 예산 안에서 행사를 진행해 나가야 하는데…, 학교에서 1학년에게 허용한 예산은 '2만 엔'까지였다.

그러니 원가가 비싼 음식점이나 준비하는 데 예산이 얼마나 들지 알 수 없는 행사는 역시나 채용하기가 어려웠다.

그런 점에서 타코야키 가게는 원재료가 저렴하고, 연습하면 비교적 쉽게 만들 수 있을뿐더러…… 대량으로 팔 수 있다. 재료가 일찍 소진되어 오후에 가게를 접어야만 하는 사태가 벌어지지 않는다는 이점이 있었다.

그런 현실적인 이유를 밀어붙이니 그저 '하고 싶다'라는 일념만으로 의견을 제시한 소스케를 비롯한 남자들의 제안은 다수결로 선선히 부결되고 말았다.

"아마도 다 함께 뭔가를 한다는 데에 의미가 있을 거야. 타코야키 가게도 분명 재밌어."

"그야 알고는 있지만…… 귀신의 집을 했어도 재밌게 됐을 텐데……."

내가 위로하듯 말하자 소스케가 아직도 토라졌는지 입술을 삐죽 내밀었다.

후야제 건도 그렇고, 소스케는 분명 '신나고 재밌는 일'을 실현시키는 것을 좋아하는 듯했다.

……그때 나는 밴드를 떠올렸다.

아직도 정해지지 않은 점이 있었다.

"그러고 보니 베이스 담당자, 어떻게 될 것 같아? 연줄이 있다고 했지?"

내가 묻자 여태껏 즐거워했던 소스케의 표정이 조금 딱딱해졌다.

그의 눈동자가 슬쩍슬쩍 흔들렸다.

"베이스는 말이야…… 실은 나고시 선배한테 부탁하려고 했어."

그 말을 듣고 나는 입을 헤 벌렸다.

예상치 못한 이름이 나와서 어이가 없었다.

"나고시 선배? 그 사람, 베이스를 칠 줄 알아?"

내가 묻자 소스케가 쓴웃음을 훗, 지으며 고개를 절레절레 흔들었다.

"칠 수 있는 레벨이 아냐. 계속했더라면 분명 프로가 될 거야."

소스케가 단언하고서 표정이 어두워졌다.

계속했더라면, 라는 단어를 듣고서 왠지 짐작이 갔다.

"……이미 그만뒀다는 뜻?"

"……어. 중학교 때."

중학교 때?

나는 고개를 갸웃거렸다.

"나고시 선배랑 같은 중학교 출신이었어?"

내가 묻자 소스케가 '아니' 하고 한숨을 쉬듯 나직이 말했다.

"요전에 지인 중에 드럼을 칠 줄 아는 사람이 있다고 했지? 그 사람이 내 중학교 선배였어. 근데 그 사람이 학교 밖에서 활동했던 밴드 안에서 베이스를 맡았던 사람이…… 나고시 선배."

"그랬구나."

나는 맞장구를 치면서 소스케의 옆모습을 쳐다봤다.

그와 나고시 선배의 접점은 축구부뿐만이 아니었구나.

소스케가 지금껏 보여줬던 언동으로 미루어보아 나고시 선배와의 사이에 무언가가 있는 게 확실하다고 여겼는데…… 설마 중학교 시절부터 이어진 인연일 줄이야.

소스케가 당시를 그리워하듯 실웃음을 지으며 말했다.

"그 사람의 연주는 정말로 대단했어. 보컬이나 기타가 메인일 때는 탄탄히 떠받치고, 솔로 파트가 되자마자 믿기지 않을 만큼 멋진 소리로 날뛰었지. 이치하라 유고의 연주랑 닮았어."

"이치하라 유고?"

처음 듣는 이름이었다. 소스케가 고개를 끄덕였다.

"그래. 일본 베이시스트의 정점이라 일컬어지는 사람이

야. 멋있어."

"흐으응……."

그렇게 말한들 와 닿지가 않았다. '어쨌든 굉장한 사람이 겠지' 라고 인식했다.

그리고 소스케는 '쾌활한 축구 소년'이라는 이미지가 강했기에, 음악에 정통해서 의외로 놀랐다.

"솔직히 처음에는 미스즈 선배…… 아, 드럼을 치는 사람이야. 그 사람이 '라이브 하우스에서 공연하니까 와줄래?' 하고 권해서 어쩔 수 없이 라이브를 들으러 갔는데……. 거기서 나고시 선배의 베이스에 홀딱 반했지 뭐야. 그 이후에는 매번 들으러 갔지."

"그렇게나 대단했구나."

"그래. 그 당시에 음악은 아무것도 몰랐어……. 아니, 지금도 그렇게 잘 아는 편은 아니지만. 그런 나조차도 직감적으로 '굉장하다', 하고 느낄 수 있는 연주였어. 뭐라고 해야할까, 소리에 감정이 실려 있다……고 해야 하나? 표현을잘 못 하겠지만."

소스케가 눈웃음을 지으면서 온화하게 말했다. 분명 지금 그의 눈앞에서는 당시 라이브 현장이 또렷이 재생되고 있겠지.

소리에 감정이 실려 있다.

그 말과 나고시 선배의 인상이 내 머릿속에서 잘 이어지지가 않았다.

내 기억 속에서 나고시 선배는 언제나 뺀들거리는 사람이었다. 그리고 남이 자신의 속내를 결코 읽어내지 못하도록 감추려는 사람이었다. 그런 그녀가 베이스를 잡으면 자신의 내면을…… 감정을 소리에 실어서 당당하게 표현했다는 말인가?

만약에 정말로 그런 연주를 했다면 나도 듣고 싶었다.

"근데…… 선배는 중학교 3학년 때 갑자기 베이스를 그만뒀고…… 밴드도 나왔어."

온화했던 소스케의 표정에 그늘이 드리워졌다.

"이제 그 베이스를 들을 수 없겠구나 생각하니 슬펐어. 그리고 나고시 선배를 볼 기회도 사라진 채 고교 입시 기간을 맞이했지. 필사적으로 발버둥을 쳐서 지금의 학교에 입학했고……. 그런데 설마 같은 학교에서 축구부 매니저를 하고 있더라고. 깜짝 놀랐지."

이제 연주를 들을 수 없다. 연주는커녕 더는 만날 수 없으리라 여겼던 상대와 재회했다. 그러나 그 역시 아주 잠깐이었을 것이다.

"선배는…… 매니저도, 그만둬 버렸구나."

"……어, 그래."

내가 말하자 소스케가 한숨을 한 번 내쉬고서 수긍했다.

그 후로 그는 한동안 묵묵히 창밖을 바라봤다. 눈동자를 수시로 슬쩍슬쩍 움직이고 있는데, 흘러가는 경치를 쫓는 것인지, 아니면 무슨 말을 할지 고민하는 건지…… 나는 모르겠다.

"매니저를 왜 그만뒀는지 이유를…… 알아?"

아마 알고 있으리라 짐작하면서 나는 물었다.

소스케 묵묵히 고개를 끄덕이고는, 작은 목소리로 말했다.

"그냥 느낌일 뿐인데. 왠지…… 뭐라고 해야 할까. 그때 선배의 말이 진심이었는지 아닌지도 난 몰라."

소스케가 서글픈 표정을 지은 채 입으로만 웃었다.

"베이스를 그만둔 나고시 선배는 왠지 딴 사람 같았어. 라이브 때는 그 사람의 '목소리'가 그토록 잘 들렸는데…… 지금은 아무것도 모르겠어. 그게 굉장히…… 분해."

"그렇구나……."

나는 태연한 척 고개만 끄덕일 수밖에 없었다.

소스케의 말뜻은 잘 알겠다. 그녀를 보고서 나와 똑같은 인상을 품었던 것이다. 그러나 예전에 선배가 그렇지 않았다면…… 소스케는 내 생각보다 훨씬 크게 당혹스러웠겠지.

"나 말이야……. 다시 한번 그 사람의 베이스를 꼭 듣고 싶어. 그래서…… 어떻게든 부탁해 보려고."

소스케가 작은 목소리로 그리 말했다. 그러나 아까 전처럼 눈동자가 흔들리지는 않았다.

정해진 목표를 향해서 기필코 나아가겠다는 강한 의지가 담겨 있는 듯했다.

"그래. 베이스를 쳐주면 좋겠네."

내가 말하자 소스케가 생긋 웃고는 고개를 여러 번 끄덕였다.

그리고.

"하~! 왠지 분위기가 팍 가라앉았네!"

소스케가 평소처럼 힘차게 웃으면서 오른쪽 주먹으로 왼쪽 손바닥을 팡 때렸다.

"일단 오늘은 여름 바다를 실컷 즐겨야지!"

소스케가 '어두운 이야기는 끝!'이라고 의사를 명백히 표현했기에 나도 그의 기분에 맞추듯 고개를 연신 끄덕였다.

"그, 그러네!"

"미즈노 씨의 수영복 기대되네~. 뭘 입을 것 같아?"

소스케가 말하자 잊고 있던 어젯밤의 기억이 다시 되살아나서 헛기침이 나올 뻔했다.

"그, 그걸 어떻게 알겠어……."

내가 쭈뼛쭈뼛 대답하자 소스케가 껄껄 웃었다.

"꽤 공격적인 수영복을 입는 거 아냐? 그런 차림으로 천진난만하게 웃으면 사르륵 녹아내릴 수밖에 없지."

"……."

그가 말한 대로 상상하고서 나는 묵묵히 얼굴을 붉혔다.

소스케가 나를 가리키고서 골려대듯 말했다.

"역시 너, 꽤 숙맥이지?"

"뭔 소리야! 뭐든지 개방적인 게 꼭 좋은 것도 아니잖아!"

소스케가 놀리자 창피했다. 그러나 이런 식으로 동성 친구와 여자에 관해 수다를 떨어본 경험이 없기에 왠지 멋찍고 즐거웠다.

　전철이 덜컹거리며 우리를 바다로 실어 날랐다.

　소스케와 이런저런 대화를 나누면서 절실히 '정말로 여름 방학이 왔구나'라고 생각했다.

EP.04 [4 장]

A story of love and
dialogue between
a boy and a girl with
regrets.

바다와 인접한 역에 도착하여 전철에서 내렸다.

같은 역에서 사람들이 줄줄이 내리는 광경을 보고서 소스케가 '이 사람들이 죄다 바다에 간다고 생각하니 대단하네' 하고 투덜거렸다. 나도 동감이었다.

실은 몇 주 전에 카오루와 함께 이 역에 온 적이 있었는데…… 그때는 시간이 밤이기도 해서 사람이 거의 없었다. 그에 비해 오늘은 해가 아직 높이 떠있고, 사람들도 우르르 오가고 있기에 마치 딴 곳처럼 느껴졌다.

승강장 계단을 내려가 개찰구를 빠져나가니 다시 긴장감이 도졌다.

소스케가 주변을 두리번거리다가 '오!' 하고 목소리를 높였다. 그가 쳐다본 쪽으로 시선을 돌리니 역 기둥 옆에 아이와 카오루가 서있었다.

"벌써 도착했잖아! 빨리 왔네!"

소스케가 손을 흔들면서 두 사람에게 달려갔다. 나는 달려가기가 조금 민망해서 걸어서 뒤를 쫓았다.

아이가 소스케에게 손을 붕붕 흔들어 주고서 뒤따라오는 나에게도 싱글벙글 웃으며 손을 흔들었다. 나도 손을 흔들어 주고서 아이 옆에 있는 카오루를 쳐다봤더니 그녀가 고개를 획 돌렸다.

"너무 설레서 일찍 와버렸어!"

아이가 평소와 다름없이 발랄하게 웃었다.

"너무 일찍 온 건가 싶었는데 카오루 짱이 더 먼저 와 있어서-."

"아- 아- 처음에 전철을 일찍 타버렸는데 그다음 환승 전철도 제시간에 딱딱 도착해서 빨리 온 것뿐이야."

카오루가 아이의 입술을 꾹 집으면서 말했다. 굳이 변명할 필요가 있나 싶었지만, 카오루의 인상이 험악했기에 분명 그녀에게는 중요한 문제였겠지……. 카오루는 입이 막혀 '음-! 음-!' 하고 바동거리는 아이를 몇 초쯤 째려본 뒤 풀어줬다.

"오다지마도 오늘 실컷 놀 생각으로 왔다는 말이지!"

소스케가 별생각 없이 그렇게 말하자 카오루가 도끼눈으로 쳐다봤다. 나는 눈치채지 못한 척 시선을 슬그머니 돌렸다.

……아무리 외면하려고 해도 아이의 옷차림이 눈에 들어왔다.

길이가 무릎 높이까지 오는 얇은 하얀 원피스. 목 주변이 훤히 트여 있어서 건강한 쇄골이 훤히 보였다. 원피스에 맞춰서 하얀 샌들을 신었다. 그리고 머리에는 커다란 밀짚모자를 쓰고 있었다. 바닷바람이 강한지 아이가 왼손으로 밀짚모자를 누르고 있었다. 바람에 원피스 자락이 살랑살랑 흔들렸다.

……귀엽다고 생각했다.

"미즈노 씨, 원피스 엄청 잘 어울려!"

소스케가 그렇게 말하자 내 심장이 쿵쾅 뛰었다.

"진짜? 고마워~! 날씨가 좋으니 하얀색이 괜찮을 것 같아서."

아이가 기뻐하며 웃고는 제자리에서 빙그르르 돌았다. 소스케가 '오-' 하고 말하면서 박수를 쳤다.

……역시나 자연스럽게 남을 칭찬할 수 있는 부분이 소스케의 매력이었다. 그리고 나는 도저히 흉내 낼 수가 없었다.

왠지 분하면서도 부럽기도 한 감정을 느끼면서 나도 소스케를 따라서 박수를 작게 쳤다.

"그리고! 카오루 짱은 반대로 검정!"

아이가 카오루의 뒤로 뿅 뛰듯 이동했다. 그러고는 카오루의 어깨 뒤에서 얼굴을 내밀며 명랑하게 웃었다.

"굉장하지? 꼭 짠 것 같아!"

아이가 뒤에서 호들갑을 떨면서 느닷없이 옷에 관해 이야기하자 카오루가 '아니, 딱히……' 하고 우물쭈물거리면서 오른팔로 몸 앞을 가렸다. 그러나 팔 하나로 옷을 가릴 수 있을 리가.

카오루는 검은색 반소매 와이셔츠에 짙은 회색과 하얀색의 체크 & 스트라이프 ─체크무늬가 너무 잘어서 거의 거뭇게 보였다─ 무늬가 들어간 7부 바지를 입고 있었다. 그리고 검정색 힐 샌들로 발을 치장했다. 전체적으로 실루엣이 호리호리해서…… 왠지 그녀의 작은 몸집을 적절히 가려주는

옷차림인 듯했다.

뭐라고 해야 할까…… 귀엽다기보다.

"멋지네."

내가 그렇게 흘리자 카오루가 놀랐는지 눈이 동그래졌다. 뒤에 있던 아이도 어리둥절한 표정이다.

소스케가 일부로 이쪽으로 고개를 돌리더니 입을 반쯤 벌렸다.

"어…… 왜?"

내가 묻자 카오루가 부자연스럽게 눈을 이리저리 돌리며 '딱히, 평범한데'라고만 대답했다.

소스케는 멈춰진 시간을 다시 움직이게 하듯 카오루 쪽을 다시 보고는 말했다.

"아니, 멋지지. 왠지 엄청 어른스럽다고 해야 하나?"

소스케가 나보다 더 구체적으로 말하자 카오루가 창피했는지 무심코 발끈했다.

"진짜, 그만해!"

불현듯 카오루의 뒤에서 나를 쳐다보는 시선이 느껴졌다.

아이가 물끄러미…… 나를 보고 있었다.

물끄-러미 보고 있었다.

나는 뭐지? 하고 생각하면서 조마조마했다.

"좋아, 그럼 바다에 갈까! 수영복 깜빡한 사람은 없겠지?"

나와 아이가 눈빛을 교환한 걸 아는지 모르는지…… 소스케가 환한 목소리로 말했다.

아이가 시선을 나에게서 스윽 돌렸다. 그러고는 곧바로 아까 전처럼 다시 호들갑을 떨었다.

"실은 벌써 속에 받쳐 입었지요!"

아이가 그렇게 말하고서 흐흥, 하고 가슴을 활짝 폈다.

소스케가 웃으면서 '의욕이 너무 과한 거 아냐?' 하고 짓궂게 눈웃음을 지었다.

"근데 정작 속옷을 깜빡한 건 아니겠지?"

나는 '뭣' 하는 목소리가 나올 뻔했으나 필사적으로 억눌렀다.

내용이 너무 과격하잖아! 라고 생각했다.

그래도…… 애니메이션이나 만화 속 덜렁이 캐릭터가 그런 실수를 했던 장면을 여러 번 본 적이 있으니 소스케도 농담으로 던진 말이겠지.

아이를 조금 골려주자는 ─그리고 만약에 정말로 깜빡했다면 돌이킬 수 없는 상황이 닥치기 전에 대책을 마련할 수 있다는 배려도 담겨 있을지도 모른다─ 의도로 그런 발언을 한 것 같은데…….

"괜찮아! 확실히 챙겨왔으니까!"

아이가 자신만만하게 어깨에 메고 있던 가방을 팡! 때렸다.

소스케가 몇 초쯤 입을 벌렸다가 다물면서 아이의 가방을 쳐다봤다.

"그, 그렇구나…… 그럼 오케이."

소스케가 어색하게 대답하고서 고개를 여러 번 끄덕였다.

카운터를 먹었구나....... 나는 그렇게 생각하면서 아이의 가방을 굳이 보지 않으려고 애썼다.

아이에게서 눈길을 돌리니 카오루와 눈을 딱 마주쳤다.

그녀가 험악한 얼굴로 이쪽을 보고 있었다.

"쯧!"

그러더니 다 들으라는 듯 혀까지 찼다.

소스케가 민망해하는 표정으로 카오루를 돌아보면서 말했다.

"자자, 어서 가자!"

아이만이 무슨 상황인지 전혀 모르겠다는 표정을 지었다.

소스케가 먼저 나아가자 우리는 뒤따라 걸어 나갔다.

나는 조금 뒤에서 일행들을 따라가면서 카오루의 등을 쳐다봤다. 그녀는 알고 있었겠지만, 그렇다고 해서 노골적으로 째려볼 것까지는 없잖아.......

옷 속에 수영복을 입고 있다는 정보도.

다 논 뒤에 입기 위해서 속옷을 가방에 넣어뒀다는 정보도.

남자 고등학생에게는 자극이 너무 강하다니까. 어쩔 수 없잖아?

속으로 변명들을 투덜투덜 늘어놓고 있으니 카오루의 옆에서 걸어가던 아이가 나를 조심스럽게 돌아봤다.

그러고는 걷는 속도를 자연스럽게 늦추며 옆으로 스슥 다가왔다.

나란히 걸으면서 아이가 나를 곁눈으로 쳐다봤다. 아무

말 없이.

내가 고개를 갸웃거리자 아이가 뾰로통한 얼굴로 뺨을 살짝 부풀리고는 어깨가 닿을 만한 거리까지 접근했다.

"어, 왜……?"

그녀의 몸에서 뭔지 모를 달콤한 향기가 풍기자 나는 참지 못하고 물었다.

아이는 여전히 아무 말 없이 '음' 하고 가슴만 활짝 폈다. 품이 넉넉한 원피스임에도 그녀가 그런 자세를 취하니 가슴이 존재감을 드러낼 수밖에 없었다. 나는 눈길을 스윽 돌렸다.

그러나 내가 시선을 돌린 쪽으로 아이가 스스슥 이동했다.

"왜 그러는데!"

의도를 알 수가 없어서 내가 목소리를 높이자 아이가 '아이 참!' 하고 대놓고 발끈했다.

그러고는 내 눈을 쳐다보면서 물었다.

"난?"

"어?"

"그러니까…… 내 옷은?"

그녀가 그렇게까지 말하고 나서야 나는 비로소 알아챘다.

"아아……."

내가 한숨을 섞으며 소리를 흘리자 아이가 뺨을 부풀렸다.

"카오루 쨩만 칭찬했는걸."

"아니, 그건……."

"난 멋지지 않아?"

아이가 너무나도 노골적으로 묻자 나는 당황했다.

그렇지는 않다.

그래도…… 왠지 '멋지다'는 칭찬과 '귀엽다'는 칭찬은 내 기준에서 난도가 달랐다.

카오루의 옷에 관해서 슬쩍 언급할 수 있었던 이유는…… 분명 그 말 속에 '귀엽다'라는 의미가 포함되지 않았기 때문이었다. 너무나도 자연스럽게 나와 버려서 칭찬했다는 실감조차 들지 않았을 정도였다.

둘 다…… 잘 어울린다. 틀림없이 매력적이다.

그런데도 '귀엽다'만 공연히 창피해하는 내 유치함이 어이가 없었다.

"유즈루~?"

아이가 내 얼굴을 들여다 봤다. 그리고 입술을 일그러뜨렸다.

"그렇구나. 유즈루의 취향이 아니었구나."

"아, 아냐! 그게 아니고!"

아이가 낙담하자 나는 황급히 말했다.

아이의 눈이 나를 쳐다봤다. '어서 말해'라고 애원했다.

"멋……지다기보다는…….

"응."

"귀…….

"뭐어?"

"……귀여워."

내가 얼굴을 새빨갛게 물들이며 말하자 아이가 한동안 내 얼굴을 쳐다봤다.

그리고 그녀의 얼굴도 조금씩 붉어졌다.

"그……!"

아이가 등을 쭉 펴고는 부자연스러운 발걸음으로 다시 나란히 걸었다.

정신을 차려보니 어느새 소스케와 카오루의 등이 멀어졌다. 무언의 공방전을 벌이느라 무심코 속도를 늦추고 말았다.

"그렇구나! 헤헤……."

아이가 수줍게 웃었다.

"기뻐."

"으, 응……. 잘 어울려."

"진짜? 야호."

아이의 기분이 아주 좋아졌다.

반쯤 억지로 말을 끄집어낸 형태였지만…… 아이는 진심으로 기뻐하는 듯했다.

그것은 그녀가 내 말을 절대적으로 신뢰한다는 증거였다.

나는 세차게 콩닥거리는 심장을 달래듯 심호흡을 하면서 말했다.

"미, 미안…… 바로 말해 주질 못해서."

내가 말하자 아이가 나를 쳐다보고는 꽃이 피어나듯 웃었다.

"아니야. 고마워. 말해줘서."

아이가 그렇게 말하고서 자신의 어깨로 내 어깨를 툭 부딪쳤다.

"잔뜩 보고 있었으니까 실은 알고 있었어."

아이가 짓궂게 보조개를 내보이며 말했다.

"그래도…… 역시 나한테도 말해 줬으면 싶었어."

"……응."

"유즈루가 칭찬해 주니까 생각했던 것보다 백 배는 더 기쁜걸?"

"그럼 다행이야."

나는 수줍게 수긍했다.

그녀가 솔직히 말할 때마다 나는 늘 우왕좌왕하지만……
그녀도 마찬가지로 내가 솔직히 말해주길 바라고 있다.

그렇다면 언젠가는 창피한 감정에 짓눌리지 않고, 내가 느끼는 그녀의 매력을 확실히 전할 수 있게 됐으면 좋겠다.

"있지, 유즈루."

"응?"

아이가 내 앞으로 껑충껑충 뛰어나오더니 뒤로 걸어 나갔다.

그리고 눈부시게 웃으며 말했다.

"나의 좋은 점을 잔뜩 말해줘. 나도 유즈루의 좋은 점을 잔뜩 말할게."

심장이 꾸욱, 하는 소리를 내며 수축한 것 같은 기분이었다.

열기로 끓어올랐던 몸에서 공기를 빼내듯 나는 조용히 숨을 깊이 내뱉었다.

그리고 고개를 끄덕였다.

"응. 열심히 말할게."

"에헤헤. 응, 열심히!"

나의 수줍음이 전염됐는지 아이도 수줍어했다.

이 역시 대화였다.

상대의 좋은 점을 하나씩 전할 수 있다면. 서로의 사소한 행동이나 기분을 읽어내고, 그로부터 사랑을 느끼고……그리고 그 마음을 서로 이해할 수 있다면.

그것은 이미 흔들리지 않는 둘만의 공간을 완성했다고 할 수 있지 않을까? 그게 바로 서로가 서로를 이해하는 관계이지 않을까?

아이와는 그런 관계를 지향해 나가고 싶었다.

문득 시선을 앞쪽으로 돌리니 카오루와 소스케가 멈춰 서서 이쪽을 보고 있었다.

"아, 우릴 기다리나 봐."

내가 말하자 아이도 거꾸로 걷기를 그만두고서 일행들을 돌아봤다.

그러고는 "바로 갈게-!" 하고 힘차게 손을 흔들었다.

× × ×

"예약한 안도입니다!"

바닷가에 도착하니 해변과 어느 정도 거리를 두고서 바다의 집들이 일직선으로 늘어서 있었다.

그중 한 곳에 들어가 소스케가 힘차게 인사하자 풍채가 좋고 활달해 보이는 남성이 맞이해줬다.

소스케가 바다의 집까지 예약을 해줬다. 덕분에 순조롭게 탈의실을 이용할 수가 있게 됐다. 그리고 이곳에서 짐도 안전하게 맡아준다고 한다. 준비성이 참 좋구나 싶었다.

"그럼 옷 다 갈아입고서 여기 앞에서 집합하자!"

소스케가 나를 데리고서 서둘러 탈의실에 들어갔다. 그렇게 큰 시설은 아니라서 벽을 사이에 두고서 아이가 신나게 카오루에게 말을 거는 목소리도 들렸다.

"우와~ 흥분되는데!"

소스케가 흥겨워하며 옷을 벗고서 수영복으로 빠르게 갈아입었다.

소스케의 몸을 힐끗 쳐다봤다. 스포츠에 열의를 쏟는 사람답게 근육이 온몸에 보기 좋게 잡혀 있었다. 동성이 봐도 '멋진 몸'이라고 생각했다.

나는 팬티를 벗고 수영복을 입는 동작을 스스로도 놀랄 만큼 빠르게 수행한 뒤 소스케의 복근을 가리켰다.

"근육이 단련돼서 멋지네."

내가 말하자 소스케가 순간 어리둥절해하다가 웃음을 터

뜨렸다.

"굳이 날 칭찬할 필요는 없다니까!"

"아니, 그냥 생각을 말해봤을 뿐이야……."

"미즈노 씨한테도 그렇게 말할 수 있으면 좋을 텐데 말이야."

소스케가 히죽거리며 웃자 나는 그의 가슴을 찰싹 때렸다. 그러자 그가 또 웃었다.

"농담이야."

그러고는 천천히 손사래를 쳤다.

"유즈루는 왠지…… 그런 게 매력인 것 같네."

"그런 거라니?"

"글쎄. 말에 거짓이 담겨 있지 않다고 해야 할까……. 내 말 알겠어?"

소스케가 그렇게 말하고서 조금 겸연쩍은지 콧등을 긁적였다.

그러고는 내 등을 찰싹! 때렸다.

"아파!"

"그리고 너, 너무 말랐네!"

"그, 그건 나도 잘 안다고……."

"살을 조금 더 찌우든가 근육을 키워라. 말라깽이는 인기가 없다고~."

소스케가 생긋 웃으며 말하고는 먼저 탈의실을 나갔다.

"뭐야……."

나는 조용히 투덜거리면서 방금 전 소스케처럼 콧등을 긁 적였다.

"제멋대로 창피해하다가 먼저 훌쩍 나가버리다니."

친구로서 존경하는 상대에게 칭찬을 받으면 당연히 부끄 러워지는 법이다.

자기 혼자서만 창피함을 견디지 못하고 달아나다니 치사 하지 않나?

그런 생각을 하면서 나는 시선을 아래로 내렸다.

말라빠진 몸. 소스케의 몸과 비교하니 정말로 야위었다.

"……진짜로 몸을 조금 키워볼까."

그렇게 중얼거리고서 나도 탈의실을 나갔다.

밖으로 나와 해변에서 노는 사람들을 멍하니 쳐다보며 소 스케와 잡담을 나누고 있으니.

"오래 기다렸지!"

뒤에서 목소리가 들렸다.

돌아보니…… 수영복으로 갈아입은 아이와 카오루가 있 었다.

카오루는 자기 몸보다 큰 파카를 입고서 지퍼를 끝까지 단단히 잠궜다. 그러나 파카 아래에는 맨다리가 드러났으 니 분명 안에 수영복을 입었겠지.

"우와! 아주 잘 어울려!"

소스케가 바로 감탄하자 아이가 '에헤헤' 하고 미소를 지었다.

아이는 새하얀 비키니를 입고 있었다.

위쪽은 삼각형 두 개로 구성되어 가슴 쪽을 대담하게 노출했다. 중앙을 잇는 끈 아래쪽에는 커다란 프릴이 달린…… 섹시함과 귀여움을 모두 양립시키는 수영복이었다.

아주 잘 어울리지만…… 눈을 어디에 둬야 할지 난감했다.

"칭찬해 줘서 고마워."

아이가 소스케에게 감사를 표한 뒤 나를 쳐다봤다.

그리고는 제자리에서 빙그르르 돌았다. 건강미 넘치는 등과 엉덩이가 얼핏 보여서 가슴이 두근거렸다.

아이가 아기 새처럼 고개를 갸웃거렸다.

"어떤가요~?"

그녀가 묻자 나는 얼굴이 화끈거리는 것을 느끼면서 고개를 끄덕였다.

"잘 어울려."

"귀여워?"

"응…… 아주."

"아하, 야호!"

아이가 생긋 미소를 지었다. 모자를 탈의실에 놔두고 왔는지 여름 햇볕이 그녀의 얼굴에 직접 비췄다. 아이는 늘 눈부신 웃음을 보여주지만, 오늘은 더욱 도드라져 보였다.

아이가 만족했는지 싱글벙글거리면서 이번에는 카오루 쪽으로 시선을 돌렸다.

카오루는 여태껏 퉁명스러운 표정을 짓고 있었다. 그러나 아이가 자신을 쳐다보자 흠칫 굳어버렸다.

"카오루 짱~."

아이가 두 손을 꼼지락거리면서 카오루에게 다가갔다.

"뭐, 뭐야……."

"모처럼 수영복을 입었으니까 파카 따윈 벗자!"

"아니, 햇빛이…… 자, 잠깐!"

카오루가 작게 중얼거리던 도중에 아이가 파카 지퍼를 확 내렸다.

그리고 그대로 싹 벗겨 버렸다.

아이가 카오루의 파카를 빼앗은 뒤 의기양양해하며 허리에 손을 얹었다.

소스케는 몇 초 동안 말없이 카오루를 쳐다봤다. 나도 무심코 그러고 말았다.

카오루는 검은색 플레어 비키니―맞나?―를 입고 있었다. 이 역시 위아래가 나뉜 형태였다. 아이의 수영복과는 달리 커다란 프릴이 위쪽을 가리고 있었다. 검은색과 회색으로 식물 같은 무늬가 그려져 있어서 멋졌다.

사복도 그렇지만…… 카오루는 의외로 검은색이 잘 어울리는구나.

학교에서는 늘 분홍색 카디건을 걸치고 있으니 머릿속에 그 인상이 강하게 굳어져 버렸다.

"왜, 왠지…… 오다지마가 수영복을 입은 모습이 잘 상상이 되진 않았는데."

소스케가 그 대목에서 말을 끊었다.

"……생각보다 상당히 '좋네'."

"뭐, 뭐야 그게……."

그 말을 듣고 카오루가 부끄러운지 두 손으로 가슴을 가렸다.

그 뒤에서 아이가 어째선지 자랑스럽게 가슴을 활짝 펴고 있었다.

"맞아, 맞아!"

카오루가 나를 힐끗힐끗 쳐다봤다.

그리고 몸을 약간 틀면서 말했다.

"저…… 적당히 집에 있던 걸 입었을 뿐이야!"

카오루가 말하자 뒤에 있던 아이가 어리둥절해했다. 그러고는 '엥~!' 하고 목소리를 높였다.

"어제 함께 사러 갔잖아! 왜 거짓말을 하는데."

"아이! 좀!"

"감출 게 뭐 있어. 몇 시간이나 고민해서 샀으면서."

"굳이 말하지 않아도 되는 것도 있다고!!"

카오루가 얼굴을 새빨갛게 물들자 아이가 입술을 삐죽 내밀었다.

"엥~ 아까워라."

"파카 돌려줘."

"왜? 바다에 들어갈 거니까 필요 없잖아. 짐이 될 테니 탈의실에 놔두고 올게."

아이가 일방적으로 말하고서 바다의 집으로 돌아갔다.

"아아……."

카오루가 목소리를 흘리며 오른손으로는 허공을 헤맸다.

"으으……!"

카오루가 오른발로 땅바닥을 팍! 구르자 부드러운 모래가 파앗 튀었다.

"왠지 오다지마는 부끄럼이 많은 것 같네."

소스케가 말하자 카오루가 그를 찌릿 째려봤다.

"시끄러. 햇볕에 타는 게 싫을 뿐이야."

"선크림 안 발랐어?"

"……바르긴 했지만."

"그럼 됐잖아."

선크림을 발라도 피부가 붉어지는 경우가 있다고 들었지만, 소스케의 말뜻은 그게 아니겠지. 카오루가 정말로 햇볕에 탈까 걱정하는 게 아님을 이곳에 있는 모두가 다 안다.

나는 다시금 카오루의 수영복을 봤다.

소스케가 말한 대로…… 카오루의 평상시 행동거지로 보아 수영복을 입고서 신나게 놀 거라는 상상은 전혀 되지 않았다. 그래도 이렇게 눈앞에서 직접 보니 대단히 잘 어울렸다.

"뭘 신경 쓰는지는 모르지만…… 잘 어울린다고 생각해."

내가 말하자 카오루가 당혹스러운지 눈빛을 흔들며 입술을 일그러뜨렸다.

"억지도 칭찬할 거 없어."

"평소랑 인상이 달라서–."

"괜찮대도!"

카오루가 새빨개진 얼굴로 나를 째려보고는 바다 쪽으로 성큼성큼 걸어가 버렸다.

소스케가 그녀의 뒷모습을 바라보고서 나를 쳐다봤다.

"……유즈루, 너 혹시 여자 홀리는 선수 아니냐?"

"어, 왜?"

"아니, 왜냐니……."

소스케가 어이가 없다는 듯 한숨을 내쉬었다.

"미즈노 씨 앞에서는 우물쭈물했으면서 오다지마는 선뜻 칭찬했잖아. 반대로 하라고, 반대로. 아니…… 반대면 안 되나? 두 사람한테 다 시원하게 칭찬하라고."

"무리야, 그런 거."

내가 말하자 소스케가 한쪽 눈썹을 치올렸다. '왜'라는 의문이 표정에 또렷이 드러났다.

"아이한테 그런 말을 하면…… 왠지…… 가슴이 두근거리잖아."

내가 말하자 소스케가 이번에는 양쪽 눈썹을 쭉 치올렸다. 즉, 놀란 듯 눈이 휘둥그레졌다.

그러고는 어딘가 애절하게 느껴지는 미소를 지었다.

"……뭔가 말이지."

"어?"

"나랑 오다지마만 꽤 불쌍하게 됐다 싶네."

"그게 무슨……."

내 말을 가로막듯 소스케가 오른쪽 주먹으로 내 가슴을 툭 밀었다.

"알아서 생각해."

소스케가 웃으면서 말하고는 파도가 넘실대는 곳까지 도착한 카오루를 쳐다봤다.

"야! 혼자서 가지 마!"

소스케가 명랑한 목소리로 말하면서 카오루 쪽으로 달려갔다.

나는 소스케의 말뜻을 생각하면서 그의 뒷모습을 쳐다봤다.

"어라, 둘 다 벌써 가버렸어?"

소스케와 교대하듯 카오루의 파카를 탈의실에 놔두려고 갔던 아이가 돌아왔다.

나는 고개를 끄덕였다.

"우리도 가자."

"응!"

그리고 종종걸음으로 두 사람과 합류했다.

"미즈노 씨!"

"으앗! ……얍! 아하하!"

소스케에게서 아이에게로. 투명한 비치볼이 완만한 포물

선을 그리며 날아갔다. 그녀가 공을 두 손으로 토스하여 카오루 쪽으로 날렸다.

카오루가 황급히 두 손을 모아서 허리 높이에서 공을 받아내며 리시브.

카오루의 팔에서 튕겨나간 공이 엉뚱한 방향으로 비실비실 날아갔다. 가장 가까이에 있던 나는 어떻게든 받아내려고 발버둥을 쳤지만…….

"푸헉!!"

갑작스레 움직이려다가 불안정한 모래에 발이 빠지면서 얼굴을 수면에 냅다 부딪치고 말았다. 코로 바닷물이 들어가면서 콧구멍에서 목으로 이어지는 기관(氣管)이 뜨거워지듯 아려왔다.

다행히도 수심이 무릎 높이밖에 안 되는 지점에서 놀았기에 살갗 말고는 전혀 아프지 않았다.

"괜찮냐?"

"어, 응…….."

소스케가 내 손을 붙잡고서 일으켜줬다.

"미안…….."

공을 제대로 제어하지 못했던 카오루가 미안해하며 어깨를 축 늘어뜨렸다.

"괜찮아, 괜찮아."

수심이 가슴까지 오는 곳까지 날아가 순식간에 멀리 떠밀려 갈 것 같은 비치볼을 주우러 갔다.

우리는 바로 비치볼에 공기를 불어넣은 뒤 배구 형식으로 패스를 최대한 많이 이어나가는 놀이를 했다. 다만 경쟁하는 놀이가 아니므로 패스를 잘못한들 화를 내는 사람은 아무도 없었다. 오히려 실패하는 편이 재밌을 정도였다.

그러나 겉보기와 달리 무릎까지 차오른 물속에서 몸을 움직이는 것은 어려워서 체력이 꽤 필요했다. 기진맥진……까지는 아니겠지만, 숨이 약간 헐떡이기 시작했다. 두 여자도 마찬가지인지 얼굴은 즐거워하고 있지만, 어깨는 크게 들썩였다.

그런 와중에 소스케만은 아무렇지도 않게 그저 즐겁게 웃고 있었다.

"역시 체력이 남다르구나."

내가 말하자 소스케가 이를 내보이며 씨익 웃었다.

"아무리 그래도 문화부나 귀가부한테 질 수야 없지."

소스케가 그렇게 대답하자 아이가 항의했다.

"매일 걸어 다니니까 체력은 있다구!"

"난 매일 달리거든."

소스케가 아이의 말을 가볍게 받아넘겼다.

소스케는 커뮤니케이션 능력이 뛰어나구나, 라는 생각이 새삼스레 들었다. 늘 상대를 추켜세우기만 하는 것이 아니라 때로는 놀리기도 하고, 자신의 매력을 밉살스럽게 않게 드러내는 등…… 어쨌든 뭘 하든 멋있는 것 같았다.

나는 소스케의 허를 찌르듯 갑자기 그에게 공을 토스했다.

"으아! 시작한다고 말해야지~!"

소스케는 순간 당황했지만 이내 깔끔한 자세로 나에게서 날아온 공을 카오루 쪽으로 패스했다. 그러고는 실눈으로 나를 쳐다봤다.

"못 받을 줄 알았어?"

"짜증나!"

내가 솔직히 말하자 소스케가 껄껄 웃었다.

카오루가 토스한 공이 이번에는 정확히 내 쪽으로 날아왔다.

"아이!"

공이 조금 낮게 날아오자 나는 리시브하여 아이 쪽으로 날렸다.

그런데 이번에는 힘을 조금 많이 줬는지 생각보다 높이 떠오르고 말았다.

"와아!"

아이가 놀랐는지 소리를 크게 내면서 높이 올라간 공을 올려다봤다.

그녀가 첨벙첨벙 소리를 내면서 공이 떨어질 위치로 이동하더니…….

"핫!"

점프하면서 비치볼을 토스했다.

아름다운 자세였다. 공이 아름답게 포물선을 그리며 소스케 쪽으로 날아갔다…….

그러나 나는 눈으로 공을 쫓지 않았다. 그리고 그것은 소스케도 마찬가지였던 듯했다.

공이 '퍽' 소리와 함께 소스케의 머리에 맞더니 그대로 바닷물에 픽 하고 떨어졌다.

"엥−! 왜 멍하니 있었던 거야! 완벽한 패스였는데!"

"앗…… 아아! 미안, 미안!!"

소스케가 부랴부랴 파도에 휩쓸려가는 공을 주우러 갔다.

나는 그 광경을 곁눈으로 보면서 '이건 어쩔 수 없지……' 하고 소스케를 동정했다.

아이가 뿅! 뛰어올라 아름다운 자세로 토스를 올리고서 착지했을 때…… 그녀의 가슴이 크게 출렁였다. 그 흔들림을 통해 질량과 부드러움에 관한 정보가 확연히 전해지자 두 남자들은 저항할 수 없는 힘을 느끼고 말았다.

"이야~ 여유로운 척 거들먹거리자마자 실수하다니 창피하네~."

소스케가 뒤통수를 긁적이며 공을 갖고 돌아왔다.

"진짜! 귀가부를 우습게 봐서 그런 거야!"

아이가 농담하듯 화내는 시늉을 했다.

그 옆에서 카오루는…….

"……."

찌릿한…… 시선으로 이쪽을 흘겨봤다.

"그럼 마음을 다잡고서…….."

소스케가 카오루 쪽으로 비치볼을 패스했다.

카오루가 팔을 들어 올리더니 힘껏 팍! 내리쳤다.

공이 곧장 내 얼굴에 날아들었다.

"풋!"

"와아?! 괜찮아~?!"

나는 공을 얼굴에 맞고서 엉덩방아를 찧었다. 물에 빠지면서 충격이 줄어들긴 했지만, 엉덩이가 모래 바닥에 콱 부딪쳐서 조금 아팠다.

"오다지마, 무슨……."

소스케가 웃으면서 카오루에게 말하려다가 도중에 멈췄다. 카오루가 그를 째려봤다.

그러고는 그녀가 내 쪽도 돌아봤다.

"이 색골들!"

카오루가 말하자 역시나 소스케도 겸연쩍은지 '뭐가……' 하고 본인답지 않게 우물거렸다.

나도 무슨 말을 할지 난처해서 쭈뼛쭈뼛 공을 주우러 갔다.

아이만은 아무것도 모르는 표정으로 '음?' 하고 고개를 갸웃거렸다.

공놀이는 간단하면서도 즐거워서 쉽게 질리지 않았다. 우리는 왁자지껄 떠들면서 얕은 물가에서 공을 서로 패스하면서 한 시간 넘게 놀았다.

"배가 고픈 것 같아!"

아이가 그렇게 말하자 놀이를 일단 중단하고서 점심을 먹기로 했다.

11시쯤에 만났으니 딱 점심을 먹을 시간이었다.

바다의 집으로 돌아가 코인식 샤워 시설을 빌려서 몸에 묻은 모래를 가볍게 씻어낸 뒤 다시 합류했다.

우리가 이용하는 바다의 집 안에는 다다미가 깔린 자리가 있었다. 그러나 가족끼리 온 손님들이 이미 그곳을 차지한 상태였다. 역시 다들 점심을 먹긴 하나 보다.

바다의 집 앞에 간이 테이블이 몇 개 놓여 있는데 그중 하나가 비었다. 마침 의자도 네 개가 있어서 그곳에 앉았다.

자리를 맡아두기 위해서라도 다 함께 일어설 수는 없었기에 남자와 여자끼리 두 번에 나눠서 주문하러 갔다.

"북적거려서 시간이 제법 걸려~."

점주 아저씨가 그렇게 말했기에 의자에 앉아서 잡담을 나눴더니 예상보다 일찍 주문한 음식들이 나왔다.

"그쪽 반에서 문화제 때 타코야키 가게를 한다면서~? 그 소리를 듣고서 줄곧 먹고 싶었거든."

아이 앞에는 김이 모락모락 피어오르는 타코야키가 있었다.

소스케는 야키소바, 카오루는 쇼유 라면, 그리고 나는 볶음밥을 주문했다.

"잘 먹겠습니다."

아이가 더는 기다릴 수 없었는지 가장 먼저 손을 모으며 인사한 뒤 이쑤시개로 타코야키를 하나 찍어서 입 안으로 옮겼다.

"으음~!"

그녀가 감격한 듯 눈빛을 반짝이면서 타코야키를 우물우물 씹었다.

맛있게 먹는 그녀의 모습을 보니 우리의 식욕도 자극을 받았다. 일제히 주문한 음식을 먹기 시작했다.

수저로 볶음밥을 떠서 입에 넣었다. '시판되는 조미용 육수'를 썼다는 느낌이 팍 드는 맛이었다. 그야말로 이런 맛을 원했기에 기뻤다. 생각보다 느끼했지만 운동한 직후에 피곤한 상태인지라 오히려 더 맛있었다.

"으-음! 이거 이거!"

소스케도 야키소바를 후루룩 먹고서 만족스럽게 고개를 끄덕였다.

바다의 집에서 파는 음식은 뭐라고 해야 할까…… '머릿속에 그렸던 맛'을 그대로 재현한 것 같은 인상이 느껴져서 그게 즐거웠다.

놀라울 만큼 맛있지는 않지만 딱 기대했던 맛을 느낄 수가 있었다. 예상이 정확히 적중한 그 맛이 기뻤다.

카오루는 감정을 읽을 수 없는 얼굴로 라면을 스르룩 먹었다.

"카오루는 바다의 집에 와서도 라면이네."

내가 쓴웃음을 섞으며 말하자 카오루가 입술을 삐죽 내밀며 고개를 끄덕였다.

"……우주니까."

"그렇구나."

대화 속에 그 단어가 나오니 왠지 정겹게 느껴져서 나는 무심코 웃었다. 카오루도 살짝 입술이 풀렸다.

"우주……?"

소스케가 살짝 의아해하자 카오루는 그쪽으로 시선만 돌릴 뿐 아무 대답도 하지 않았다. 소스케도 어깨를 들먹이며 더는 묻지 않았다.

"저기, 한 입 주라."

"물론."

소스케가 채근하자 나는 볶음밥 접시를 소스케 쪽으로 내밀었다. 그는 젓가락으로 솜씨 좋게 볶음밥을 집어서 입에 넣었다.

그러고는 당연하다는 듯 야키소바가 든 플라스틱 그릇을 내 앞에 내려뒀다. 나도 한 입 먹어보라는 뜻이겠지.

그러나 내 손에는 볶음밥을 먹는 데 쓰던 수저밖에 없는지라 소스케가 젓가락을 건네줬다. 뭐…… 남자끼리이니 거리낄 게 뭐 있겠어? 나는 젓가락을 받았다.

젓가락으로 면과 가장자리에 곁들여진 붉은 생강을 살짝 집어서 스르륵 먹었다.

소스케가 처음에 보였던 반응과 비슷한 기분이 들었다. '이거야, 이거!'라는 느낌.

"맛있어."

내가 말하자 소스케도 볶음밥을 씹으면서 고개를 웅웅 끄덕였다. 그리고 목구멍에 꿀꺽 삼킨 뒤 볶음밥 그릇을 내 쪽으로 되돌렸다.

"볶음밥도 맛있어. 생각보다 진해."

"운동한 후라서 이것도 나쁘지 않은 느낌이야."

"알지."

나와 소스케가 대화를 나누는 모습을 아이가 지그시 쳐다봤다.

명백히 '부럽다'라는 얼굴이었다.

"카오루 짱, 한 입 줘!"

아이가 천진난만하게 말했다. 옆에 있는 소스케가 훗 웃었다.

카오루는 아무 말 없이 수긍하고서 아이 쪽으로 라면이 담긴 그릇을 스슥 밀었다.

아이는 젓가락을 부리나케 쥐고서 라면을 먹었다.

"맛있어~! 근데 좀 불었네. 고마워!"

아이가 쓸데없는 한마디를 덧붙인 뒤 그릇을 되돌렸다. 카오루는 괘념치 않는 표정으로 다시 면을 후루룩 먹었다.

아이가 나를 쳐다봤다. 무엇을 원하는지 알았기에 나는 말하기 전에 볶음밥 그릇을 그녀 쪽으로 밀었다.

"먹어도 돼."

"에헤헤…… 고마워~."

아이는 내가 쓰던 수저를 넙죽 들고서 볶음밥을 떠서 덥석 먹었다.

마음속으로 으아! 하고 소리를 질렀다. 다른 두 사람도 마찬가지로 놀란 표정으로 아이를 쳐다봤다.

"음~ 느끼하긴 하지만 맛있어!"

그런 시선들을 아랑곳하지 않고 아이가 싱글벙글 웃었다.

"고마워."

아이가 접시와 수저를 이쪽으로 되돌렸다.

왠지 수저를 바로 들고서 볶음밥을 먹을 기분이 들지 않았다. 종이컵에 담긴 물을 한 모금 들이키며 뜸을 들였다.

"야, 야키소바도 한 입 먹을래?"

소스케가 조심스럽게 물었다.

아이는 소스케의 야키소바를 몇 초 쳐다봤다. '으−음······' 하고 신음했다.

그러고는 고개를 홱 들고는 쓴웃음을 지으며 말했다.

"먹고 싶긴 하지만······ 간접 키스를 하게 되니까······."

그 말을 듣고 아이를 제외한 세 사람은 말문이 막히고 말았다.

카오루와 소스케의 시선이 나에게로 쏠렸다.

두 사람의 얼굴에 이 녀석의 볶음밥은 먹었잖아, 라고 적혀 있었다.

당연히 카오루의 라면을 먹은 것은 간접 키스로 치지 않는 듯했지만 −동성끼리일지라도 까다로운 사람은 신경을 쓰는 모양이지만 아이는 그렇지 않은 듯했다− 내 볶음밥은 아무런 거부감도 없이 같은 수저로 먹었으면서.

두 사람의 속마음은 알겠지만, 나를 아무리 쳐다본들 아무 말도 해줄 수가 없었다.

아이는 한동안 의아해하며 두리번거린 뒤 '아아!' 하고 목소리를 높였다.

"유즈루는 딱히 문제없어!"

그 말을 들으니 위가 쓰리는 듯했다. 아니, 기쁘다. 그 말을 들으니 굉장히 기쁘고 두근거리긴 하지만…….

"그래, 유즈루는 문제없다……. 그럼 어쩔 수 없지."

그렇게 말하며 쓴웃음을 짓는 소스케를 보고서 나는 가시방석에 앉은 기분이었다.

아무리 사랑의 라이벌이라고는 해도…… 이런 식으로 직설적인 말에 충격을 받은 모습을 보고서 통쾌해할 만큼 성격이 더럽지 않다. 소스케는 라이벌이지만 존경하는 친구다.

"아ー아. 나도 귀여운 여자애랑 간접 키스하고파. 오다지마, 한 입 줄래?"

"멍청이. 당연히 안 되지."

그러나 소스케는 기분을 완전히 전환했는지 그런 농담을 내뱉었다. 카오루도 강한 표현으로 거부하면서도 어이가 없다는 얼굴로 웃었다.

소스케는…… 이런 상황에서도 나를 배려해 줬다.

나는 수저를 움켜쥐고 볶음밥을 듬뿍 떠서 입에 넣었다.

우물우물 씹고서 삼켰다.

"맛있어."

내가 소스케의 얼굴을 보며 말하자 그가 순간 어리둥절해하다가 서서히 사악한 웃음을 지었다. 생각이 통한 듯했다.

"야, 치사하다!"

"아하하! 횡재했네."

"짜증나!"

소스케가 이렇게 '농담'으로 승화시켜 줬으니 나도 전력으로 편승하여 상황을 원만히 추스르는 게 가장 좋을 듯했다.

배려만 받는 것은 싫었다.

사랑을 의식하며 애절해하는 순간이 앞으로 여러 번 있을 테지만, 이렇게 같은 시간을 공유하고 있으니 하다못해 모두가 즐길 수 있도록 행동하고 싶었다.

소스케와도 줄곧 친구로 지내고 싶었다.

"사이좋네."

아이가 키득키득 웃으면서 ―이 소동의 원흉이면서― 나와 소스케를 쳐다봤다.

카오루는 그 옆에서 내 볶음밥 그릇을 물끄러미 내려다보고 있었다. 그러다가 불현듯 시선을 올린 바람에 나와 눈을 마주치고 말았다.

"나도 한 입 줘."

"어?"

카오루는 내 대답을 기다리지도 않고 수저로 볶음밥을 떠서 그대로 입에 넣었다.

그녀가 우물우물 씹었다.

"……라면이 더 맛있어."

카오루는 툭 내뱉듯 말하고서 볶음밥 위에 수저를 아무렇게나 올려둔 뒤 그릇을 다시 밀었다.

그런데 옆에서 아이가 엉뚱하게 딴죽을 걸었다.

"어-? 근데 라면은 불었잖아?"

"불어도 맛있어. 아이는 아직 뭘 몰라."

"엥~?! 그, 그럼 한 입 더 줘. 맛있는지 확인해 보게."

"이제 안 줘."

"타코야키 하나 줄게!"

"타코야키 먹을 기분 아니거든."

두 여자들이 꺅꺅 소란을 떠는 광경을 옆에서 지켜보다가 소스케가 나에게 의미심장한 웃음을 보냈다.

내가 그런 표정을 짓지 말라고 째려보자 소스케가 어깨를 들먹이고서 야키소바를 다시 후루룩 먹었다.

카오루도…… 전보다 더 적극적으로 다가오려고 한다.

우리가 나눴던 약속에서 비롯된 행동임을 알 수 있었다. 나와 그녀는 이제 서로의 마음을 위해서 일절 타협하지 않는다.

카오루는 이성으로서 나를 좋아한다는 마음을 숨기지 않았다. 나는 카오루와 친구로서 지내면서도 그녀의 마음에 응해줄 수 있을지 없을지 진지하게 생각했다.

카오루가 내 수저에 입을 댔을 때 가슴이 조금 철렁했다. 그 작은 입술을 몇 초 쳐다보고 말았다.

"……."

이 수저를 계속 써도 될까? 라는 생각이 들었지만, 노골적으로 바꾸러 가는 것도 결례일 테니……

나는 묘하게 머뭇거리면서 볶음밥을 조금씩 먹었다.

밥을 먹기만 하는데도 이토록 두근거렸던 적은 처음인 듯했다.

"바나나보트 타고 싶어!!"

점심을 다 먹고서 숨을 돌렸을 즈음에 소스케가 큰 목소리로 말했다.

그 제안을 듣고 카오루는 인상을 찡그렸고, 아이는 눈빛을 반짝였다.

"저거 말이지?!"

아이가 바다 쪽을 가리켰다. 때마침 멀리서 수상 바이크가 끄는 노란색 보트가 보였다. 꽤 빠른 속도로 물 위를 달리고 있었다. 그 위에 남녀 대여섯 명이 매달려 있었다.

"재밌을 것 같지 않아?"

"응! 나 타보고 싶어!"

"으~."

아이는 적극적이었지만 카오루는 빼는 분위기였다. 물 위를 고속으로 미끄러지는 보트를 실눈으로 쳐다봤다.

"뭐야, 무섭냐?"

소스케가 묻자 카오루가 대놓고 눈을 치켜 올렸다.

"그런 말은 안 했잖아."

"그럼 타도 문제없겠네? 유즈루도 탈 거지?"

"어? 어어…… 으-음……."

느닷없이 나에게 묻자 조금 망설였다.

모두가 타고 싶다면 물론 나도 그러고 싶지만…… 카오루는 별로 타고 싶어 하지 않는 눈치였다. 무섭냐는 도발에 무심코 아니라고 대답하긴 했지만, 실은 무서운지도 모르겠다.

그래도 얼핏 보니 구명조끼를 착용하고 있으니 그렇게 위험한 놀이기구 같지는 않았다.

어떻게 할지 고민하다가.

나는 불현듯 여름방학 전에 겪었던 한 장면이 떠올랐다.

응, 그렇게 하자.

나는 혼자서 수긍하고서 카오루를 봤다.

"카오루도 탄다면."

내가 말하자 카오루가 놀란 표정으로 눈을 여러 번 깜빡이고서…… 나와 똑같은 장면을 떠올렸는지 숨을 헉, 하고 삼켰다. 그러고는 얼굴을 붉히며 나를 째려봤다.

"진짜 못됐어……!"

"아하하. 어쩔래?"

"탈 거야. 타면 되잖아!"

카오루가 발끈하듯 말하고서 내 곁에 살며시 오더니 나직이 말했다.

"이제 피차 빚은 없는 거야."

나는 웃으며 수긍했다.

"당연하지."

"진짜 짜증나."

밴드를 할지 말지 정할 때…… 나를 끌어들인 바람에 카오루가 미안해했던 기억이 떠올랐다. 그렇다면 마찬가지로 끌어들여서 묵은 빚을 털어내는 것이 원만한 해결책인 것 같았다.

더욱이 저렇게 빠르게 움직이는 놀이기구가 정말로 무서웠다면 이런 방식으로 권하더라도 끝내 거절했겠지. 카오루가 스스로를 억누르면서까지 분위기에 맞춰주는 성격이 아닌 건 잘 안다.

의견이 통일되고 다 함께 보트 탑승장으로 이동했다.

애초부터 멀리 보였던 탑승장은 실제로 걸어보니 역시나 거리가 상당했는데……. 새삼스레 해변의 넓이를 실감했다.

상당히 걸었을 텐데도 즐겁게 대화를 나눠서인지 감각적으로는 순식간에 도착했다.

타이밍이 좋았는지 우리 넷이서 보트 하나를 통째로 탈 수 있었다.

"역시 이 보트는 남녀 페어로 타고 싶어!!"

소스케가 강하게 제안했다. 이 보트는 넷이서 일렬로 매달려서 타는 형태였다. 즉, 나와 소스케, 그리고 아이와 카오루 순으로 타면 재미가 없다는 의미인 듯했다. 남자, 여자, 남자, 여자 순으로 타자고 소스케가 완고하게 주장했다.

특별히 반대하는 사람은 없었다. 여자는 여자끼리, 남자는 남자끼리 '묵빠'를 해서 팀을 나눴다.

그 결과 '바위'를 낸 나와 카오루, '보자기'를 낸 소스케와 아이가 같은 페어가 됐다.

"아싸!!"

소스케가 노골적으로 기뻐했다. 아이는 '잘 부탁해~' 하고 부드럽게 미소를 지었다.

"……뭐, 휘말렸으니 별수 없지."

"응, 잘 부탁해."

카오루가 눈을 내리깔면서 우물쭈물 말했다. 나도 이번만은 이렇게 나뉘어서 안심했다. 그녀를 끌어들이고서 방치하게 되면 마음이 괴롭다.

수상 바이크 운전수에게 설명을 듣고서 구명조끼를 착용했다. 처음 입어봤는데 의외로 묵직해서 놀랐다.

어느 페어가 먼저 탈지 정하기 위해 나와 소스케가 가위바위보를 했다. 이긴 소스케가 먼저 탑승하고서 그 뒤에 아이가 앉았다.

뒤따르듯 나도 바나나 보트에 걸터앉았는데…….

"우와……!"

생각보다 많이 흔들려서 똑바로 앉는 것조차 애를 먹었다. 꾸욱! 소리를 내면서 고무보트 위에 엉덩이를 떼었다가 붙이기를 반복하면서 안정된 지점을 찾고 나서야 비로소 마음을 놓았다.

마지막으로 카오루가 머뭇머뭇 보트에 발을 댔다.

"으아."

오르자마자 카오루가 휘청거리자 스태프가 팔을 꼭 잡아주고는 '천천히 타도 돼요~' 하며 도와줬다.

그녀도 마찬가지로 벌벌 떨면서 보트에 걸터앉은 뒤 시간을 충분히 들여서 안정된 위치를 찾았다.

"그럼 출발할게요~!"

수상 바이크 운전수가 힘차게 외쳤다.

"여자는 앞에 앉은 남자를 끌어안는 것도 오케이! 든든한 남자라면 오히려 그러는 편이 더 안정감이 있습니다!"

운전수가 짓궂은 마음을 담아서 그렇게 말했다.

앞에서 소스케가 웃는 소리가 들렸다.

"어떻게 할래? 나는 전혀 상관없어."

"떨어질 것 같으면 매달릴지도 모르겠어!"

아이와 소스케가 즐겁게 대화를 나눴다.

"그럼 출발!"

운전수가 쾌활하게 외치더니 보트가 서서히 움직였다.

소스케와 아이가 '오~!' 하고 외쳤지만, 뒤에서는 소리가 통 들리지 않았다.

생각한 것 이상으로 보트가 상하좌우로 요동쳤다.

카오루는 괜찮을까……. 걱정돼서 뒤를 돌아보려고 했더니.

등에 부드러운 감촉이 스윽 닿았다.

몸이 흠칫 떨렸다.

뒤에서 하얗고 가녀린 팔이 쑤욱 뻗어 나오더니 내 가슴 아랫부분을 휘감았다.

그리고 오른쪽 귀 가까이에서 소리가 들렸다.

"떨어질 것…… 같아서……."

"어, 어어……. 응, 괜찮아. 조심해……!"

"유, 유즈가 떨어지면 나도 떨어지니까 조심해."

"하하, 괜찮대도…… 아마도."

애써 '평범하게' 대답을 하려고 했으나 목소리는 떨렸다.

등이 따뜻했다.

카오루가 나를 끌어안고 있었다. 그것도 생각보다 상당히 강한 힘으로.

매달렸다고 표현하는 편이 더 정확한 것 같았다.

그녀가 상반신을 찰싹 달라붙어서 의식이 무심코 등에 쏠리고 말았다.

뭐라고 해야 할까…… 절제된 부드러움이 느껴졌다. 명백히 '그 부분'만이 감촉이 달랐다.

나는 두근거리면서도 보트가 점점 빨라지는 것을 느꼈다.

속도가 오르면 오를수록 온몸으로 느껴지는 맞바람이 강해졌다. 보트에 달린 작은 손잡이를 꽉 쥐지 않으면 떨어질 것 같았다.

앞에 있는 두 사람은 와아 꺄아, 하고 신나게 즐기고 있는데 반대로 뒤에 있는 우리는 조용했다.

아이의 등이 눈앞에 보이는데도 의식은 온통 내 등에 쏠렸다.

"유즈."

귀에서 바람을 가르는 소리가 휘잉휘잉 울렸지만, 귓가에 속삭이는 카오루의 목소리가 잘 들렸다.

"아이만 보지 말고 이쪽도 봐."

"어?"

내가 놀라서 뒤를 돌아보자마자 운전수가 큰소리로 '커브를 힘껏 틀게요~!' 하고 외쳤다.

보트가 커브를 홱액 틀었다. 돌아보려고 했던 나는 균형을 크게 잃었다.

"앗."

물에 젖은 손이 미끄러지면서 나는 잡을 곳을 훌러덩 잃고 말았다.

두둥실 떠오르는 감각이 느껴졌다.

"꺄아!"

카오루가 비명을 지르자마자 나와 그녀가 물에 풍덩 빠졌다.

뭐가 어떻게 돌아가는 건지 혼란스러운 상황에서 구명조끼의 부력으로 몸이 수면 위에 휘익 떠올랐다.

"푸핫!!"

우리는 동시에 물 밖으로 얼굴을 내밀었다.

"어푸……! 아, 진짜!!"

카오루가 험악한 목소리로 내 구명조끼를 쥐었다.

"떨어지지 말라고 했는데!!"

"아니, 네가 뜬금없이 놀랄 만한 말을 해서 그렇잖아!!"

우리는 서로 쏘아댄 뒤…….

"후훗."

"하하……!"

"아하핫."

동시에 웃었다.

멀리서 수상 바이크가 감속하는 모습이 보였다. 이쪽으로 핸들을 돌리고 있었다.

"이제야 단둘이 됐네."

카오루가 말했다. 바닷물에 젖어서인지 그녀의 얼굴이 햇볕을 반사하여 반짝반짝 빛나는 듯했다.

"아이랑 소스케가 탄 보트가 금방 올 거야."

내가 요상한 대답을 하자 카오루가 키득 웃었다.

"됐어, 한순간이라도."

카오루가 웃고는 가슴이 두근거릴 만큼 요염한 표정으로 말했다.

"나만 봐."

"우, 아니…… 저기…….."

"보라고."

"보, 보고 있어!"

"후후…… 응, 보고 있네."

어쩌면 좋은지 난감해하며 그저 바다에 뜬 채로 우리는 서로를 쳐다봤다.

"야—아! 괜찮냐~!!"

다가온 보트에서 소스케의 목소리가 들렸다.

"괜찮습니까~?"

운전수도 안부를 물으면서 보트를 우리 근처에 붙였다.

그러고는 왠지 히죽거리면서 '좋겠네요~' 하고 말했다.

나와 카오루는 얼굴을 살짝 붉히면서 다시 악전고투를 벌이며 보트에 올라탔다.

아이가 나를 돌아봤다.

"괜찮아?"

"응, 괜찮아."

"즐거웠어?"

그녀가 순진하게 묻자 나는 잠시 말문이 막혔다.

그러나 이내 웃으면서 대답했다.

"순간 하늘을 나는 것 같았어."

내가 말하자 아이가 키득키득 웃었다.

"좋겠다! 바다에서 하늘을 날다니. 사치스러운데."

그러고는 아이가 진심으로도 농담으로도 들리는 목소리로 '나도 한 번 떨어져 볼까?' 하고 말해서 나는 황급히 '안돼!' 하고 외쳤다.

보트가 다시 움직이기 시작했다.

등에서 따뜻한 감촉이 또 느껴졌지만, 그 이후로 나와 카오루는 한 마디도 말하지 않았다.

그리고 보트장에 돌아갔을 즈음에 카오루가 살며시 나에
게서 몸을 뗐다.

바나나보트를 즐긴 뒤 −이상하리만치 두근거려서 즐길
새는 없었지만− 바디보드를 즐겨 보기도 하고, 해변에서
달리기 경주도 해보는 등 평소에는 하지 않을 법한 순수한
놀이들로 바다를 즐겼다. 참고로 달리기는 아이와 소스케
가 압승을 거뒀다. 나와 카오루는 한 번 달릴 때마다 어깨
를 들썩이며 숨을 헐떡였다. 평소에 몸을 움직이는 게 얼마
나 중요한지 깨달았다.

즐거운 시간이 빠르게 흘러갔다. 어느새 해가 질 시간이
되고 말았다.

"슬슬 옷을 갈아입고서 돌아가야겠네."

소스케가 그렇게 말하자 다들 조금 아쉬워하며 고개를 끄
덕였다.

"수영복 속에 모래가 잔뜩 들어가서 꺼끌꺼끌해~."

아이가 거리낌 없이 말하자 나와 소스케는 침묵했다. 그
러자 카오루가 작은 목소리로 '변태' 하고 말하는 게 들렸다.
이번만은 아이가 잘못했다고 생각한다.

다시 남자와 여자로 나뉘어서 샤워를 하고 옷을 갈아입었
다. 수영복 안에 모래가 들어갔다고 했으니 여자들은 시간
이 조금 더 걸리겠지.

옷을 완전히 갈아입고서 짐을 챙겨 탈의실을 나갔다.

낮에는 가게 안이 혼잡했는데 지금은 한산했다. 먼저 돌아갈 채비를 마친 소스케가 다다미 바닥에 앉아 있었다.

"오, 왔어? 이거, 쏘는 거야."

"고마워."

소스케가 나에게 라무네 병을 건넸다. 테이블 위에는 이미 절반쯤 줄어든 라무네 병이 놓여 있었다.

라벨을 벗긴 뒤 병 위에 장착된 플라스틱 기구로 유리구슬을 쭉 밀었다. 그러자 푸쉬! 하고 입구가 열렸다. 병 안에서 유리구슬이 까랑까랑 흔들렸다.

"아니…… 알고는 있었지만."

소스케가 수평선 너머로 저물어가는 석양을 바라보며 말했다.

"역시 미즈노 씨…… 유즈루를 정말로 좋아하는구나."

소스케는 그렇게 말하면서도 표정은 차분했다.

"너한테만 그렇게나 호감을 드러내는 모습을 봤더니 그만 포기하는 편이 좋을 것 같아."

"……네가 전력으로 계속 어택하면 무언가 바뀔지도 몰라. 너도 좋은 녀석이니까."

내가 말하자 소스케가 곁눈으로 나를 보고서 흥, 하고 콧소리를 냈다.

"여유롭네. 정말로 내가 빼앗아도 되는 거냐?"

"그런 뜻이 아냐. 하지만 쉽게 포기해서도 안 된다는 생각이 들었을 뿐이야."

"아니, 그토록 널 좋아하니 재깍 사귀면 되잖아. 너랑 사
귄다면 나도 당연히 포기할 텐데."

소스케가 시원하게 말했지만…… 나에게는 그리 간단한
이야기가 아니었다.

"……지금 사귀면 지난번과 똑같은 결말을 맞이할 거야."

나는 조용히 말했다.

"서로의 마음을 알았던 것 같으면서도 사실 잘 알지 못했
어, 우린. 그래서 이번에는 대화를 착실히 쌓아나가면서 서
로의 감정을 맞춰 나갈 거야. 그게 가장 중요하다는 걸……
잘 아니까."

소스케는 헛웃음을 지으면서도 내 말을 진지하게 들어
줬다.

그리고 내 말을 곱씹듯 말했다.

"마음을 알았던 것 같으면서도 잘 알지 못했다라……."

소스케의 시선이 바다의 집 바깥으로 향했다. 석양이 그
의 눈동자에 반사되어 아물아물 반짝였다.

"왠지, 알 것 같아."

그 말이 아이나 나에게 하는 소리가 아님을 알았다.

"……만약에 틀렸다면 미안한데 말이야."

"뭔데."

"소스케는…… 나고시 선배를 좋아했던 거 아냐?"

내가 묻자 소스케가 왠지 자조적으로 웃었다.

"뭐…… 들킬 만도 하겠지."

소스케가 그렇게 말하고서 수긍했다.

"좋아했어. 중학생 시절에는 그냥 동경하는 대상일 뿐이었어……. 멋있는 사람이라고 말이야……. 근데 고등학교에서 재회하고…… 같은 부에서 부대끼다가…… 어느새 좋아하게 됐어."

"……그렇구나."

"그로부터 몇 개월밖에 지나지 않았어. 근데 벌써 딴 여자를 좋아하게 되다니 참 가벼운 녀석이야, 난."

"그렇게 생각하진 않아. 여러 일들이 있었겠지, 나고시 선배와."

내가 고개를 가로젓자 소스케가 뭐라 표현할 수 없는 표정을 짓더니 내 어깨를 툭 두드렸다.

"유즈루는 뭔가 대범하네."

"그렇지 않아."

"아니, 맞아. 미즈노 씨가 왜 반했는지 알겠어."

소스케는 그렇게 말하고서 한동안 입을 다물었다.

둘이서 석양을 바라보면서 라무네를 홀짝홀짝 마셨다.

다다미 바닥에 비치된 선풍기가 바람을 보내는 소리와 파도 소리가 들려왔다.

"나고시 선배한테 차였으니 바로 다음 사랑을 찾자! 같은 마음으로 미즈노 씨를 좋아하게 된 건 딱히 아냐. 정말로 그 아이한테 끌리고 있어."

"알아. ……그보다 차였구나."

"그래, 차였지. 그뿐만 아니라……."

소스케가 거기까지 말하고서 불쾌한 기억이 떠올랐는지 인상을 찡그렸다.

"아니…… 아무것도 아냐."

소스케가 그렇게 말하고서 다시 입을 다물었다. 나는 아무것도 물어보지 않았다. 아니…… 물어볼 수 없었다.

"지금도 나고시 선배가 마음에 어른거려. 이제는 연애 감정과는 다른 것 같지만…… 그 사람, 예전이랑 완전히 바뀌어 버렸거든."

"그래?"

"어. 예전처럼 반짝이는 얼굴로 베이스를 치는 모습을 또 보고 싶을 뿐인지도."

소스케의 말을 들으면서 나는 나고시 선배의 과거를 생각했다.

선배가 즐겁게 악기를 치는 모습을 상상해 보려고 했으나 어려웠다.

지금 그녀는 자신의 모든 감정을 흐릿한 웃음 속에 감춘 것처럼 보였다. 그리고 누군가가 언급하려고 하면 오싹할 만큼 차가운 표정으로 밀쳐냈다.

"나고시 선배랑, 밴드, 해보고 싶은데……."

소스케가 라무네를 벌컥 비우자 안에 든 유리구슬이 까랑 울렸다.

"물론 유즈루와 미즈노 씨, 오다지마랑 함께 말이지!"

"알아. 난 먼저…… 연습부터."

내가 대답하자 소스케가 껄껄 웃었다.

"가까운 날에 드럼을 칠 줄 아는 선배랑 약속을 잡아볼게. 너도 기대하라고!"

소스케가 그렇게 말하고서 내 등을 착착 두드렸다.

일단 내가 나고시 선배에게 해줄 수 있는 것은…… 아무것도 없었다. 분명 소스케와 나고시 선배 사이에는 둘이서만 공유할 수 있는 사건과 감정이 있겠지. 그것은 내가 섣불리 접촉해도 될 만한 내용이 아니었다.

어쨌든 나는 드럼부터 열심히 연습해야 한다. 설령 나고시 선배가 베이스를 맡아주더라도 내 드럼 실력이 엉망이라면 면이 서질 않으니까.

"아, 라무네 마신다!"

옷을 다 갈아입은 아이와 카오루가 다다미 공간으로 나왔다.

소스케는 어느새 감정을 완전히 추슬렀는지 평소처럼 '너희들도 사줄게~!' 하고 힘차게 일어서 냉장고 앞으로 걸어갔다.

그 모습을 옆에서 보면서 나는 라무네 병을 기울여…… 입 안을 쏴아아 자극하는 차갑고 달콤한 액체를 마셨다.

석양을 바라보면서 마시는 라무네는 왠지 노스탤지어가 느껴지는 맛이었다.

넷이서 오늘 재밌었다고 대화를 나누면서 라무네를 마시고, 전철을 타고…… 순식간에 일상으로 돌아왔다.

소스케는 우리보다 두 정거장 전에 내렸고, 카오루와는 집에서 인접한 역에서 헤어졌다……. 그리고 아이와는 도중에 귀갓길이 갈렸다.

혼자서 집까지 걸으면서 하늘을 올려다봤다. 구름 사이로 달이 보였다.

"……재밌었다."

입을 통해 진심이 새어 나왔다.

종종 이렇게 친구와 함께 어디론가 놀러 가는 것도 나쁘지 않겠다.

고등학교에 입학하여 아이와 재회한 뒤…… 내 인생이 왠지 조금씩 넓어지는 것 같은 기분이 들었다.

후야제 밴드 공연도 좋은 추억들 중 하나로 남았으면 좋겠다고 생각했다.

A story of love and
dialogue between
a boy and a girl with
regrets.

"오— 유즈루. 벌써 와있었냐!"

바다에 다녀온 지 사흘 뒤 나는 소스케가 불러서 평소에는 방문할 일이 없는 '도심지'에 와있었다.

소스케와 함께 걸어온 여자를 보고서 나는 긴장했다.

"처, 처음 뵙겠습니다……!"

내가 고개를 숙이자 '세련된 갸루'처럼 생긴 흑발 여자가 손을 가볍게 들어 올렸다.

"안녕……. 이시가미 미스즈야. 미스즈라고 불러도 돼."

"자, 잘 부탁합니다! 아사다 유즈루입니다."

"유즈루구나. 잘 부탁해~."

느, 느닷없이 이름으로 부르다니……!

나는 쩔쩔매면서도 고개를 꾸벅꾸벅 숙였다.

그렇다. 소스케의 선배가 드럼을 알려준다고 해서 왔는데, 이렇게 활달한 여자 분이 나올 줄은 몰라서 쩔쩔매며 긴장하고 말았다.

미스즈 선배는 힘이 쭉 빠져서 감정을 읽을 수 없는 표정으로 나를 물끄러미 보고는…… 아주 가까이 다가왔다.

"앗……."

그리고 그대로 반소매 셔츠 밖으로 뻗어 나온 내 팔을 잡았다.

105

"와— 가늘어. 이거 당분간 근육통에 시달릴걸. 각오해 둬."

미스즈 선배가 그렇게 말하고서 빙긋 웃었다.

"저기, 전 정말로 문외한이라서."

"그런 것 같네. 문학 소년이지? 왜 이런 애한테 드럼을 시키는 걸까?"

미스즈 선배가 소스케를 지그시 쳐다봤다. 그러자 그가 '친구라서!' 하고 시원스레 말했다.

"흐—음. 시간을 허비해 봤자 소용없으니 스튜디오로 가자고."

미스즈 선배가 아무렇든 좋다는 표정으로 고개를 끄덕이더니 곧바로 걸어 나갔다.

나는 소스케에게 다가가 작은 목소리로 물었다.

"스튜디오……?"

"어— 드럼 연습을 하려고 해도 애당초 드럼이 없지? 시간당 빌려주는 스튜디오가 있으니 거기 가서 연습하자는 얘기야."

설명이 좀 많이 부족한 느낌이 들었지만 즉, 스튜디오에 가면 드럼이 있다는 뜻이겠지.

소스케를 힐끗 보니 등에 기타 케이스를 메고 있었다.

"그러고 보니 물어본 적이 없었는데."

"응?"

"소스케는 기타를 칠 줄 아는구나?"

"아— 뭐, 나름? 중학교 1학년 때부터 연습했지."

"……나고시 선배의 라이브를 보고?"

내가 묻자 소스케가 겸연쩍은지 뒤통수를 긁적였다.

"맞아……. 불만 있냐?"

"아니, 전혀. 좋다고 생각하는데……. 근데 왜 베이스를 안 고른 거야?"

내가 묻자 소스케가 노골적으로 눈동자를 이리저리 굴렸다.

그리고 얼굴을 붉히며 말했다.

"……기타를 칠 줄 알면 언젠가 나고시 선배랑 함께 연주할 수 있지 않을까 싶었어."

그 말을 듣고 나는 순간 할 말을 잃다가…… 웃음을 터뜨렸다.

"소스케한테도, 의외로 귀여운 구석이 있네."

"놀리지 말라고!"

소스케가 명백히 창피해하며 내 팔을 찰싹 때렸다.

그러고는 한숨을 내쉬었다.

"……뭐, 결국 함께 연주하는 날은 오지 않았지만 말이야."

"……그렇구나."

왠지 침울해져서 나는 고개를 떨궜다.

"여기서 오른쪽이야."

우리가 속닥거리든 말든 미스즈 선배가 마이 페이스로 걸어가면서 우리를 선도했다.

그녀를 따라서 10분쯤 가니 그 스튜디오가 나왔다.

"안녕~."

아무도 없는 로비에서 미스즈 선배가 인사하자 몇 초 뒤에 직원실에서 사람이 나왔다.

"오, 미스즈 짱……이랑 낯선 두 남자들."

드레드 머리가 인상적인 우락부락한 형이 나와 소스케를 신기해하며 쳐다봤다.

"세 명으로 예약했길래 늘 오던 셋이서 올 줄 알았지."

"오늘은 좀 달라. 세 시간 빌리려면…… 얼마나 들더라?"

미스즈 선배가 직원과 대화를 나누면서 지갑을 꺼냈다.

"5천 4백 엔인데 5천 엔으로 깎아 줄게."

"오, 고마워~."

미스즈 선배가 지갑에서 5천 엔짜리 지폐를 꺼내자 나는 헉했다.

"저, 저도 낼게요!"

내가 당황하여 말하자 미스즈 선배가 시선만 이쪽으로 돌리고서 고개를 가로저었다.

"됐거든~. 아, 소스케는 내라."

"물론이죠. 자, 2천 5백 엔. 5백 엔짜리 동전이 있어서 다행이야~."

"아니, 아니, 나만 안 낼 수는."

역시나 이만한 금액을 둘이서만 내도록 할 수는……. 그렇게 생각했지만 소스케가 고개를 붕붕 저었다.

"밴드에 억지로 끌어들였는데 어떻게 스튜디오 비용까지

내라고 하냐. 그만큼 연습은 확실히 해줘야 한다."

"나도 아르바이트 하니까 오케이."

둘 다 내가 돈을 내도록 허락할 생각이 전혀 없는 듯했다.

"……감사합니다."

내가 체념하고서 고개를 숙이자 둘 다 만족스럽게 고개를
여러 번 끄덕였다.

"예, 받았습니다. 그럼 B스튜디오를 사용해. 페트병으로
수분을 보급하는 건 좋지만 흘리지는 말고. 먹을거리와 뚜
껑이 없는 음료수는 금지."

드레드 머리 형이 빠르게 설명해줬다.

"알고 있대도. 내가 몇 번이나 온 줄 알아?"

"그쪽 귀여운 애한테 말하는 거야."

"뭐? 내가 더 귀여운데."

미스즈 선배가 방정맞게 중지를 척! 세우면서 걸어 나갔다.

나는 형에게 감사를 표하면서 그 뒤를 따랐다.

밖에서 봤을 때는 스튜디오가 아담해 보였는데 내부는 의
외로 넓었다.

선배를 따라서 뒤얽힌 통로를 계속 나아가니 B스튜디오
가 나왔다.

선배가 익숙한 손놀림으로 투박한 손잡이를 딸깍 돌렸다.

"오오……."

스튜디오 안에 들어가니 우선 드럼이 눈에 들어왔다. 그
옆에는 스탠드에 거치된 기타와 베이스가 있었다.

드럼 세트를 실물로 보니 생각보다 큰 것 같았다.

나는 그것들을 물끄러미 쳐다보다가…….

"……칠 수 있을 것 같지가 않아."

떠오른 생각을 그대로 내뱉고 말았다.

"치기도 전에 엉덩이부터 빼면 어쩌자는 거야. 자, 얼른 앉아."

미스즈 선배가 좌석이 가죽으로 된 검은색 드럼용 의자 −드럼 슬론이라 부른다고 한다− 를 팡팡! 때렸다.

조심스럽게 앉아보니 잔뜩 늘어선 북들의 압박감이 더욱 커졌다.

"으음……."

어떻게 해야 좋을지 몰라서 가르침을 청하듯 미스즈 선배를 쳐다봤다.

"자, 이거."

미스즈 선배가 자신의 가방에서 스틱 두 개를 건넸다. 자세히 보니 목제였다. 끝이 조금 동그란 부분으로 드럼을 때리는 것 같았다. 가느다란데도 생각보다 훨씬 묵직했다.

"오늘은 이 중에서 세 개밖에 쓰지 않을 거야."

미스즈 선배가 왼쪽에 있는 세 파츠를 가리켰다. 내 왼쪽 앞에 있는 작은 드럼과 발치에 페달이 달린 커다란 북. 그리고 작은 드럼의 왼쪽 옆에 배치된 작은 심벌.

"스네어, 베이스 드럼, 하이햇."

그녀가 손가락으로 가리키면서 명칭을 말해줬다. 내가 따라서 말하자 선배가 고개를 응응 끄덕였다.

"우선 스네어. 쳐봐."

"아, 예……."

나는 스네어라고 불리는 작은 북을 조심스럽게 두드려 봤다. '퐁!' 하고 왠지 비실비실한 소리가 났다.

미스즈 선배가 소리를 듣자마자 '음' 하고 인상을 찡그리고서 바로 쪼그려 앉았다.

"팽팽하질 않잖아. 뭐, 마침 잘 됐나."

스네어 아래를 들여다보면서 선배가 뭐라고 중얼거렸다.

"유즈루, 잠깐. 스네어의 아래를 한 번 봐봐."

시키는 대로 의자에서 내려와 그녀와 함께 스네어 아래를 들여다봤다.

그곳에는 용수철처럼 생긴 기구가 달려 있었다.

"이게 스내피야. 울림줄이라고도 해."

"스, 스내피……."

"그래. 지금 이게 팽팽하질 않아서 비실비실한 소리가 난 거야. 그리고…… 스트레이너…… 아— 이거네, 이거."

선배가 북 옆에 있는 물림쇠처럼 생긴 부분을 가리켰다. 그리고 그것을 휙 밀어 올렸다.

"스트레이너를 올리면 스내피가 팽팽해져. 그럼 소리가 바뀌지. 쳐봐."

"예…… 앗."

들어본 적이 있는 '탕!' 하는 소리가 울렸다.

"기본적으로 밴드에서 스네어를 칠 때는 스내피를 ON으로 해둬. 이 '탕!'이 스네어 소리라는 걸 기억해둬."

"예."

"그리고 지금 넌 오른손으로 스네어를 쳤는데, 기본적으로는 왼손으로 치는 거야. 자, 앉아."

미스즈 선배가 나를 의자에 앉히고서 내 뒤에 자리하여 밀착했다. 가슴이 콩닥거렸다.

"왼손으로 스틱을 쥐고서 스네어 위에."

"예……."

"그리고 오른손은 하이햇에."

"이, 이렇게요……?"

"그래. 그리고 오른발로 베이스 드럼의 페달을 밟아."

"아, 예…… 으아!"

시키는 대로 페달을 밟았더니 '둥!' 하고 커다란 저음이 울려서 놀랐다.

미스즈 선배는 익숙한지 꿈쩍도 하지 않았다.

"이게 기본. 오늘은 이 형태를 외우고서 돌아가는 거야."

"아, 예……!"

왼손과 오른손이 교차한 자세도 가뜩이나 불편한데, 그와 별개로 오른발도 움직여야만 하다니. 머릿속이 이미 뒤죽박죽이었다.

"저기~ 전 심심하니 기타를 쳐도 될까요?"

"마음대로~."

소스케가 무료한지 기타 케이스를 열어서 내용물을 꺼내고 있었다.

"착실히 잘 배우라고~."

소스케가 생긋 웃으면서 눈빛을 보내자 나는 대답할 여유가 전혀 없어서 고개만 여러 번 끄덕였다.

"좋아. 자리 좀 비켜봐. 우선 하이햇을 치는 법부터……."

미즈 선배가 내 대신에 의자에 앉아서 시범을 보여줬다. 그리고 나는 그걸 따라서 쳤다.

세 시간 동안 반복하면서 드럼의 기초를 머릿속에 주입했다.

선배는 내가 문외한이라는 걸 이해해 주고서 같은 내용을 여러 번이나 끈기 있게 알려줬다. 그리고 조금이라도 진보한 모습을 보이면 칭찬을 잔뜩 해줬다.

나는 기분 좋게 연습을 하면서 조금씩 드럼의 기초를 —정말로 기초 중의 기초라고 생각하지만— 습득해 나갔다.

"유즈루, 이해력이 상당히 괜찮네. 첫날부터 형태뿐이지만 에이트 비트를 치다니 제법이야."

첫날에는 포 비트와 에이트 비트라는 치는 법을 배웠다.

오른손과 왼손으로 전혀 다른 동작을 하려니 어려웠다. 그러나 리듬을 따라가다 보니 어색해도 손과 발이 자연스럽게 움직여졌다.

꽤…… 재밌는 것 같았다.

"그 스틱 줄게."

미스즈 선배가 스튜디오를 정리하면서 빌려줬던 스틱을 턱으로 가리켰다.

"어…… 그래도 돼요?"

"응. 요전에 새 걸 샀거든. 물려받는 게 불쾌하지 않다면."

"감사합니다! 소중히 쓸게요."

"후후, 호들갑 떨기는."

미스즈 선배가 우습다는 듯 웃었다.

"집에서도 한가한 시간에 포 비트와 에이트 비트를 무작정 계속 치는 거야. 책상을 두드리면 시끄러우니까 개어진 수건을 스네어라고 생각하고서 침대 위에서든 어디서든 해 보는 게 좋아. 이렇게…… 침대에 절반쯤 걸터앉은 채로 오른쪽 다리를 내려서 베이스 드럼의 페달을 밟는 연습을 하면서 두 팔을 놀리는 거지."

"그렇군요……. 매일 할게요."

"응. 그렇게 해."

미스즈 선배가 만족스레 고개를 끄덕이고서 손뼉을 짝짝 두드렸다.

"좋아! 정리도 끝났으니 집에 가자."

"시간이 순식간에 지났네."

내가 배우는 동안에 소스케도 기타를 계속 연습했다.

중학교 1학년 때부터 계속한 경력자답게 상당히 능숙한 느낌이 들었다. 어느 정도 실력이다라고는 문외한인 내가 봐도 알 수 없지만…… 분명히 연주하고 있다는 것만은 알겠다. 기타는 그에게 맡겨두면 안심이 될 것 같았다.

스튜디오를 나오니 오후 4시가 지났다. 여름은 해가 길어서 아직 환했다. 그러나 앞으로 한 시간쯤 지나면 해가 기울어지기 시작하겠지.

역으로 걸어가면서 미스즈 선배가 입을 열었다.

"처음이라서 스튜디오 비용도 내줬지만, 매번 스튜디오를 빌려서 연습을 하려면 돈이 엄청 깨질 텐데."

말투는 가벼웠지만 그 문제는 절실했다.

"그렇죠~. 근데 드럼은 경음악부에만 있으니 다른 부의 비품을 계속 빌릴 수도 없는 노릇이니까."

"그야 그렇지. 자기 연습 시간이 줄어드니까."

"근데 드럼이 집에 있는 사람은……."

소스케가 고민하는 표정으로 말하자 미스즈 선배가 '아' 하고 목소리를 높이더니 손뼉을 짝 쳤다.

"그래. 그런 수가 있구나."

그리고 선배가 우리를 돌아보며 태연히 말했다.

"리사네 집에 가자. 안 쓰는 전자 드럼이 있어."

미스즈 선배를 따라서 십 분쯤 전철을 타고 급행도 서지 않는, 작은 규모의 역에 내렸다.

선배는 느긋하게 걷고 있지만…… 소스케는 왠지 긴장한 표정이었다. 나도 당연히 갈팡질팡했다.

"저기…… 갑자기 몰려들면 민폐가 아닐까 싶은데."

내가 말하자 미스즈 선배가 코웃음을 쳤다.

"어차피 휴일에 리사는 자고 있거나, 게임을 하거나, 팔을 긋고 있을 거 아냐? 한가한 녀석의 집에 갑자기 쳐들어간들 화내기야 하겠어."

선배가 시원한 말투로 대답했다.

나와 소스케는 숨을 헉 삼켰다.

"……역시 아직…… 팔 긋는 거 그만두지 않았군요."

소스케가 분한 표정으로 중얼거리자 나는 '알고 있었나?' 하고 생각했다.

그녀는 늘 가슴 주머니에 커터칼을 넣고 다닌다. 그리고 나는 그녀의 왼쪽 팔에 붕대가 감겨 있다는 걸 안다.

그녀가 어떤 심정으로 그런 짓을 벌이는지는 모르겠지만…… 어쩌면 소스케는 그 속내까지 알지도 모르겠다.

미스즈 선배가 소스케를 힐끗 쳐다봤다.

"그만둘 이유가 없잖아, 그 녀석한테는."

"……."

소스케가 대꾸할 말이 없는지 침묵했다.

"저기…… 언제부터 그랬던 겁니까?"

내가 묻자 미스즈 선배가 '음−' 하고 중얼거리고서 대답했다.

"밴드를 그만둔 뒤부터. 그 녀석, 중학교 3학년 때 급변했어. 뭐…… 어쩔 수 없다는 생각도 들지만."

"나고시 선배가 변해버린 이유, 미스즈 선배는 아시나요?"

내가 거듭 묻자 미스즈 선배가 의미심장하게 입을 다물었다.

몇 초쯤 침묵한 뒤 선배가 고개를 가로저었다.

"알긴 하지만……. 그건 내 입으로 알려줄 수는 없어."

"그런……가요? 죄송합니다. 주제넘게 끼어들어서."

"아냐. 걱정해서 물어봤다는 것쯤은 아니까 됐어."

미스즈 선배가 살짝 웃으며 나를 곁눈으로 봤다.

"그냥 하라고 내버려 둬. 죽는 것도 아니고."

"그래도……."

"그보다 유즈루는 어떻게 해야 드럼을 더 잘 칠 수 있는지만 생각해."

미스즈 선배가 대화를 끊듯 그렇게 내뱉었다.

그러고는 주변에 논밖에 보이지 않는 길 너머를 가리켰다.

"자, 저게 리사네 집."

"어…… 저 집, 이라고요?"

다른 주택과 상당히 떨어진 위치에 단독주택 하나가 외따로 서있었다.

아주 외국스러운 모양새라고 해야 할까……. 논들이 펼쳐진 풍경 속에서 기이한 분위기를 풍기는 집이었다.

"주변에 논밖에 없고, 이웃도 이웃이라고 할 수 없을 만큼 떨어져 있으니…… 저 집에서는 마음껏 악기를 칠 수 있지."

미스즈 선배가 논 사이에 난 길을 성큼성큼 걸으며 말했다.

"그리고 1층은 차고인데 거기에 전자 드럼이 있어. 지금은 그냥 짐일 뿐이니 그걸 쓰도록 하자."

미스즈 선배가 너무나도 제멋대로 이야기를 진행시켰다. 괜찮으려나……, 싶은 생각이 강하게 들었지만, 미스즈 선배와 나고시 선배의 사이에는 우리가 모르는 인연이 분명 있겠지.

지금까지 나눠왔던 대화로 미루어 보아 적어도 미스즈 선배가 나고시 선배를 소중히 여기고 있다는 것만은 이해했다.

그래…… 역시 나는 나고시 선배에 관해 아는 것도, 해줄 수 있는 것도 너무나도 적다.

미스즈 선배의 말대로 드럼 연습을 최우선으로 생각해야만 한다.

옆에 있는 소스케의 얼굴을 힐끗 훔쳐봤다.

방금 전까지 흥겨웠던 분위기는 어디론가 사라지고, 그는 눈빛을 떨면서 고민하는 표정으로 입을 다물었다.

EP. 06　[6장]　　　A story of love and
dialogue between
a boy and a girl with
regrets.

　　나고시 선배의 집 앞까지 오니 멀리서 봤던 것보다 더 커
다랬다.

　　서양식 3층짜리 단독주택. 1층에는 현관문이 있고, 그 오
른편에는 커다란 셔터가 있었다. 아마도 저 셔터 안쪽이 차
고이겠지.

　　미스즈 선배가 망설이지 않고 인터폰을 누르자 수십 초 뒤
에 나고시 선배가 교복 차림으로 현관에서 얼굴을 내밀었다.

　　"미스즈잖아. 어…… 희한한 2인조도 함께 있고."

　　나고시 선배가 놀란 표정으로 나와 소스케를 쳐다봤다.

　　그녀의 눈꺼풀이 왠지 부은 것처럼 보였다. 지금까지 잔
것 같은 모습이었다.

　　"이거, 대체 무슨 조합이야?"

　　나고시 선배가 고개를 갸웃거리자 미스즈 선배가 현관 옆
에 셔터가 내려간 차고를 가리켰다.

　　"전자 드럼 빌려줄래? 얘가 드럼 연습을 하는데 매번 스
튜디오에 가면 돈이 아까우니까."

　　미스즈 선배가 말하자 나고시 선배의 눈이 동그래졌다.

　　"아사다가 드럼~?! 그런 가느다란 팔로 칠 수나 있니?"

　　나고시 선배가 깔깔 웃으면서 현관에서 나왔다. 그러더니
내 팔을 찰싹! 때렸다.

"영차."

그대로 나고시 선배는 나와 소스케 옆을 지나 셔터를 드르륵 올렸다.

"상당히 오랫동안 쓰지 않아서 먼지가 쌓였을 거야. 치기 전에 청소해~."

선배의 그 말은 '사용하는 것 자체는 문제없음'처럼 들렸다.

"저기…… 괜찮을까요? 빌려 써도……."

내가 묻자 선배가 이내 고개를 끄덕였다.

"괜찮아. 썩혀두는 것보다는 낫지."

깊이 생각하는 시늉조차 하질 않아서 나는 점점 불안해졌다.

"그렇게 선뜻……. 게다가 정기적으로 신세를 져야 할지도 모르는데……."

"그것도 딱히 상관없어. 매일 와도 되는데? 집 안에 들어오는 것도 아니니."

나고시 선배가 그렇게 말하고서 순간 멈칫했다.

"……집 안에는 들이지 않을 거다?"

"아, 알고 있어요, 그 정도는!"

"그럼 됐어. 차고는 집 밖이라고 봐야겠지."

선배가 실실 웃으면서 차고에 들어가 벽에 달린 스위치를 눌러서 전등을 켰다. 색조가 따뜻한 조명이 들어오자 차고 전체가 보였다.

뭐라고 해야 할까…… 대단히 미국스러웠다.

카운터가 있고 그 앞에는 좌석에 「Coca-Cola」라고 적힌 키 높은 둥근 의자가 —바 스툴이라고 하나?— 네 개 늘어서 있었다. 벽에는 여러 영화나 밴드의 포스터가 붙어 있고…… 차고 가장 안쪽에는 조금 작은 드럼 세트가 놓여 있었다. 저게 전자 드럼……일까?

"……굉장해."

내가 작게 중얼거리자 나고시 선배가 코웃음을 치며 '아빠의 취향이야'하고 말했다.

선배가 전자 드럼을 구성하는, 고무로 된 하이햇에 검지를 쓰윽 문댔다. 그러고는 손가락을 보고서 인상을 찡그렸다.

"우와, 생각보다 더럽네. 양동이랑 걸레 갖고 나올 테니 기다려~."

나고시 선배가 종종걸음으로 차고를 나가 집 안에 들어갔다.

"……시원하게 허락을 해줬네요."

내가 말하자 미스즈 선배가 쓴웃음을 지었다.

"리사는 타인한테 흥미가 없거든. 괘념치 마."

"그래도…… 아빠의 취향이라고 했으니…… 허락도 없이 마음대로 써도 되는지……."

내가 중얼거리자 미스즈 선배가 순간 당혹스러워하며 입을 다물었다.

그러다가…… 불쑥 말했다.

"리사는 혼자 살아. 그러니 괜찮아."

"예?"

"지금은, 부모가 없어."

"……그렇군요."

왠지 더는 물어볼 수가 없어서 나는 어중간하게 수긍했다. 이렇게 커다란 집에서 혼자 사나?

비밀기지 같은 차고를 보고 놀라기는 했다. 그러나 선배의 생활의 일부를 아는 처지로서 먼지를 잔뜩 뒤집어쓴 차고 내부와 홀로 살기에는 너무나도 커다란 집을 보니…… 수수께끼가 더더욱 깊어지는 느낌이었다.

소스케 쪽을 보니 그는 아무 말 없이 실내의 어느 한 점을 쳐다보고 있었다.

그것은 아까 스튜디오에서 봤던, 기타나 베이스를 거치하기 위한 스탠드였다. 그러나 그곳에는 아무것도 놓여있지 않았다. 스탠드만이…… 일찍이 무언가를 지지했음을 주장하듯 덩그러니 서 있었다.

문이 덜컥 열려서 그쪽으로 눈길을 돌렸다.

물이 든 양동이와 걸레를 들고서 나고시 선배가 차고로 돌아왔다.

"일단 이걸로 닦아. 다 끝나면 마음대로 써도 돼. 셋업은 미스즈한테 맡길게."

"라저."

미스즈 선배가 고개를 끄덕이고서 전자 드럼의 전원 코드를 벽에 달린 콘센트에 꽂았다.

나고시 선배가 가져다준 양동이와 걸레를 받은 뒤 나도 드럼 세트에 다가갔다. 가까이서 보니 훤히 알 수 있을 만큼 먼지가 쌓여 있었다.

"그럼 난 방으로 돌아갈게~. 다 끝나면 차고 셔터 좀 내려주고."

"저기!"

소스케가 집으로 돌아가려는 나고시 선배를 만류했다.

어째선지 가슴이 철렁했다. 그의 목소리는 그만큼 절실했다.

"오─ 왜 그래?"

선배는 여전히 평탄한 말투로 대답하면서 뒤를 돌아봤다.

소스케는 몇 초쯤 망설이다가 결심을 굳힌 듯 말했다.

"저기, 우리…… 문화제 후야제 때 밴드 공연을 하려고 하는데."

"아─ 그래서 아사다가 드럼을 시작한 거구나. 그래서?"

"저기…… 베이스를…… 나고시 선배한테─."

"안 해."

선배가 빠르게 대답했다. 소스케가 말을 채 끝마치기 전에 고개를 가로저었다.

"아……."

"안 한다고. 딴 사람 찾아봐~."

나고시 선배가 가벼운 말투로 말했다. 그러나 그 속에는 두 번 묻지 말라는 박력이 담겨 있었다.

선배는 손사래를 치고서 집 안으로 들어가 버렸다.

소스케가 제자리에 멍하니 서 있었다.

"소스케, 그런 생각을 했던 거야? ……안 될 게 뻔하잖아."

미스즈 선배가 그의 등에 대고 말했다.

소스케가 뒤를 돌아 분한 표정으로 선배를 쳐다봤다.

"미스즈 선배는 나고시 선배가 이제 베이스를 치지 않는 걸 보고도 아무 생각도 안 듭니까……!"

소스케가 말하자 미스즈 선배가 쓴웃음을 지었다.

"나한테 성질내기 없기."

"하지만……!"

"나도 아깝다고 생각해."

미스즈 선배가 대답하자 소스케가 숨을 헉 삼켰다.

"그래도…… 본인이 결정한 일이니까. 내가 무슨 말을 한들 소용없잖니."

미스즈 선배가 자조적으로 힘없이 웃으며 말했다. 그러고는 나를 쳐다봤다.

그녀의 표정은 완전히 원래대로 돌아가 있었다.

"미안, 이것 좀 먼저 닦아줄래? 먼지가 너무 쌓였다."

"앗…… 예."

그녀가 가리키는 콘솔 부분을 황급히 닦았다.

소스케는 한숨을 내쉬고서 빨간색 바 스툴에 걸터앉았다. 그러고는 빙글빙글 돌아가는 좌석 위에서 초조한 듯 몸을 좌우로 흔들었다.

나는 그에게 딱히 해줄 수 있는 말이 없어서 묵묵히 드럼을 청소했다.

"좋아. 셋업은 이 정도면 오케이. 자, 헤드폰 써."

미스즈 선배가 콘솔에 연결된 헤드폰을 나에게 쓰게 한 뒤에 그대로 의자에 앉혔다.

"아까 스튜디오에서 했던 것처럼 치면 헤드폰에서 소리가 울려."

시키는 대로 스네어를 쳐 봤더니 귓가에서 '탕' 하는 소리가 울렸다. 그렇구나.

"그리고 여길 누르면 메트로놈……. 뭐, 간단히 말하자면 리듬의 견본 같은 게 흘러나와. BPM…… 아─ 리듬의 속도는 이 부분으로 변경할 수 있어."

미스즈 선배가 버튼을 하나씩 누르면서 전자 드럼 사용법을 알려줬다.

오늘은 일단 선배가 정한 리듬에 맞춰서 포 비트와 에이트 비트를 연습하라는 지시를 받았다.

"뭐, 더 자세한 내용은 연습이 조금 진척되거든 알려줄게. 일단 연락처 알려줘."

"예? 연락처?"

"그래. 과제를 조금씩 내줄 테니까 하나씩 연습해 두면 여름방학이 끝날 즈음에는 웬만큼 치게 될 거야."

"아아, 그렇구나…… 알겠습니다."

내가 주머니에서 스마트폰을 꺼내는 동안에 선배가 메시

지 어플 연락처를 교환하기 위해 QR 코드를 띄웠다.

카메라로 그걸 읽어 들여서 교환을 완료했다.

좋아, 하고 중얼거린 뒤 미스즈 선배가 소스케를 돌아봤다.

그는 아직 무언가를 고민하는지 한 점을 쳐다보면서 의자를 흔들고 있었다.

"소스케."

선배가 말을 걸자 그의 몸이 흠칫 떨렸다.

생각에 꽤 빠져 있었나 보다.

"예?"

"베이스, 어쩔 거야? 빨리 다른 사람을 찾는 편이 나아."

"……전, 아직 포기하지 않았습니다."

소스케의 말과 표정에서 굳건한 결의가 배어나왔다.

미스즈 선배가 한숨을 크게 내쉬었다.

"……뭐, 말리지는 않겠지만. 최악의 경우에는 우리 경음악부에서 한 사람 빌려줄 수도 있어. 그 녀석, 재주가 좋아서 곡 금세 외울 수 있으니까."

"고맙지만 거절하겠습니다."

"거절하기에는 일러. 최악의 경우라고 했잖아. ……솔직히 무리라고 생각해, 난."

"그래도 포기하고 싶지 않습니다."

미스즈 선배가 몇 초쯤 침묵하다가 말했다.

"그래? 어디 마음대로 해 봐~."

그러고는 으-음, 하고 기지개를 켰다.

"그럼 돌아갈까~. 소스케도 같이 돌아가자."

드럼 의자에 앉아 있는 나를 아랑곳하지 않고, 선배가 돌아갈 채비를 시작했다. 소스케는 아직도 더 할 말이 있다는 눈치였지만 의자에서 일어섰다.

"저기…… 전……?"

내가 묻자 미스즈 선배가 곁눈으로 나를 쳐다봤다.

"유즈루는 연습을 조금 더 하고 가. 머릿속에서 포 비트랑 에이트 비트만 남을 정도가 되면 돌아가도 좋아."

"그, 그렇게는……. 혼자 나고시 선배네 집에 남다니……."

"괜찮아, 괜찮아. 그 녀석도 안 내려올 거야. 그럼 힘내! 뭔가 모르는 게 생기면 언제든지 메시지 보내고."

"네?"

미스즈 선배가 할 말만 하고서 짐을 챙긴 뒤 차고에서 나가버렸다.

소스케는 미스즈 선배의 등을 한동안 쳐다보다가 종종걸음으로 내 곁에 다가왔다.

그리고 작은 소리로 귓속말을 했다.

"만약에 선배랑 대화할 기회가 생기면 너도 부탁 좀 해줘."

"으, 응……. 성의껏 말은 해보겠지만."

"그리고! 팔을 또 그리려고 하거든 말려줘."

"……응……."

"그럼 수고."

소스케가 한 손을 들고서 미스즈 선배를 급히 쫓아갔다.

그의 뒷모습이 작아질 때까지 바라보면서 나는 한숨을 내쉬었다.

……수락하긴 했지만, 나에게는 나고시 선배가 베이스를 다시 잡게 할 만한 말도, 팔을 긋는 행위를 만류할 만한 말도 갖고 있지 않은 듯했다.

미스즈 선배의 말처럼…… 그녀 본인이 선택했다면 내가 무슨 자격으로 간섭하라는 말이지?

아무것도 모르겠다.

"……연습이나 할까."

모르는 것을 언제까지고 혼자서 끙끙 앓아봤자 소용없다.

일단 남겨졌으니 열심히 연습하는 수밖에 없었다.

나는 스틱을 쥐고서 드럼을 치기 시작했다.

소리가 귓가에 들리니 조금 묘한 기분이 들었지만…… 메트로놈 덕분인지 아까보다 내가 치는 리듬이 얼마나 어긋났는지 명확히 알 수 있었다.

해가 지는 것을 느끼면서 나는 필사적으로 전자 드럼을 쳤다.

"오─ 아직도 하고 있네."

나고시 선배가 차고에 얼굴을 비치자 나는 해가 완전히 저물었음을 알아챘다.

스마트폰을 꺼내 시간을 보니…… 벌써 오후 7시를 앞두고 있었다.

"죄송합니다! 이렇게 늦게까지. 이만 돌아갈게요."

내가 황급히 의자에서 일어서자 나고시 선배가 웃으면서 손을 저었다.

"괜찮아. 필요하면 밤새 쳐도 돼. 화장실이랑 욕실 정도는 빌려줄게."

선배가 웃으면서 차고 벽에 붙어 있는 카운터 앞에 놓인 바 스툴에 걸터앉았다.

"그나저나 설마 네가 드럼을 칠 줄이야. 사람 앞일은 모르는 거라니까."

그 말을 듣고서 나는 쓴웃음을 지었다.

"그건 제가 제일 통감하네요⋯⋯."

"하하, 거절하질 못했구나. 여전히 무르다니까."

나고시 선배가 반달처럼 실눈을 짓고서 나를 쳐다봤다.

"뭐~ 오늘부터 매일 연습하면 문화제까지는 그럭저럭 되지 않겠어? 아사다는 분명 성실하게 할 테니까."

"글쎄요⋯⋯. 아직 기초의 '기'도 몰라요."

"그야 첫날이니 당연하지~. 못한다는 걸 알면서도 이 시간까지 연습한 게 바로 성실하다는 거야."

나고시 선배가 그렇게 말한 뒤 입가를 살짝 풀고는 고개를 갸웃거렸다.

"드럼⋯⋯ 재밌어?"

그 목소리를 듣고 나는 왠지 흠칫 놀랐다.

꼭 집어서⋯⋯ 표현하기는 어렵지만, 왠지 평상시와는 온도감이 다른 듯했다.

"드럼이 재밌는지는 아직 모르겠지만…… 새로운 걸 하니 재밌네요."

내가 대답하자 선배가 '꼭 어렵게 대답한다니까' 하고 웃더니 바 스툴에 앉은 채로 빙글빙글 돌았다.

"그 전자 드럼도 먼지를 뒤집어쓰는 것보다는 사람이 쳐주는 게 더 기쁘겠지. 일일이 허락 구할 거 없이 원하는 시간에 와도 돼. 멋대로 하라고~."

"그럴 순 없죠. 일단 올 때는 연락을 하고 싶은데요……."

내가 말하자 나고시 선배가 우와, 하고 입꼬리를 올렸다.

"무단으로 쳐들어와 놓고서 연락처까지 묻는 거니? 너, 꽤 음흉한 구석이 있네."

"그, 그런 뜻이……."

"알아, 알아. 자, 여기."

선배가 치마 주머니에서 스마트폰을 꺼내더니 메시지 어플용 QR 코드를 띄웠다. 나는 그녀에게 다가가 그것을 읽어 들였다.

"연락하고 오는 건 좋지만, 난 아마도 대답 안 할 거야~."

"읽었다는 표시만 남겨줘도 충분해요. 그리고 안 될 때는 답장 해주세요."

"안 되는 때가 없을 텐데."

선배가 그렇게 말하면서 느닷없이 내 팔을 꽉 잡았다. 갑작스러운 접촉에 나는 당황했다.

"뭐, 뭡니까?"

"오-. 딴딴하게 굳었어. 오늘은 이쯤하고 돌아가."

선배가 내 팔을 내려다보면서 말했다.

"오늘은 욕조에 몸을 담그지 말고 샤워만 하는 편이 좋아. 그래야 팔의 통증도 일찍 사라질 거야."

"아…… 저기, 감사합니다. 그럴게요."

"후후. 축구부 매니저를 해서 근육에 관해서는 비교적 잘 알지."

나고시 선배가 짓궂게 웃으면서 오른손으로 '피스' 제스처를 취했다.

축구부라는 단어를 듣고 나는 무심코 반응하고 말았다.

"축구부…… 그만둔 거죠?"

내가 묻자 나고시 선배가 고개를 무심하게 끄덕였다.

"응."

"왜 그만둔 겁니까?"

내가 질문하자 선배의 눈매가 가늘어졌다. 그러나 이내 지어낸 것 같은 웃음을 얼굴에 씌웠다.

"질렸으니까."

그게 진심이 아니라는 건 왠지 알겠다. 그러나 더 이상 무언가를 물어볼 만한 기분이 아니었다. 그녀의 얼굴에 '묻지 마'라고 적혀 있는 듯했다.

"그럼 차고 닫을게. 내일 이후에는 마음대로 해. 한가하면 들여다보러 올게."

선배가 그렇게 말하면서 전자 드럼 옆으로 총총 걸어가더니 콘센트를 뽑았다.

그리고 차고 출입구까지 걸어가고서 나에게 손짓했다.

나는 스틱을 황급히 가방에 넣고서 차고를 나왔다.

셔터를 드르륵 내리고서, 나고시 선배가 '후우' 하고 한숨을 뱉었다.

"저기……."

딱 하나 간절히 물어보고 싶은 게 있었다. 거북하게 여기리라는 걸 알면서도 나는 입을 열었다.

"뭐야?"

"베이스…… 옛날에 쳤다고 소스케한테서 들었습니다."

"아— 응."

나고시 선배가 말장구를 쳤지만, 감정을 읽기 어려웠다.

"소스케는 선배의 베이스에 진심으로 반했대요."

"아, 그래. 그래서?"

"……왜 그만둔 겁니까?"

내가 묻자 선배의 눈이 가늘어졌다. 시선이 나에게로 향했다. 입꼬리는 히죽 웃고 있지만, 그녀가 나를 째려보고 있는 것 같은 기분이었다.

"그런 걸 알아서 뭘 어쩌게?"

"아뇨…… 뭘 어쩌자는 건 아니지만……."

"자기 흥미를 채우려고 남의 과거를 캐묻는 건 바람직하지 않은 행동이야. 아사다 소년."

"……죄송합니다."

선배가 따끔하게 말하자 나는 사과할 수밖에 없었다.

역시 이 사람은 자신의 내면을 보여줄 마음이 전혀 없다. 아니…… 애당초 이런 질문을 할 수 있을 만큼 나와 선배의 관계는 친밀하지 않다.

내 입으로 다시 한번 베이스를 해달라고 말할 수 있는 분위기가 아니었다.

"드럼, 빌려주셔서 감사합니다."

내가 고개를 숙이자 나고시 선배가 '고지식하네' 하고 중얼거리고서 검지로 내 이마를 툭 찔렀다.

"뭐, 연습 열심히 해~."

선배가 그렇게 말하고서 손을 흔들었다.

나는 다시금 고개를 깊이 숙인 뒤 그녀의 집을 뒤로했다.

혼자서 논에 난 길을 걸으려니 왠지 쓸쓸해서…… 다시금 나고시 선배의 집을 돌아봤다.

셔터도 문도 닫힌 그녀의 집은…… 역시나 왔을 때와 마찬가지로 풍경에 전혀 녹아들지 못하고 무료하게 외따로 서 있었다.

INTERMISSION [막간 ①]

A story of love and
dialogue between
a boy and a girl with
regrets.

"어떻게 하면 그렇게 대단한 소리를 낼 수 있어?"

어느 날 나는 그 사람에게 물었다.

내가 두 손이 퉁퉁 붓도록 아무리 연습해 본들 그 사람의 소리에는 다가갈 수 없을 것 같았다.

격렬하고 아름답고…… 땅을 뒤흔드는 힘을 지닌 베이스 소리.

그 사람이 연주하는 음악은 언제나 '들끓게' 했다.

내가 내는 비실한 소리와는 달랐다.

그 사람은 바 스툴에 앉아 하이네켄을 마시면서 '글쎄?' 하고 말했다.

"더 기뻐하거나 슬퍼하거나 분노하는 편이 좋을지도."

그는 그렇게 말하고서 씨익 웃었다.

나는 의미를 알 수가 없었다. 진지한 대답이 아니란 게 얼굴에 드러났다.

"관계없는 소리 하지 말라고."

내가 분개하자 그 사람이 어깨를 들먹였다.

"관계가 없긴 왜 없어. 강한 감정이 소리를 내게 하는 거야. 리사는 아직 악기를 치는 데만 정신이 팔려서 감정을 못 싣고 있잖아. 감정이 실리지 않은 음악은 기호나 마찬가지야."

"기호라니 무슨 소리야?"

"누구든지 쓸 수 있고, 쓰면 의미가 전해지는 걸 가리키는 거야."

"잘 모르겠어."

"그야 네 나이에 그걸 알고 있다면 오히려 무섭지. 괜찮아, 몰라도 돼."

"더 잘하고 싶어."

"연습하면 더 잘할 수 있어. 어쨌든 쳐. 그리고 살아."

그 사람이 그렇게 말하고서 맥주를 맛있게 벌컥벌컥 들이켰다.

"살아 있으면 그게 음악이 되는 거니까."

아직 어린 나는 그의 말을 하나도 이해할 수가 없었다.

자신을 흉내 내는 게 싫어서 적당히 말을 지어낸 줄 알았다.

그러나 성장하면서 왠지…… 그 의미를 이해할 수 있을 것 같은 느낌이었다.

즐거웠던 날에는 음악에 흥이 실렸다. 불쾌했던 날에는 줄을 튕기는 손이 난폭해졌다. 울고 싶은 날에는 베이스를 쥐고서 울음 대신에 소리를 냈다. 그런 날에는 왠지 소리가 똑바로 나온 것 같았다.

소리와 감정이 연동하고 있음을 이해했다.

그래도…… 역시 그럼에도 그 사람의 소리는 온통 수수께끼였다.

무슨 생각으로 베이스를 쳐야만…… 그런 압도적인 음색

을 낼 수 있을까?

베이스를 치지 않는 날에 그 사람은 아주 글러 먹은 어른으로 전락했다.

술을 마시고 코를 골면서 곯아떨어지기 일쑤였다. 요리는 거의 할 줄 모르고, 모든 사생활을 연인에게 떠맡겨두기만 했다.

텔레비전을 틀어 음악 방송을 볼 때면 '저딴 음악은 잡음이야. 멋만 부린 쓰레기!' 하고 매도하며 마치 자신의 음악만이 옳다는 투로 말했다.

그런 말을 들을 때마다 지긋지긋하건만…… 저 사람이 음악을 연주할 때마다 '아아, 이 소리가 최고야'라고 생각하고 만다.

그래…… 그 사람에게는 음악밖에 없었다.

분명 그것이 그 사람의 소리에 담긴 매력이었다.

그걸 알아챘을 즈음에…… 모든 것이 사라지고 말았다.

계단 아래에서 고무를 탁탁 두드리는 소리가 들렸다.

위태롭게 이어나가는 리듬은 와들와들 떨렸다.

그런데도 같은 리듬을 끝없이 계속 쳐댔다.

……푹 빠졌구나 싶었다.

거실 소파에 드러누워서 커터날을 따다닥 늘려 봤지만…… 결국 아무것도 하지 않고 날을 도로 집어넣었다.

소리가 들리니……… 왠지 마음이 싱숭생숭했다.

137

에츠코 언니가 썼던 전자 드럼이 다시 소리를 내니 왠지 신기한 기분이었다.

눈을 감고서 탁탁, 탁탁, 하고 울어대는 서투른 리듬에 귀를 기울였다.

그러는 사이에 의식이 깊은 곳으로 빠져드는 느낌이 들더니 잠 속으로 떨어졌다.

「즐겁기만 해서는 안 되나 봐…….」

그렇게 말하고서 애달프게 웃던 에츠코 언니의 얼굴이 떠올랐다.

EP.07 [**7장**]

A story of love and
dialogue between
a boy and a girl with
regrets.

드럼을 시작한 이후로 나는 며칠마다 나고시 선배네 집 차고에 드나들었다.

미스즈 선배가 하나씩 내주는 과제와 씨름을 하면서 할 수 있는 것들을 늘려나갔다.

매번 근육통이 생길 때까지 차고에서 드럼을 계속 친 뒤에는 그 근육통이 나을 때까지 집에서 숙제를 하면서 일상을 보냈다. 그리고 낫자마자 다시 나고시 선배네 집에 가서 연습했다.

그런 나날을 반복하다가 왠지 요령을 깨달은 것 같은 느낌이 들었다.

이제 기본 리듬은 거의 흔들리지 않았고, 탐(드럼 세트에서 스네어 드럼과 베이스 드럼을 제외한 부가적인 북)으로 연결할 때도 팔이 거의 꼬이지 않게 됐다.

"우와, 진짜 빨리 숙달됐네. 엄청 열심히 연습했나 봐."

일주일에 한 번 미스즈 선배가 연습이 잘 됐는지 보러 와 줬다. 그런데 선배가 매번 나를 칭찬해 줬다.

"이 정도라면 아마 어려운 곡만 아니라면 될 것 같아."

미스즈 선배의 격려를 받으면서 나는 자신감이 조금씩 붙었다.

초창기에는 내가 차고를 빌린 날에 한 번 얼굴을 내밀까

말까 했던 나고시 선배도 어느새 매번 차고에 내려와 구석에 놓인 소파에 드러누워 내 연습을 듣게 됐다. 나고시 선배의 부탁으로 헤드폰이 아닌 스피커에서 소리가 출력되도록 변경했다. 그렇게 하면 그녀도 소리를 들을 수가 있으니까.

"손목을 더 써. 팔로 치려고 하니까 탐으로 넘어갈 때 힘을 빼질 못하고 부자연스러워지는 거야."

내가 복잡한 손놀림에 계속 고전하자 나고시 선배가 보다 못하고 소파에서 일어서 지도하러 와준 덕도 있었다.

"세게 쥐지 않아도 돼. 손가락 끝과 손목으로 스틱을 지탱한다는 느낌으로. 팔을 흔들면서 손목도 부드럽게 움직이는 거야…… 그래. 그렇게 스냅하면 소리를 제대로 낼 수 있어."

시키는 대로 쳐 봤더니 평소보다 힘이 잘 빠져서 소리가 또렷하게 울려서 놀랐다.

"선배, 드럼도 칠 줄 압니까?"

내가 묻자 나고시 선배가 곤혹스럽게 웃고는 대답했다.

"뭐, 너보다는 많이 쳤지."

그때 나고시 선배는 평소보다 조금 앳되게 보였다.

신기했다.

말을 섞으면 그녀가 멀게 느껴지는데…… 이렇게 음악에 몰두할 때만은 확실히 내 옆에 있는 것 같은 기분이 들었다.

조금이나마 친해졌나 싶어서 베이스나 소스케 이야기도 넌지시 꺼내 봤지만, 그녀는 얼버무릴 뿐이었다. 역시…… 과거 이야기는 해줄 것 같지 않았다.

억지로 캐물을 내용도 아니므로 그때마다 나는 포기할 수밖에 없었다.

다만 딱 하나 안 것이 있었다.

나고시 선배는…… 역시나 음악을 좋아하는구나.

내가 속으로 '뭔가 방금 잘 친 것 같아'라고 생각하며 드럼을 칠 때면 그녀도 소파 위에서 다리를 꼰 채로 흔들거리고 있었다. 그리고 내가 치는 것을 중단하면 '방금 거 괜찮았는데' 하고 말해줬다.

내가 잘 치든 말든 상관없다는 표정을 짓고 있으면서도 소리에는 귀를 기울였다.

그런데도…… 베이스를 이제 치지 않겠다고 완고하게 거부하는 이유를 나는 모르겠다.

다가간 것 같으면서도 그렇지 않았다.

그런 거리감으로 나고시 선배의 집에서 연습을 계속하다 보니…… 순식간에 시간이 흘러갔다.

"우와~ 도와줘서 고마워."

8월의 첫 번째 주가 끝나가고 있다.

기온이 많이 올라서 밖을 걸으면 무조건 땀이 났다.

무거운 걸 들고 있으면…… 더더욱.

"혼자서 갈 수 있어~ 하고 말했는데, 막상 들어보니 의외로 무겁더라."

내 뒤에서 그런 말을 한 사람은 바로 아이였다.

나와 그녀는 지금 묵직한 키보드를 옮기는 중이었다.

왜 이렇게 됐느냐면…….

여름방학이 반환점을 돌았을 즈음에 드디어 밴드가 연주할 곡이 정해졌다.

소스케는 연주가 그리 어렵지 않은 '명곡'을 골라준 듯했다. 악보를 겨우 읽을 줄 알게 된 내가 봐도 뭐, 어떻게든 칠 수 있을 것 같다는 생각이 들었다.

그리고 곡이 정해지면서 나를 제외한 다른 멤버들도 모두 개인적으로 연습할 수 있게 됐는데…….

이미 기타를 갖고 있는 소스케와 악기가 필요 없는 카오루, 그리고 나고시 선배의 집에서 연습하는 나. 그 셋은 이미 개인 연습을 할 수 있는 환경이었다.

그러나 아이는 집에 키보드가 없다고 해서 소스케가 미즈 선배와 급하게 의논하여 경음악부에 남아도는 한 대를 빌리기로 했다.

그래서 지금 그것을 그녀의 집으로 옮기는 중이었다.

아이가 '혼자서 옮길 수 있어' 하고 말했지만, 나는 그 말이 왠지 불안해서 일단 경음악부 부실에 따라갔다.

그러자 역시나 그곳에 놓여 있던 키보드는 아이가 생각했던 것보다 상당히 컸던 모양인지…….

"조금 더 작은 녀석인 줄 알았는데."

결국 둘이서 들어도 조금 무거운 키보드를 땀을 삐질삐질 흘리며 옮기게 됐다.

아이가 '중간까지만 옮겨줘도 돼' 하고 말했지만, 나와 아이의 집이 나뉘는 갈림길에서 그녀의 집까지는 10분 이상 더 가야만 하는 것으로 안다.

"아냐, 집까지 도와줄게."

내가 말하자 아이가 미안해하며 '그럼 부탁해도 될까?' 하고 말했다.

평소에는 손을 흔들면서 헤어졌던 길에서 같은 방향으로 걷기 시작하다가⋯⋯ 나는 한 가지 중대한 사실을 깨달았다.

그러고 보니 나는 아이네 집에 가본 적이 없지 않나?

아이가 우리 집에 온 적은 여러 번 있지만, 그 반대는 한 번도 없었다.

무거운 물건을 혼자서 옮기게 할 수는 없다는 사명감에 의식이 쏠려서 머릿속에서 빼놓고 말았지만⋯⋯ 나는 지금부터 그녀의 집에 가야만 한다.

묘하게 긴장됐다.

완만한 비탈길을 오르다가 이번에는 그만큼 내려갔다.

그리고 다시 한번 비탈길을 오르니 그녀의 집이 나왔다.

"여기야~."

아이가 그렇게 말하자 나는 '앗' 하는 소리가 나오려는 것을 꾹 참았다.

그곳은 얼핏 봐도 '허름한 연립주택'이라고 할 수 있는 건물이었다.

아이는 천진난만하지만 품행에서 고상함이 감도는지라

나는 왠지 부잣집 딸이 아닐까, 하고 멋대로 상상하곤 했다. 이런 사고방식이 굳어지면 편견으로 이어질 수 있으니 고쳐야겠다고 생각했다.

철제 계단을 하나씩 오를 때마다 금속이 삐걱대는 소리가 들렸다.

"이대로 쭉 나아가면 돼~."

2층에 올라가니 아이가 말했다.

"잠깐만 부탁할게."

복도 끝까지 가자 아이가 키보드에서 손을 뗐다. 나는 양다리를 벌리고서 키보드가 떨어지지 않도록 힘껏 버텼다.

"고마워. 내가 여길 들게."

"으, 응……."

아이가 키보드의 가장자리를 잡고서 현관을 통해 안으로 들어갔다. 그녀가 로퍼를 후다닥 벗고서 키보드를 집 안으로 들였다.

그리고 바닥 위에 키보드를 천천히 내려놨다.

"후우! 무거웠지! 고마워."

아이가 생긋 웃었다.

"괜찮으면 들어와!"

아이가 말하자 나는 '실례합니다……' 하고 작게 말하면서 현관문을 닫고서 신발을 벗었다.

둘이서 키보드를 들어 올려 거실 쪽으로 옮겼다.

무심코 집 안을 둘러보고 말았다.

아이의 집은 부엌 하나와 방 하나밖에 없었다. 아마 2평도 안 될 것 같은 부엌에 3평쯤 되는 방이 붙어 있었다. 가장 안에는 침대가 하나 놓여 있었다. 그 옆에는 공부용 책상이 있고, 창가에는 이불이 개켜 있었다.

"좁아서 미안해~."

아이가 멋쩍다기보다는 창피해하듯 말했다.

"아빠랑 둘이서 살고 있어. 하지만…… 아빠는 한 주에 두어 번 귀가해서 거의 혼자 사는 느낌이지만."

"……그렇……구나."

나는 목소리가 심각해지지 않도록 애써 노력했지만, 제대로 감춰졌는지 불안했다.

그러고 보니 아이의 가족구성에 관해 들어본 적이 없었던 것 같았다.

설마 아버지와 둘이서 살고 있을 줄은 몰랐다.

"좋아! 이제는 언제든지 연습할 수 있겠네. 이어폰을 끼면 시끄럽지도 않고!"

아이가 공부용 책상 옆에 키보드를 세우고서 말했다.

미소를 지으면서 말하는 아이는 평소처럼 활기찼기에……
나는 더는 묻지 말자고 생각했다.

그녀가 필요하다고 생각하면 가족 이야기도 분명 해줄 것이다. 이것저것 캐물을 필요는 없다.

"잠깐만, 차 갖고 올게! 그래봤자 보리차지만."

"어어…… 괜찮아!"

"방석은 없으니까…… 침대에 앉아 있어!"

아이가 말하면서 종종걸음으로 부엌으로 향했다.

나는 아이의 침대에 조심스럽게 걸터앉고서 그녀가 보리차를 따르는 모습을 바라봤다.

"기다렸지~."

아이가 컵 두 개를 가져와 하나를 나에게 내밀었다.

그리고 나머지 하나를 공부용 책상에 올려뒀다.

"테이블을 꺼낼 테니까 잠깐 기다려!"

아이가 또다시 부엌 쪽으로 잰걸음으로 가서 그 옆에 있는 창고를 열어 안에서 작은 탁상을 끄집어냈다.

나도 접힌 다리를 피는 것을 돕고서 다다미 바닥 위에 올려뒀다.

"후우. 오랜만에 꺼냈어!"

아이가 싱글벙글거렸다.

즉, 그녀는 매번 공부용 책상에서 끼니를 때운다는 의미일까?

아버지가 거의 돌아오지 않는다고 했으니 혼자서 공부용 책상에서 밥을 먹는 걸까? 그런 모습을 상상하니…… 조금 서글펐다.

"드럼 연습은 어때?"

다다미에 앉으면서 아이가 고개를 갸웃거렸다.

"아아…… 응! 미스즈 선배가 세심히 알려주고 있고…… 나고시 선배도 싫은 내색하지 않고 드럼을 빌려줬고…… 꽤 순조로운 것 같아."

"그렇구나. 잘됐네."

아이가 고개를 응응 끄덕이고서 물끄러미…… 나를 쳐다봤다.

그리고 갑자기 뺨을 부풀렸다.

"왠지…… 요즘에 유즈루 주변에는 여자들뿐인 것 같네."

"뭐어?"

아이의 말을 듣고 나는 당황했다.

듣고 보니…… 요즘에 소스케를 제외하고는 주변에 여자들밖에 없는 것 같았다.

그래도 아이가 그런 말을 할 줄은 전혀 몰랐다.

"뭐, 그렇긴 하지만…… 딱히 아무 일도 없는데?"

그래, 아무 일도 없다.

나고시 선배는 애당초 남자에게 흥미가 없는 것 같고 −내가 지레짐작했을 뿐인지도 모르겠고− 미스즈 선배에게는 이미 남친이 있다고 소스케가 말했다.

그저 내가 드럼을 익힐 수 있도록 도와주고 있을 뿐이었다.

"그건 알지만 말이야."

아이가 삐친 듯 자신의 손가락 끝을 만지작거렸다.

"……그쪽으로 가도 돼?"

테이블 너머에 앉아 있던 아이가 물었다.

"이, 이쪽?"

"응. 갈래."

본인이 물어 놓고서 내 대답도 기다리지 않고 아이가 벌떡 일어나 내 옆에 다시 앉았다.

그리고 어깨를 휙 붙였다.

나는 긴장하여 아무 말도 할 수가 없었다. 아이의 머리카락에서 달콤한 샴푸 향이 감돌았다. 무거울 물건을 옮기느라 땀을 흠뻑 흘렸을 텐데도, 그러고 보니 내 몸에서는 땀 냄새가 안 날까⋯⋯. 그런 생각이 들었다.

"중학생 때는⋯⋯ 유즈루가 좋아~ 라고만 생각했을 뿐 다른 건 전혀 고려하지 않았는데 말이야."

거리가 가까워지자 아이의 말투가 속삭이듯 바뀌었다. 가까이서 그런 소리를 들으니 등이 왠지 간지러웠다.

아이의 머리가 스윽 움직이더니 내 얼굴을 쳐다봤다.

"유즈루는 혹시 인기 많은 거 아냐?"

"뭐어?!"

나는 무심코 큰 소리를 내고 말았다.

"그럴 리가 없잖아!"

"그런가아? 근데 여자랑 금세 친해지잖아."

"그러니까 그건 드럼 연습 때문이고⋯⋯!"

"카오루 짱하고도 둘이서 보트에서 뛰어내리더니 꽁냥거렸고⋯⋯."

"뛰어내렸던 게 아니라 떨어졌던 거야!"

"그래도 꽁냥거렸는걸!"

아이가 뺨을 부풀리고서 나에게 다가왔다.

나는 당황하면서도…… 의외라고 생각했다.

그녀는 늘 자유롭고, 자신의 삶의 방식에 타인을 끌어들일 만한 힘을 지닌 사람이다. 그렇기에…… 타인과 타인의 관계에 관해서는 깊이 생각한 적이 없으리라 짐작했다.

머릿속 생각이 그대로 입으로 나왔다.

"아이도…… 질투를 하는구나."

내가 말하자 아이가 어리둥절해하며 눈이 동그래졌다. 그러고는 얼굴을 순식간에 붉혔다.

"짓궂어!"

아이가 민망해하며 눈꼬리를 올리고서 내 어깨를 찰싹 때렸다.

"좋아하는 사람 주변에 여자들이 득실거리면 그런 감정이 조금은 솟는 법이거든요! 카오루 짱은 전보다 쭉쭉~! 밀어붙이는 느낌이고! 유즈루도 두근거리고 말이야!"

"아니, 그건! 아이도 제대로 선택하라고 했잖아!"

그런 말을 해놓고서 카오루에게 일절 두근거리지 말라니 그건 어려웠다.

타인이 보내는 명백한 호감을 태연하게 받아들일 수 있을 만큼 나는 연애에 익숙하지 않다. 그런 식으로 동요하지 않은 척 구는 것이 올바른지도 모르겠다.

"말하긴 했지만~!"

아이가 몸을 파닥파닥 흔들고서 나에게 또 어깨를 휙 들이밀었다.

"……여름방학이 되고 나서 좀 쓸쓸해. 단둘이서 전혀 만날 수가 없으니."

"……그래. 그러네."

나는 순순히 고개를 끄덕였다.

그러고 보니 그랬다

학교에 있었을 때는 이런저런 이유로 함께 돌아가기도 하고, 샛길로 빠지면서 단둘의 시간을 만들곤 했는데…….

여름방학에 들어선 후로는 바다도 다 함께 갔고, 나머지 일상은 드럼 연습으로 채워졌다. 그러는 중에 나는 다른 여자만 만나고 있으니 아이의 입장에서는 달갑지 않겠지.

……아이가 그런 식으로 생각하니 솔직히 기뻤다. 이 감정을 뭐라 표현하기가 어려웠다.

"괜찮아. 나도 만날 수 없을 때는 아이 생각을 해."

"……진짜?"

아이의 동그란 눈동자가 이쪽으로 향했다.

거짓말이 아니었다.

분명 드럼 연습에 많은 시간을 할애하고 있지만…… 불현듯 집중력이 끊어질 때마다 아이 생각만 하고 있었다.

"정말이야. 오늘도 산책하고 있을까? 하고 생각했어."

"응, 매일 해."

"밤을 새지는 않을까? 라는 생각도 했고."

"베란다에서 별님을 보고 있으면 밤이 가는 줄도 모르지."

"……숙제는 제대로 하고 있을까, 걱정도 되고."

"……."

아이가 시선을 이리저리 돌리며 서투른 휘파람을 불기 시작했다.

내가 어깨로 밀자 아이가 키득키득 웃었다.

그리고 내 어깨에 자신의 머리를 톡 올렸다.

그녀의 머리카락이 뺨에 닿아서 간지러웠다.

"유즈루의 말은 부드럽고 즐거워."

아이가 불쑥 말했다.

"중학교 때부터 더 많이 들을 걸 그랬어. 지금 생각하면 그 시절에는 나만 얘기를 했잖아. 유즈루는 늘 상냥하게 어울려 줬어. 유즈루의 말에 더 귀를 기울였더라면…… 우리 헤어지지 않았을까?"

아이가 절절한 감정으로 말하자 나는 돌려줄 말이 금방 떠오르지 않았다.

"이제 와 이런 소리를 한들 아무 소용도 없지만 말이야. 그래도 자꾸 생각이 나네."

아이가 그렇게 말하고서 키득 웃었다.

그녀의 말이 맞다.

그 시절에 나는 아이의 반짝이는 말과 행동에 이끌렸다. 그녀와 함께 있는 것만으로도 만족스러운 기분이었으니까……. 그것이 점점 나쁜 방향으로 꼬이더니 불만이 조금씩 커졌고…… 결국 돌이킬 수 없는 지경까지 생각이 부푼 바람에, 감정을 쏟아붓고서 도망쳤다.

내가 자신의 마음을 더 솔직히 전했더라면 분명 그런 결말은 맞이하지 않았을 것이다.

그래도…… 그때는 그렇게 되고 말았다. 어쩔 수 없었다.

"그때가 있었기 때문에…… 지금이 있는 거야."

내가 말하자 아이가 고개를 움직였다. 내 어깨에 뺨을 대면서 그녀가 나를 올려다봤다.

"이렇게 서로 감정을 나눌 수 있게 된 건 그 시절이 있었기 때문이잖아?"

"……응, 그러네."

아이가 차분하게 고개를 끄덕였다.

"이번에는 시간을 충분히 들여서……서로의 마음을 알아나가고, 소중한 것을 이해하면서…… 유즈루를 더 좋아하게 됐으면 좋겠네."

아이가 그렇게 말하고서…….

"음~~~."

내 어깨에 머리를 비벼대기 시작했다.

"그래도~~~."

"뭐, 뭐야! 왜 그래!"

아이가 갑자기 난동을 부려서 나는 당황했다.

아이가 고개를 확 들고서 나를 쳐다봤다.

"애가 타……."

"어……?"

"왜냐면 유즈루를 좋아하는걸!"

좋아한다. 그 말이 머릿속에서 빙글빙글 맴돌았다.

그리고 얼굴의 온도가 급상승했다.

그런 나를 아랑곳하지 않고 아이가 다리를 바둥거렸다.

"좋아하니까 더 함께 있고 싶고, 꽁냥거리고 싶어!"

"아니, 안 되지…… . 아직 사귀지도 않는데."

"사귀지는 않지만 좋아해!"

아이가 떼를 쓰듯 팔다리를 위아래로 흔들었다.

"끌어안고 싶고, 쪽 하고 싶고 그 이상도…… ."

아이가 거기까지 말하고서 숨을 헉 삼켰다.

나는 놀라서 아이를 쳐다봤다. 그녀도 시선을 서서히 들어서 나를 쳐다봤다.

조금 촉촉한 눈을 살짝 치뜨고서 아래에서 내 얼굴을 들여다봤다.

"유즈루… ."

아이가 갈라진 목소리로 나를 불렀다. 심장이 뛰었다.

"쪽…… 해도 돼?"

아이가 내 두 눈을 번갈아 쳐다봤다. 그녀의 얼굴이 상기돼서 묘하게 요염했다.

아이가 몸을 서서히 들어 올렸다. 그녀의 얼굴이 가까워졌다.

"아…… ."

나는 떨리는 입으로 목소리를 쥐어 짜내어…… .

"안…… 해!"

아이의 어깨를 홱 밀어냈다.

아이가 입술을 삐죽 내밀었다.

"아이 참~ 고지식해!!"

"그러니까 우린 아직 사귀지 않는대도!"

"서로 좋아하니 상관없잖아~! 해버리는 분위기였는데!"

"왜냐면 키스를 해버리면……!"

거기까지 말하고서 나는 말끝을 흐렸다.

아이가 내 눈을 쳐다봤다.

"해버리면 뭐?"

"아니…… 그게…….."

"뭔데에."

아이가 몸을 기울였다.

나는 그녀의 시선을 피하면서 나직이 대답했다.

"더는, 자제할 수가 없게 된다고…….."

내가 떨리는 목소리로 대답하자 아이가 숨을 깊이 들이마
셨다.

그녀의 얼굴이 새빨개졌다.

그러고는 머리로 내 가슴을 투욱 밀었다.

"……딱히 상관없는데."

아이가 작게 말했다.

"어?"

심장이 쿵쾅쿵쾅 뛰었다. 내 왼쪽 가슴에 머리를 대고 있
는 그녀의 귀에도 이 박동이 들리겠지.

"자제하지 않아도…… 되는데?"

아이가 고개를 서서히 들고서 말했다.

그녀가 젖은 눈동자로 쳐다보니 나는 그저 입만 뻐끔거릴 수밖에 없었다.

아이가 서서히 얼굴을 가까이 댔다.

"아…… 아아, 안 돼!"

나는 다시금 그녀를 밀어냈다.

"아-앙! 너무해~!"

아이가 바동거리며 항의했지만, 이제는 절대로 꺾이지 않겠다고 결심했다.

"너무한 건 그쪽이잖아!"

"왜애! 좋아하는데~!"

"이게 어딜 봐서 '서로를 천천히 이해하는 행위'라는 거야!"

"좋아하니까 상관없잖아!"

"거, 거기까지 해 버리면 사귀든 말든 아무 의미도 없어지잖아!"

아이의 어깨를 붙잡고서 나는 외쳤다.

"난 아이를 제대로 좋아하고 싶단 말이야!!"

내가 말하자 아이가 말문이 막혔다.

"나도 같은 기분이야. 널 좋아한다고 생각해. 키스도 하고 싶어. 그래도…… 분위기에 휩쓸려 일을 저지르면 결국 중요한 것들을 전부 날려 버리게 된다는 걸 알아."

아이를 좋아한다. 좋아하는 사람과 키스를 하면 몹시 행복하고 기분이 좋겠지.

그러나 그 행복이나 좋은 기분에 몸을 맡겨 버린다면……
쾌락에 점점 빠져들 것 같아서 두려웠다.

지나친 걱정일지도 모르겠다. 더 가벼운 마음으로 사귀어
도 될지도 모른다.

그러나 부풀어 오른 감정에 충동적으로 행동했다가 나는
그녀와의 관계를 한번 끝내고 말았다.

근본적인 가치관을 서로 맞추지 않은 채로, 서로의 말을
곱씹으면서 시간을 쌓아가지 못한 채로 연인이 된 후에……
어긋남을 방치했다가 돌이킬 수 없는 지경에 가서야 실수를
깨닫는 것은 이제 싫었다.

나는 아이의 머리를 끌어안고서 가슴에 댔다. 반쯤 자포
자기했다.

"심장 소리 좀 들어봐! 믿기지 않을 만큼 빠르게 뛰고 있
으니까!"

나는 얼굴을 새빨갛게 붉히면서 말했다. 아이가 머리를
내 가슴에 밀착한 채로 고개를 끄덕였다.

"응…… 굉장히, 빨라."

"좋아하는 애가 키스하고 싶다고 했는데도 거절해야만 하
는 내 입장도 생각해봐……."

"……미, 미안합니다."

아이가 드디어 진정했는지 같은 자세로 가만히 있었다.

"응…… 응…… 미안해. 나…… 조금 외로워서 이상해졌

던 것 같아."

"……응. 외롭게 해서 미안."

"아니. 유즈루 때문이 아냐."

내 품속에서 아이가 꼬물꼬물 움직이며 이쪽으로 시선을 돌렸다.

"왠지…… 중학생 때보다 '사랑'이 뭔지 확실히 알게 된 것 같아."

아이가 그렇게 말하고서 살짝 미소 지었다.

"예전에는 유즈루랑 함께 있기만 해도 마음이 채워지고 즐겁고 기뻤어. 하지만 지금은……."

그녀가 그 대목에서 말을 끊고서 다시금 내 가슴에 머리를 맡겼다.

"조금 괴롭네."

그 말을 듣고서 나는 마음이 뜨거워지는 느낌이 들었다.

중학생 시절에 아이는…… 나에게 신 같은 존재였다. 자유롭고 빛나고…… 손에 닿지 않는 철학을 갖고 있는 것처럼 보여서.

그러나 지금의 아이는…… 왠지 평범한 여자애였다.

그렇게 느끼게 된 이유는 나와 아이 모두 성장했을 뿐만 아니라 그동안 대화를 나눠왔기 때문이겠지.

"……나도 괴로워."

내가 대답하자 품 속에서 아이가 고개를 끄덕였다.

"……좋아해, 유즈루."

"응."

"날 좋아해 줬으면 좋겠어."

"응…… 이미 좋아하고 있어."

"사귀어 줬으면 좋겠어. 꼬옥 끌어안고서 쪽 해줬으면 좋겠어."

"응. 언젠가, 그러고 싶어."

아이가 고개를 들고서 웃었다.

"그때까지는 참아야겠네!"

나도 미소로 화답했다.

"응. 나도 참을게."

"에헤헤. 왠지 입장이 뒤바뀌었네."

"정말로."

아이가 드디어 나에게서 떨어져 테이블 맞은편에 다시 앉았다.

"하~. 잔뜩 달라붙어서, 조금은 유즈루로 채워졌어."

"뭐야, 그게……."

아이가 키득키득 웃고서 컵에 담긴 보리차를 벌컥벌컥 마셨다.

그리고 꽃이 피어나듯 웃으며 말했다.

"밴드, 힘내자!"

"응…… 힘내자."

둘이서 웃고서 대화를 잔뜩 나눴다.

시간을 느긋하게 보낸 것 같은데 어느새 저녁이 다 됐다.

엄마가 '슬슬 저녁 시간!'이라고 메시지를 보내서 집에 돌아가기로 했다.

"그럼 또 봐!"

"응, 또 보자."

아이의 배웅을 받으며 현관을 나선다.

삐걱거리는 계단을 내려가 건물 밖으로 나갔다.

돌아보니 아이가 2층 복도 난간 밖으로 몸을 내밀며 손을 흔들었다.

나도 손을 흔들어 주고서 이번에야말로 집으로 걸어 나갔다.

"하아……."

한숨을 깊이 내쉬었다.

아이의 집에 가서 생활의 일부를 들여다봤다.

생각보다 훨씬 검소하고, 뭐라고 해야 할까 쓸쓸한 집이었다.

그리고…… 오늘 아이의 모습은 왠지 여태껏 대해왔던 그녀와는 달랐다.

평상시에 보여주는 '싹싹함'을 넘어서 '여자로서' 나에게 응석을 부린 듯했다.

나에게는 의외의 행동이었지만…… 곰곰이 생각해 보니 평범한 것 같기도 했다.

좋아하는 상대를 독점하고 싶어 하는 마음은 지극히 당연한 것이다.

내가 아이를 보면서 질투심이 솟지 않는 이유는…… 분명 그녀의 태도가 명확하기 때문이었다. 오직 나에게만 연애적인 호감을 보내고 있음을 분명히 알 수 있었다.

그러나 그녀가 말했듯이 내 주변에는 많은 여자들이 있고…… 그 중 하나는 명확히 나에게 호감을 품고 있다.

그런 상황에서 '진정하고서 지켜보라' 타이르는 것도 잔인한 처사인 듯했다.

역시 나는 마음속으로 아이를 신 같은 존재로 여기고 있던 게 아닐까?

늘 조용히 지켜봐 줄 뿐만 아니라 나에게 조언을 해주곤 했다. 카오루 때도 그랬다.

오늘 아이의 여러 일면을 보고서…… 새삼스레 생각했다.

나는 역시나 아이의 모든 것을 이해하고 있는 게 아니었다.

그런 생각을 하니 불현듯 나고시 선배가 떠올랐다.

그토록 친한 사이도 아닌데도 차고와 드럼을 선뜻 빌려줬던 선배. 장난스러운 태도로 대화 상대는 되어주지만, 자신의 내면은 결코 드러내고 하지 않았다. 그리고 깊은 대화는 피하면서도 드럼의 리듬에는 몸을 흔들었다.

모든 것을 다 내보인 것처럼 보이는데도 종잡을 수 없는 아이와는 정반대구나, 하고 생각했다.

그리고…… 그런 의미에서 아이와 나고시 선배는…… 왠지 닮은 구석이 있는 것 같기도 했다.

A story of love and
dialogue between
a boy and a girl with
regrets.

장대비였다.

빗물이 물웅덩이를 좌라락 때리는 소리가 차고 안에 울렸다.

"이거 당분간 안 그칠 것 같네."

출입구 근처에서 하늘을 올려다보면서 미스즈 선배가 말했다.

소스케도 그 옆에서 '우와' 하고 감탄을 흘리면서 하늘을 보고 있었다.

기본적인 리듬은 어느 정도 −아직도 꽤 불안정한 것이 과제이지만− 칠 수 있게 됐다고 인정을 받았다. 오늘은 미스즈 선배가 '필−인(Fill in)'을 가르쳐 줄 예정이었다.

필−인이란 소절 등이 바뀔 때 빈 영역을 메꾸는 드럼의 솔로 부분으로, '전환점'을 만드는 중요한 기술인데…… 기본적인 리듬밖에 치질 못하는 나에게는 미지의 영역이었다.

"그만큼 칠 수 있으니 조금만 연습하면 가능해."

미스즈 선배는 그렇게 말했다. 그러나 동영상 사이트에서 그럴듯한 영상들을 몇 개 봤지만 역시 '어려울 것 같다' 같은 인상밖에 들지 않았다.

"뭐, 바보처럼 하늘만 쳐다본들 별 소용도 없으니 시작해 볼까."

미스즈 선배가 손뼉을 치고서 나에게 다가왔다.

소스케도 기타 스트랩을 어깨에 걸고서 근처 바 스툴에 걸터앉았다.

그래. 후야제 때 연주할 곡도 정해졌기에 이번에는 소스케의 기타에 맞춰보는 것도 연습 메뉴 중 하나였다.

"어렵게 생각할 거 없어. 스네어를 타다다당! 하고 두드리기만 해도 필-인이라고 할 수 있으니까."

우선 미스즈 선배가 몇몇 견본을 보여줬다. 아무리 봐도 드럼을 치는 그녀의 손놀림은 아름다웠다. 군더더기가 없고 소리도 힘찼다.

"절정부도 아닌데도 분위기를 고조시켜 봤자 소용없으니 A멜로디랑 B멜로디에서는 무리하지 않아도 돼. 솔직히 리듬만 제대로 맞으면 아무도 신경 쓰질 않으니까."

가르침을 받으면서 기본적인 비트와는 다르게 치는 법을 조금씩 배워나갔다.

소스케는 내 드럼에 맞춰서 코드를 연주했다. 그것만으로도 왠지 음악을 연주하는 실감이 들어서 기분이 고양됐다.

"우와, 전보다 상당히 그럴듯해졌는데? 이거 분명 잘될 거야."

소스케도 긍정적으로 호응해 줬다. 그런 말을 들으니 정말로 가능할 것 같아서 신기했다.

절정부 직전이나 절정부 중간에 치는 필-인만은 미스즈 선배가 어떻게 칠지 완전히 정해서 알려줬다. 지금까지는 스네어를 연달아 치거나 탐 드럼을 전부 두드려 나가는 방식은 중점적으로 연습하지 않았기에 약간 고전했지만……. 몇 시간이나 연습하니 나름 할 수 있게 됐다.

"좋아, 잠깐 쉴까. 유즈루도 최대한 팔 힘을 빼고서 푹 쉬도록 해."

"예……!"

"소스케도 마찬가지. 꽤 오랫동안 계속 쳤잖아."

"아직 칠 수 있는데요."

"말대답하지 말고 쉬어! 공연 전에 건초염에 걸리면 최악이야."

미스즈 선배는 해야 하는 건 확실하게 하는 사람이었다. 나와 소스케에게 무조건 쉬라고 했다.

"경음악부 후배 중에는 드럼 희망자가 없어서 나도 이렇게 초보자한테 가르치는 건 처음인데…… 의외로 재밌네."

미스즈 선배가 스포츠 드링크를 마시면서 생긋 웃었다.

나는 왠지 기뻐하며 고개를 숙였다.

"세심히 가르쳐 줘서 정말로 큰 도움이 됐어요."

"후후, 유즈루는 가르칠 만한 보람이 있으니까."

미스즈 선배가 조금 기뻐하며 웃자 소스케가 입술을 삐죽 내밀었다.

"왠-지, 유즈루는 사람을 홀리는 재주가 있는 것 같네."

"어어……? 그렇지 않아."

"아- 그런 면이 조금 있는 것 같아."

"그쵸!"

미스즈 선배도 한통속이 되어 나를 골려댔다.

내가 난감해하자…… 문이 덜컥 열리는 소리가 들렸다. 그리고 이내 종종걸음으로 차고에 뛰어드는 실루엣이 있었다.

"너무 퍼붓네!"

나고시 선배가 그렇게 말하면서 차고에 들어왔다.

머리에 묻은 빗방울을 손으로 털고서 생긋 웃었다.

"오-오- 열심히들 하고 있네."

나고시 선배가 히죽 웃으면서 우리를 번갈아 보고는 그대로 소파에 털썩 앉았다. 그녀는 오늘도 교복 차림이었다. 그러고 보니 그녀가 사복을 입은 모습을 본 적이 없다는 생각이 들었다.

"리사. 여름방학인데도 줄곧 교복을 입고 있니?"

그야말로 내가 궁금했던 것을 미스즈 선배가 대신 말해서 놀랐다.

나고시 선배가 손사래를 치면서 귀찮다는 투로 말했다.

"왜 휴일에 옷을 일일이 골라서 입어야 하는 건데. 교복은 세탁하기도 편해."

"감성이 말라붙었네."

"시끄러. 마음에 안 들면 돌아가지 그래?"

서로의 말속에 의미가 숨겨져 있는 듯했다. 그러나 둘 다 말투에 가시가 돋치지 않아서 늘 해오던 커뮤니케이션임을 알 수 있었다.

그리고 교복을 돌려 입는 것 역시 왠지 그녀답다는 느낌이 들었다.

나는 두 사람의 대화를 들으며 흐뭇해했지만…… 소스케는 왠지 긴장한 표정이었다.

아아…… 다시 한번 부탁하려고 하는구나.

내가 그렇게 짐작했을 때 그는 이미 입을 열었다.

"저기…… 선배. 역시 후야제 밴드의 베이스를 선배가 맡아줬으면 합니다."

소스케가 결의를 굳힌 듯 말했지만, 나고시 선배는 소파에 몸을 푹 기댄 채로 성가시다는 얼굴로 고개를 가로저었다.

"끈질기네. 안 한대도."

"부탁합니다. 베이스는 선배 말고 다른 사람은 생각할 수가 없습니다."

"벌써 2년씩이나 베이스를 잡지 않은 녀석밖에 머릿속에서 떠오르질 않는다니 머리가 단단히 굳었구나. 경음악부에서 빌려. 유시마라고 했던가? 그 녀석이 분명 나보다 훨씬 잘할걸?"

소스케가 진지하게 부탁했지만, 선배는 상대해 줄 마음이 없는 듯 손을 절레절레 저었다.

"……옛날에는 그토록 즐겁게 쳤으면서."

소스케가 그 말을 흘리자 선배가 흥, 하고 코웃음을 쳤다.

"옛날이야기는 옛날이야기야."

나고시 선배가 단언하자 소스케의 표정에 드러나는 감정

이 점점 뜨거워지고 있음을 나도 알 수 있었다.

"선배가 베이스를 치지 않게 된 건!"

소스케가 목소리를 높이자 공기가 팽팽해진 것 같은 느낌이 들었다.

불길한 예감이 들었지만, 그래도 말했다.

"……이치하라 유고 때문이죠?"

그가 단언하자 내 옆에 있던 미즈 선배가 숨을 헉 삼키는 소리가 들렸다. 눈을 돌려 그녀를 보니 명백히 동요하고 있었다. 그녀가 휘둥그레진 눈으로 나고시 선배를 봤다.

미즈 선배의 시선을 쫓듯 나고시 선배를 보고서…… 소름이 돋았다.

그녀의 표정이 너무나도 차가웠다.

그리고 그 차가움 속에……, 너무나도 명확한 분노가 서려 있음을…… 알았다.

그러나 소스케는 말을 멈추지 않았다.

"그 사람이 '붙잡히자마자' 선배는 베이스를 그만뒀잖습니까? 동경했던 뮤지션이 그런 신세가 돼서, 그래서-."

"야."

나고시 선배가 목소리를 낮게, 아주 낮게 깔았다. 소스케는 말을 잇지 못했다.

선배가 소파에서 맹렬히 일어서 소스케의 멱살을 붙잡았다.

"내 앞에서…… 두 번 다시 그 이름 꺼내지 마!!"

나고시 선배가 부르짖자 그 목소리가 차고 안에 되울리더니 벽이 드르르 흔들렸다.

시간이 멈춘 것 같았다.

"……으."

소스케는 당황했는지 선배에게 멱살이 잡힌 채로 입을 뻐끔뻐끔거리기만 했다.

선배도 제정신을 차렸는지 숨을 헉 삼켰다.

그리고 소스케의 옷깃을 쥐고 있던 손을 홱 뗐다.

"……미안."

선배가 작은 목소리로 사과하고는 차고 출입구 쪽으로 서서히 향했다.

"베이스는 안 해. 아무리 부탁해 봤자…… 안 해. 그러니까 이제 포기해."

그 말만을 남기고서 나고시 선배는 차고를 나갔고…… 뒤늦게 집 문이 쾅 닫히는 소리가 들렸다.

소스케가 아연실색한 얼굴로 제자리에 우두커니 서 있었다.

한동안 아무도 말을 하지 않았다.

"……하아."

이윽고 미스즈 선배가 한숨을 크게 내쉬고서 말했다.

"……배고파."

그러고는 내 어깨를 툭 두드렸다.

"내가 살 테니까 밥 먹으러 가자. 소스케도."

선배가 소스케에게도 권했지만, 그는 묵묵히 그 자리에

장승처럼 서 있기만 했다.

"……나 참. 자, 가자!"

선배가 소스케의 어깨에 걸린 기타를 억지로 빼내어 케이스에 넣었다.

그러고는 케이스를 소스케의 어깨에 다시 걸어준 뒤 케이스와 함께 소스케를 팡! 밀었다.

"……예."

소스케가 비로소 고개를 끄덕이자 미스즈 선배는 조금 안도했는지 숨을 내뱉고서 나를 쳐다봤다. 나도 의자에서 일어서 짐을 챙겼다.

우산을 쓰고서 차고를 나서니 격렬한 빗줄기가 우산을 때리며 후두둑 소리를 냈다.

우울한 기분을 안고서 우리는 역 앞으로 돌아가 패밀리 레스토랑에 들어갔다.

"……나고시 선배가 이치하라 유고를 동경했다는 것쯤은 소리를 들으면 알 수 있어요."

패밀리 레스토랑에서 밥을 먹으면서 소스케가 씁쓸한 표정으로 말했다.

"그토록 이치하라 유고의 소리에 근접했던 사람은 달리 본 적이 없어. 동경하지 않고서는 그럴 수 없어."

나는 미스즈 선배를 힐끗 쳐다봤다. 그녀는 긍정도 부정도 하지 않고 소스케의 이야기를 들었다.

"굉장하다고 생각했어. 그대로 계속한다면 엄청난 베이스 연주자가 되는 건 틀림없었다고. 근데…… 이치하라 유고는, 체포되어 업계에서 사라졌어. 그래서 선배도…….'

갑자기 흉흉한 단어가 튀어나와서 나는 목소리가 뒤집어졌다.

"체, 체포……?"

내가 당황하자 맞은편의 미스즈 선배가 고개를 끄덕였다.

"사람을 죽였어. 같은 밴드 멤버를."

"예……?"

"밴드의 장래에 관해 의논을 하다가 다툼이 벌어졌대. 그게 가열돼서 목을 졸라서 죽였어. 한때 세상을 시끄럽게 했는데 유즈루는 몰랐구나."

"예…… 텔레비전 같은 걸 거의 보질 않아서."

"그렇구나."

미스즈 선배는 평소처럼 힘이 빠진 표정이었지만, 슬픔이 조금 번진 듯했다.

"이치하라 유고는 굉장한 뮤지션이었어. 동경했던 사람이 체포됐으니 얼마나 충격이 컸을지 알겠어. 그렇다고 해서 자신의 재능까지 짓눌러 버릴 필요는 없잖습니까? 그러기는커녕 지금 그 사람은 엉망진창입니다. 모든 걸 내던지고서 적당히 살아가는 것처럼 보여……. 난 그게 너무…… 괴로워."

소스케가 괴로운 표정으로 심정을 토로했다. 그의 이런

모습을 처음 보는지라 나는 당혹스러웠다.

나름의 고민이 있을 테지만, 전혀 내색하지 않고 늘 명랑했던 그가…… 이토록 괴롭게 말을 이어나가는 모습을 보니 왠지 나까지 가슴이 아파오는 듯했다.

"소스케의 말뜻은 알겠어."

미스즈 선배가 한숨을 섞으며 말했다.

"나도 소스케랑 똑같은 생각을 하지 않았던 게 아냐. ……그래도 난 그 녀석이 바보처럼 베이스를 계속 쳐왔던 모습을 옆에서 봐왔으니까……."

선배가 그 대목에서 말을 끊고서 갈라진 목소리로 말했다.

"그걸 그만두겠다는 결심이 그 녀석한테 얼마나 커다란 의미인지도…… 알아줘야 한다고 생각해."

그 말이 무겁게 울렸다.

너무 좋아서 미칠 것 같았던 무언가를 그만둔다. 그런 중대한 결심을 하고서 정말로 선뜻 그만둬 버릴 만한 이유.

나는 그 모든 것이 상상도 되지 않았다.

만약에 내가 독서를 그만둔다면…… 두 번 다시 하지 않겠다고 결심하려면 대체 어떤 이유가 있어야 할까?

생각해봤지만 답은 보이지 않았다.

"그만두지 않으면 괴로우니까. 리사 본인의 마음을 지키기 위해서 그렇게 한 거야. 그렇다면…… 이젠 가만히 내버려 두는 편이 낫잖아."

미스즈 선배가 그렇게 말하고서 할 말을 다 했다는 듯 식사를 재개했다.

그러나 소스케는 부들부들 떨고 있었다.

"……그 사람의 주변 사람들이 그렇게 '어른스러운 척' 구니까…… 아무도 그 사람이 베이스를 다시 쥐도록 노력하지 않아서 이 지경이 된 거 아닙니까?"

소스케의 그 말 속에는 명확한 '규탄'이 담겨 있어서 놀랐다. 미스즈 선배도 눈썹을 꿈틀거리면서 고개를 들었다.

"뭐야 그게? 무슨 의미야?"

선배도 조금 성난 목소리로 말했다.

그러나 소스케는 선배를 노려보며 말을 토해냈다.

"그 사람이 베이스를 치는 모습을 줄곧 봐왔죠! 그럼 알 거 아닙니까! 그토록 행복하게, 즐겁게 연주했던 자신의 모습을 잃어버린 거라고요?! 본인도 행복했고, 그 소리를 들었던 사람들도 모두 최고의 기분을 맛봤어요. 그 소리를 잃어버린 게 얼마나 커다란 의미인지 미스즈 선배는 다 알면서! 어째서!"

소스케가 분노에 몸을 맡겼다. 그가 감정을 부딪치자 선배도 조금씩 뜨거워졌다.

"그러니까 본인이 결정한 선택이잖아! 그걸 참견할 만한 권리가 대체 누구한테 있다는 거야?"

"그딴 거 알게 뭐야! 왜냐면……."

소스케가 말을 끊고서 목구멍에 걸린 커다랗고 답답한 덩어리를 토해내듯 말했다.

"……그 사람은 아직도 음악에 끌리고 있잖습니까……!"

소스케가 말하자 미즈 선배가 난처한지 말문이 막혔다.

"유즈루가 차고에서 드럼을 치게 된 이후로 리사 선배의 표정이 조금이나마 바뀌었어요. 옛날에 라이브 하우스에서 몸을 흔들었던 그 당시의 표정이 언뜻 보였어!"

"그건 나도……."

"그러니 음악을 다시 하지 않는다는 건 도무지 말이 안 되잖아요! 난…… 다시 한번 그 사람이 베이스를 쳐줬으면 해!"

소스케가 그렇게 말하면서 울먹였다.

"아무도 말을 하질 않으니 내가 할 겁니다. 미움을 받아도 좋아. 그 사람이 다시금 연주해 준다면 두 번 다시 말을 섞지 않아도 좋아. 저…… 다시 한번 갔다 올게요!"

"자, 잠깐?!"

소스케가 천 엔짜리 지폐를 테이블 위에 팡! 내려두고서 그대로 가게 밖으로 나가 버렸다.

미즈 선배가 이마에 손을 대면서 한숨을 깊이 내쉬었다.

"하아…… 팬보이는 꽤나 다루기가 힘들구나."

가벼운 말투로 말하면서도 정말로 난처해하는 감정이 배여 있었다.

창가 자리였기에 밖을 보니 소스케가 우산을 쓰고서 달려가는 모습이 보였다. 방향을 보니 정말로 나고시 선배의 집으로 갈 작정이겠지.

"……소스케는 정말로 음악을 좋아하네요. 최근까지 전

혀 몰랐는데."

내가 말하자 미스즈 선배가 쓴웃음을 지었다.

"뭐, 그 녀석이 음악에 빠지게 된 계기는 리사이니까."

"예. 들었습니다."

"내가 라이브 하우스에서 정해준 관객 수를 채우려고 소스케를 불렀거든. 거기서 리사의 베이스에 한눈에 반했어. 뭐…… 그만큼 리사의 소리에 매력이 있었으니까."

선배가 그렇게 말하고서 과거를 그리워하듯 실눈을 지었다.

"소스케, 뭘 아는 것 같은 얼굴로 이치하라 유고 얘기를 하긴 했지만, 리사의 소리가 이치하라와 닮았다는 얘기를 한 사람도 나였어. 그 얘길 듣고서 이치하라한테도 빠졌지. 참 귀여웠는데~."

몇 년 전 과거를 되새기듯 온화하게 말하는 미스즈 선배를 보고서…… 불현듯 의문이 솟았다.

"미스즈 선배는…… 실제로는 어떻게 생각합니까?"

내가 묻자 미스즈 선배가 이쪽을 보고서 망설이듯 시선을 이리저리 돌렸다.

그러고는 숨을 휴우 내뱉었다.

"나도…… 다시 쳐줬으면 좋겠어."

선배가 고개를 설레설레 흔들면서 중얼거렸다.

"리사의 음악은…… 한번 들으면 잊을 수가 없어. 이치하라 유고랑 닮았다고 당시에는 생각했지만…… 지금은 그것도 왠지 아닌 것 같아."

선배가 테이블 위를 이리저리 쳐다보면서 정확한 표현을 찾아내듯 천천히 말했다.

"그 녀석은 옛날부터 종잡을 수가 없다고 해야 할까⋯⋯. 말수가 적은 편이었어. 잘 웃긴 하지만 왜 웃는지 잘 모르겠다고 해야 할까⋯⋯. 어쨌든 이상한 녀석이었어. 그래도 말이야. 베이스를 쥐어주면 신나게 떠들어 댔지."

"신나게, 떠들어 댔다?"

"그래⋯⋯ 소리로 말이야."

미스즈 선배가 키득키득 웃었다.

"소리를 들으면 그 녀석이 오늘 무슨 기분인지 알 수 있어. 입을 대신하여 베이스가 떠드는 것 같았어. 그야말로 음악의 아이였어, 리사는."

선배가 그렇게 말하다가 표정이 스윽⋯⋯ 굳어졌다.

"그래도⋯⋯ 내가 생각하는 대로 '그 녀석의 음악을 또 듣고 싶다'라고 소스케한테 말해 버리면⋯⋯ 편을 들어 준다고 오해를 살 것 같아서, 그 녀석한테 용기를 심어줄 것 같아서⋯⋯ 차마 그럴 수는 없어."

"⋯⋯나고시 선배를 위해서인가요?"

내가 묻자 미스즈 선배가 고개를 서서히 끄덕였다.

"소스케는 몰라. 리사한테 무슨 일이 있었는지."

그 말을 듣고서 나는 더는 아무 말도 할 수 없었다.

나고시 선배가 베이스를 그만뒀던 이유는 당시 그녀와 가장 가까이에 있던 사람밖에 모른다는 소리겠지.

"……그래도 소스케가 했던 말이 맞다는 건 알고 있어."

"예?"

"……리사가 지금도 음악에 끌리고 있다는 얘기."

미스즈 선배가 당혹해하는 얼굴로 머리카락을 만지작거리며 말했다.

"유즈루가 치는 전자 드럼 소리를 들었을 때 그 녀석……역시 기뻐하는 눈치였거든."

선배의 말이 테이블 위를 굴러서 그대로 아래로 떨어져가는 듯했다.

"분명 유즈루가 치는 드럼 속에 담긴 말을…… 듣고 있었겠지."

음악 속에 담긴 말.

그것이 무엇인지 나는 잘 모르겠지만……. 왠지 미스즈 선배의 그 말이 내 가슴에 사르륵 침투한 듯했다.

분명 말이란 대화나 글자 속에만 깃들어 있는 것 아니다.

"하―! 난 어쩜 좋지."

미스즈 선배가 한숨을 크게 내뱉고서 말했다.

"리사한테 다시 한번 음악을 쳐다보도록 설득해야만 하는 건지…… 아니면 그 녀석이 안고 있는 깊은 절망을 애써 건드리지 말아야 하는 건지."

선배가 중얼거리고서 창밖을 쳐다봤다.

"……소스케, 리사네 집에 갔을까?"

"아마…… 그렇겠죠."

"바보 같기는. 싸늘한 반응뿐일 텐데."

그렇게 말하는 선배가 조금 서글퍼 보였다.

"……그럴지도 모르겠지만. 전…… 소스케를 바보라고 생각하진 않습니다."

내가 불쑥 말하자 미스즈 선배가 놀란 얼굴로 나를 쳐다봤다.

"전하고 싶은 마음은 몇 번이고 전해야만 합니다. 그러지 않으면 후회한다는 걸 알기에 소스케는 분명 뜻을 굽히지 않을 겁니다."

필시 소스케는 이미 후회하고 있겠지.

축구부에서 선배와 재회했을 때…… 그는 마음먹은 대로 커뮤니케이션을 하지 못했던 게 아닐까? 그리고 떠나가 버린 선배를 지금도 마음에 담아두고 있지 않을까?

그녀를 이해하지 못했던 것, 그리고 자신의 마음을 전하지 못했던 것을…… 분해하고 있겠지.

그렇기에 그녀가 아무리 거부하더라도 전력으로 계속 부딪치는 게 아닐까?

"소중히 여기는 감정이 있다면 맞부딪쳐야만 하는 때도 있다고 생각합니다. 그가 그러기 위해 열심히 싸운다면…… 저는……."

지금 분명히 나고시 선배에게 다시 들이대고 있을 소스케를 떠올리면서 나는 말했다.

"저 하나만은…… 소스케한테 그래도 된다고…… 계속 말할 거예요."

내가 단언하자 미스즈 선배가 한동안 눈을 동그랗게 뜬
채로 굳어 버렸다.

그리고 갑자기 그녀가 활짝 웃었다.

"아하하! 그래, 그렇구나……."

미스즈 선배가 깔깔 웃고서…… 고개를 작게 끄덕였다.

"너희들은, 진짜 친구구나."

선배가 진심을 담아 말하고서 '하―' 하고 숨을 내뱉었다.

"그러네…… 응, 그래. 다들…… 마음이 가는 대로 따르
면 되는 거야."

그녀가 무언가 납득했는지 고개를 여러 번 끄덕였다.

그러고는 나를 지그시 쳐다봤다.

"그럼 소스케를 부탁할게. 내가 가봤자 결국 어느 누구의
편도 들지 못하고 그저 서 있기만 할 테니까."

"……예. 알겠습니다."

우리는 서로를 보며 고개를 끄덕인 뒤 남은 밥을 허겁지
겁 비웠다.

그리고 패밀리 레스토랑을 나오자마자 나는 선배와 헤어
져 나고시 선배의 집으로 향했다.

소스케는 아직 선배와 대화를 하고 있을까?

아니면 이미 대화를 다 마쳤을까?

어느 쪽이든…… 나는 소스케의 심정을 대변하여…… 선
배와 대화를 나누고 싶었다.

A story of love and
dialogue between
a boy and a girl with
regrets.

여전히 퍼붓는 장대비 속에서 빠른 걸음으로 나고시 선배의 집으로 향했다.

우산을 쓰고 있었지만, 신발과 바지는 삽시간에 젖어갔다.

아이가 곁에 있었다면 즐겁게 까불어 댔겠지……. 그런 생각이 들었지만 혼자 있으니 역시나 이런 비는 울적했다.

불현듯 다리가 젖는 데만 정신이 쏠려서 아래만 쳐다보고 있었음을 깨달았다.

현재 위치를 확인하기 위해 시선을 들어 올렸다.

"……아!"

논길을 따라 이리로 걸어오는 실루엣이 보였다.

고개를 푹 숙인 채 걷는 남자였다.

나는 급히 뛰어갔다.

"……소스케."

"……유즈루."

소스케가 힘없이 고개를 들었다. 그 표정만 봐도 나고시 선배에게 속절없이 거부당했음을 알고도 남았다.

"……안 됐어."

소스케가 뻐끔 말했다.

"……그래. 최선을 다했구나."

내가 고개를 끄덕이자 소스케가 고개를 숙인 채로 이를

꽉 악물듯 입술을 일그러뜨렸다.

"있잖아…… 유즈루라면 설득할 수 있을까? 너처럼 올곧고 상냥한 말을 사용한다면 결과가 달라졌을까?"

소스케의 목소리가 떨렸다.

나는 고개를 연신 저었다.

"그렇지 않아. 네 생각은 분명 전해졌어."

"전해지질 않았다고!"

소스케가 외쳤다.

바람이 휘잉 불어와 소스케의 우산이 뒤집어졌다. 나는 황급히 우산살을 꾹 눌러서 다시 펴주었다.

"선배, 줄곧 웃었어. 내가 무슨 말을 하든 표정 하나 바뀌질 않더라. 그 속에 담긴 감정을 전부 숨기는 것처럼, 옅게 웃고 있었어……!"

"응…… 그랬겠네."

"난…… 난, 아무것도…… 그 사람을, 아무것도 몰라…….베이스를 쳤을 때의 그 사람이 마냥 즐거워 보여서, 소리가, 들떠 있어서…… 그 안에서 감정이 흘러넘쳤어. 라이브를 듣기만 해도 선배랑, 대화를 나누는 것 같은 기분이…… 들었어……."

소스케가 고개를 숙인 채로 입에서 아픔이 넘쳐 나오듯 갈라진 목소리를 쥐어 짜냈다.

"그런데……! 음악을 관둔 선배는…… 아무것도…… 아무것도, 말해주질 않아! 말이 통하질 않는 사람이랑 대화를 하는 것 같은 기분이야……. 내 말은 전부, 그 사람의 몸을 스쳐 지나가는 것 같아서……!"

소스케는 떨고 있었다. 빗물이 아닌 눈물이 뚝뚝 떨어지고 있었다.

"무섭고 슬프고…… 서운해……!"

나는 참지 못하고 우산을 접고서 소스케를 안아줬다. 그의 등을 여러 번 어루만졌다.

"있잖아…… 난 돌아와 줬으면 좋겠어……. 또 들려줬으면 좋겠어. 그 사람의 마음을……! 마음은 통하지 않더라도, 또…… 대화를 나누고 싶을 뿐이야……."

"응, 그러네. 넌…… 줄곧, 듣고 있었던 거구나, 선배의 음악을."

"윽…… 으으……! 나, 내가…… 잘못한 건가……."

"그건 아무렇든 상관없어."

나는 그의 등을 어루만지면서 필사적으로 말을 걸었다.

"네 감정이 거짓이 아니라면 그걸로 족해. 네 마음을 받아들이고서 어떻게 할지는…… 선배 자신이 결정하는 거야."

"나도…… 미즈 선배의 말이 무슨 뜻인지는, 사실 알고 있어……!"

"응……."

"그래도, 나고시 선배의 마음을…… 듣질 않았으니까."

"그러게."

"음악을 하고 싶다면 하고 싶다고…… 말해 줬으면 좋겠어……! 이제 하고 싶지 않다면 그렇게 말해 줬으면 좋겠어. 그거뿐이야."

"응……."

나는 소스케가 모든 말을 다 토해낼 때까지 등을 계속 어루만지기로 했다.

그는 떨면서 어디에도 토로할 수 없었던 감정을 단숨에 쏟아냈다.

괜찮아. 듣는 사람은 나밖에 없어.

실은 아무에게도 말하고 싶지 않았던 너의 말들을 이 장대비가 흘려보내고 주고 있으니까.

"'안 해'라는 말만으로는…… 알 수가 없다고!!"

소스케는 그렇게 외치고 나서 줄곧 흐느꼈다.

나는 소스케의 울음이 그칠 때까지…… 그의 등을 계속 어루만졌다.

"미안……. 꼴사나운 모습을 보였네."

소스케가 민망할 만큼 새빨개진 코를 긁적이면서 어색하게 웃었다.

"아니야. 너도 울 줄 안다는 걸 알아서 조금 안심했어."

"그게 뭔 소리야!"

내가 골려대듯 말해 주자 소스케가 내 어깨를 툭 밀었다.

"……선배한테 가려고?"

"응…… 갈게."

"유즈루도…… 설득해 줄 거야?"

그가 묻자 나는 고개를 서서히 가로저었다.

"아니. 설득은 하지 않아."

내가 말하자 소스케의 눈이 동그래졌다.

"어…… 그럼, 왜 가는 건데?"

나는 생긋 웃고서 대답했다.

"드럼 연습."

소스케가 어리둥절한 표정을 짓고서 웃음을 풋 터뜨렸다.

"지금 진지하게 말하는 거냐? 바보야!"

"응, 난 진지해."

"아하하…… 그래, 그래."

소스케는 고개를 연신 끄덕이고서 왠지 후련해진 얼굴로 웃었다.

"열심히 해, 연습. 후야제를 꼭 성공시켜야지."

"응. 열심히 할게."

우리는 서로를 보며 고개를 끄덕인 뒤 동시에 각자 다른 방향으로 향했다.

소스케는 이제 '선배에게 부탁해줘' 하고 말하지 않았다. 이제 앞으로 그런 말은 하지 않으리라는 걸 알았다.

그에게 전했듯이…… 나는 나고시 선배를 설득할 생각이 없었다.

그래도…… 소스케의 마음속 비명을 들으니…… 선배의 속내 역시 알고 싶었다.

그러기 위해서 할 수 있는 것은…… 결국 대화밖에 없다.

　나는 내가 갖고 있는 모든 말을 선배에게 던질 것이다. 그녀가 내 말에 대답할지 안 할지는 문제가 아니다.

　그러고 싶지 않다면 그러지 않아도 된다.

　그래도…… 말을 던지지 않는다면 이제 끝이라는 걸 나는 알고 있었다.

　"오— 어서 와."

　나고시 선배의 집에 도착하니 차고가 열려 있었다. 선배는 바 스툴에 앉아서 나에게 손을 살랑살랑 흔들었다.

　나는 시치미를 떼고서 차고 안을 두리번거렸다.

　선배가 '아—' 하고 목소리를 흘렸다.

　"안도는 돌아갔어."

　"……그렇습니까?"

　나는 다 알면서도 그렇게 대답했다.

　"미스즈는?"

　"돌아갔습니다."

　"흐으응. 뭐, 비가 이렇게 내리니."

　나는 짐을 내려두고서 안에서 드럼 스틱을 꺼냈다.

　"그래서 아사다 소년은 아직 더 연습하려고 돌아왔구나."

　"그렇습니다."

　"성실하네."

　"제가 가장 초보이니까. ……가장 많이 연습해야죠."

내 말에 선배가 입을 다물고서…… 나를 지그시 쳐다봤다.

"……뭡니까?"

"아니."

내가 고개를 갸웃거리자 선배가 쓴웃음을 지었다.

"독서 삼매경이던 아사다가 왜 이렇게 의욕적으로 드럼을 치나 싶어서."

선배가 진심으로 신기하다는 얼굴로 말했다.

"안도가 억지로 끌어들인 거지? 그렇게 필사적으로 연습할 필요가 있나?"

"드럼이 어설프면 흥이 떨어지잖아요."

"그게 너랑 관계있어?"

선배가 묻자 나는 당혹했다.

밴드로서 처참한 연주를 선보이는 건 창피하지 않나? 라고 생각했는데.

"하겠다고 자청한 것도 아니고 억지로 떠맡았으면서 완성도까지 높이려고 하다니 너무 성실하지 않나 싶어서."

선배가 키득 웃으면서 말했다.

나는…… 잠시 생각했다.

분명 처음에는 소스케가 느닷없이, 더욱이 강제로 끌어들여 밴드를 하게 됐다.

그러나 미스즈 선배의 도움도 받으면서 조금씩 숙달되어 가니 재밌어졌다.

숙달됐다고는 해도 나는 아직 서툴렀다. 잘 칠 수 있다는

자신감도 없으니 조금이라도 잘하기 위해서 필사적으로……,
마음먹은 것처럼 잘 되질 않아서 괴로워하면서.

그런데 어째서.

그래, 깊이 생각하니…… 소스케와 미스즈 선배가 떠올랐
다. 그리고 아직 함께 연습하지 못했지만, 아이와 카오루의
얼굴도 떠올랐다.

"……새로운, 언어를 얻은 것 같은 기분이 들어서요."

내가 말하자 선배의 눈썹이 꿈틀거렸다.

"저랑 소스케랑 카오루는…… 같은 반이라는 이유만으로
우연히 친해진 사이일 뿐이에요. 전혀 다른 가치관을 갖고
있지만 같은 장소에 있다는 것…… 그것만으로도 즐거웠습
니다. 그래도……."

나는 마음속을 정리하듯 말을 뱉어 나갔다.

"이렇게 밴드라는…… 공통된 목적을 위해 함께 노력하는
과정은…… 제게 새로운 '언어'가 됐습니다. 입으로 대화하
지 않아도 같은 것을 공유할 수 있다는 게…… 기쁜 건지도
모르겠습니다."

내가 말하자 선배가 감정을 읽을 수 없는 표정으로 들었다.

그리고 왠지 서글퍼하듯 훗 웃었다.

"넌 뭐라고 해야 할까, 눈부시네……."

나고시 선배가 그렇게 말하고서 날카로운 실눈으로 나를
쳐다봤다.

"감수성이 풍부하고…… 자신의 마음을 표현할 수 있는

언어를 갖고 있고…… 부러워."

그녀가 바 스툴에서 일어서 나에게 천천히 다가왔다.

"저기…… 그만두라고 해주지 않을래?"

"뭘 말인가요?"

"다 알잖아? 안도가 더는 끈질기게 베이스를 치라고 부탁하지 않도록 말려주지 않을래?"

선배가 말하자 나는 고개를 가로저었다.

"……그럴 수 없습니다."

"어째서?"

"그게 소스케의 진심이니까요. 그걸 막을 수는 없습니다."

"내게는 민폐라니까."

"그렇다고 해도요."

"부원이 난처한 상황에 처하면 도와주겠다고 했잖아. 난 지금 난처한데 말이야."

나고시 선배가 평소처럼 진의를 엿볼 수 없는 미소를 머금으며 말했다.

그래도 나는 고개를 끄덕이지 않았다.

"그럴 수 없습니다……. 전 소스케의 마음밖에 듣질 않았으니까."

내가 말하자 나고시 선배가 순간 겁을 먹은 것 같은 표정을 보인 듯했다.

"난처하다고 했으니 나고시 선배가 지금 왜 난처해하는 건지 알려주세요."

내가 곧바로 묻자 선배가 쓴웃음을 지었다.

"성가신 소리를 다 하네."

"그걸 성가시게 여긴다면 전 소스케를 만류할 수가 없습니다. 제게는…… 나고시 선배가 그저 자신의 마음을 아무한테도 알려주고 싶지 않아서 소스케를 밀어내는 것처럼 보입니다."

내 말을 듣고 선배의 표정에서 온도가 싸악 내려갔음을 알았다. 위가 싸늘해지는 감각이었다. 무서웠다.

선배가 나를 쏘아봤다.

"넌 진짜 호인이네."

나를 상처 주기 위한 말임을 알았다. 움츠러들지 않도록 어금니를 꽉 악물었다.

"속마음을 말로써 다 풀어내는 건 피곤해. 그 지루한 행위를 아사다와 안도를 위해서 할 이유가 어디에 있는데? 넌 서로 생각을 다 털어놓고 마음을 주고받으면 모든 게 해결되리라 생각하고 있어. 그런 '꿈같은 이야기'를 믿고 있다고."

"그런 의도로 말한 게−."

"자신이 마음을 연다면 상대도 언젠가 그렇게 해주리라 믿고 있어. 여태껏 '그런 선량한 사람'밖에 만나지 않았을지도 모르겠네. 그래도 난 달라. 널 위해서 시간을 쓰지 않아. 말 따위에 아무런 가치도 두지 않아."

선배가 쏘아대듯 말했다.

그러고는 숨을 삼키고서…… 천천히 중얼거렸다.

"말이라는 건 말이야…… 언젠가, 전부 거짓말이 되는 거야."

그렇게 말한 그녀의 얼굴에 슬픈 기색이 살짝 섞여 있는 듯했다. 줄곧 숨겨 오려 했던 그것을 엿보고서 나는 숨을 작게 삼켰다.

"그러니 내게 말은 필요 없어."

나고시 선배가 그렇게 내뱉고서 밖으로 나왔던 감정을 얼버무리듯 웃었다.

"부탁 좀 하자. '이제 그만둬~' 하고 말해 주기만 해도 충분하니까–."

"말이 필요 없다면."

나는 선배의 말을 끊고서 말했다.

"음악은, 어떻습니까?"

나고시 선배의 말문이 막혔다.

"당신의 언어는 음악이지 않았나요?"

내가 힘주어 말하자 선배의 눈동자가 흔들렸다. 그러나 이내 콧방귀를 흥 꼈다.

"다 아는 것처럼 말하지 마. 음악도…… 말이랑 똑같아. 전부 거짓말이라는 걸 알아채는 때가 와."

"그래도 카오루랑 옥상에서 음악 이야기를 했죠. 제 드럼을 듣고서 몸을 흔들었어요! 선배는 베이스를 놓았을지언정 음악 자체에서 멀어진 게 아니에요."

"그냥 심심풀이야. 열중해서 듣는 거랑은 달라."

189

"그래도……."

"아~ 진짜 귀찮아 죽겠네!!"

선배가 성가시다는 듯 목소리를 높이고서 나를 째려봤다.

"안도한테 충고하지 않으면 이젠 여기도 쓰게 해주지 않을 거야."

협박하듯 말하자 나는 말문이 막혔다.

……그래도 선배가 그렇게까지 말한다면 어쩔 수 없다.

"애초부터…… 호의를 감사히 받아들여 쓰고 있었을 뿐이니까요. 선배가 그렇게 말한다면 이제 오지 않겠습니다."

나고시 선배의 눈동자가 또다시 동요한 듯 흔들렸다.

"전…… 소스케의 감정을 소중히 하고 싶습니다. 친구의 마음과 이 장소를 저울에 올려서 잴 수는 없습니다."

"아니, 그래도, 그럼…… 연습은 어쩔 건데?"

"어떻게든 할 겁니다."

"어떻게든 하겠다니……."

자기가 협박해 놓고서 선배는 동요하는 듯했다. 그저 내 뜻을 굽히기 위해서 꺼낸 말이었을지도 모르겠다.

역시 마냥 심술궂기만 한 사람은 아니었다.

나에게서 음악을 빼앗는 행위를 주저하는 것처럼 보였다.

"……소스케의 행동이 민폐라면 선배가 소스케를 직접 설득해야 합니다."

내가 말하자 선배가 씁쓸해하며 고개를 가로저었다.

"그러니까…… 이미 실컷 말했대도."

"몇 번이든 전해야 합니다. 선배가 난감해하는 이유를 소스케가 납득할 때까지."

"……."

"선배는 알 겁니다. 거절을 당했음에도 소스케가 당신의 음악을 듣고 싶어 한다는 걸. 그 친구가 그만한 열의와 감정을 품고서 당신한테 호소한다는 걸."

나는 선배 앞에서 자세를 고쳤다.

"똑바로…… 대답을 해주세요. 소스케는…… 당신이 아직도 음악을 좋아하는지 아닌지 듣고 싶어 해요. '안 해'라는 말만으로는 부족합니다."

선배는 그저 고개를 약하게 저을 뿐이었다.

"당신의 진짜 감정을…… 그 친구한테 전해 주세요. 부탁합니다."

내가 고개를 숙이자 나고시 선배가 깊이 숨을 들이마시는 소리가 들렸다.

나는 고개를 들고서 가방을 쥐었다.

"차고, 빌려줘서 감사했습니다."

그녀가 베풀어줬던 호의에 감사를 표하고서 나는 차고를 나가려고 했다.

"그 녀석한테는 축구가 있잖아!!"

등 뒤에서 나고시 선배가 외쳤다.

나는 화들짝 놀라 그녀를 돌아봤다.

"친구도 많고, 학교생활은 충실하고…… 그 밖에도 할 게

191

잔뜩 있을 텐데……. 왜 나 같은 애한테 연연하는 거야……."

나는 처음으로 나고시 선배가 진심으로 당혹해하는 모습을 본 것 같았다.

그녀의 말속에서는 진심으로 '답을 모르겠다'라는 곤혹스러움이 담겨 있었다.

그러나…… 나는 그 답을 너무나도 잘 알고 있었다.

"……그만큼 소스케한테 나고시 선배와…… 선배의 '소리'가…… 소중하기 때문이지 않을까요?"

내가 말하자 선배의 눈이 휘둥그레졌다.

그리고 이를 꽉 악물고는 종종걸음으로 내 옆을 스쳐 지나갔다.

"선배……?"

선배가 난폭하게 차고 셔터를 좌악! 내렸다.

그러고는…… 서서히 나를 돌아봤다.

그녀가 괴로워하는 것 같은 표정으로 와이셔츠 단추를 하나씩 풀기 시작했다.

"서, 선배…… 뭐 하는 겁니까……?"

"됐으니까…… 잠자코 봐."

선배가 다짜고짜 단추를 자꾸 풀었다.

셔츠 속에 검은 내의를 입고 있어서 조금 안도했다.

그러나…… 모든 단추를 풀고서 셔츠를 벗어던진 그녀의 왼팔 상완부에 붕대가 칭칭 감겨 있었다.

짐작은 했지만, 직접 보니 심장을 움켜쥐는 것 같은 긴장감이 들었다.

선배가 아무 말 없이 붕대를 고정하던 테이프를 짝 벗겨내고서 풀어내기 시작했다.

"선배……!"

"……."

나고시 선배가 소름 끼치는 표정으로 붕대를 훌훌 풀었다.

나는 할 말을 잃었다.

눈을 돌리고 싶은데도 돌릴 수가 없었다.

그녀의 왼쪽 상완부 안쪽에는 베인 상처가 무수히 새겨져 있었다.

상처가 완전히 아물어서 흉터로 남은 부위도 있었고, 아직 붉은 기가 감도는 상처도 보였다. 그리고 아주 최근에 낸 것 같은 생생한 상처도 있었다. 그 밖에도 내출혈을 일으켜 보라색으로 물든 부위도 있었다. 그리고 상처 주변의 살갗은 노란색인지 녹색인지 표현할 수 없는 색으로 변색되어 있었다.

너무나도 고통스러운 상흔이었다.

"있잖아……. 난 이런 사람이야."

"이런 사람이라니……."

나는 입이 바짝바짝 말라가는 것을 느끼면서 억지로 말을 뱉었다.

선배가 실눈으로 나를 쳐다봤다.

"바보처럼 스스로한테 상처를 입히는 것 말고는 살아있음

193

을 실감할 수 없는 쓰레기 같은 인간."

"그런 말이 어딨어요……."

"기분 나쁘지?"

"기분 나쁘다니요."

"기분 나쁘잖아. 솔직히 말해."

"아뇨, 말도 안……!"

"말해. 말로."

선배가 혹독한 말투로 나를 몰아붙였다.

나는 벌벌 떨면서 끝내 말하고 말았다.

"……무서……워요……!"

베인 상처가 이토록 밀집된 광경을 본 것은 처음이었다.

사람의 살갗에 상처가 무수히 났다는 시각정보는 나에게
오직 공포만을 안겨줬다.

왜 이런 걸 보여줬는지 모르겠다.

몸이 떨렸다.

내가 말하자 나고시 선배가 스읍…… 숨을 천천히 뱉었다.

그리고 오른손으로 스윽…… 왼팔의 상처를 가렸다.

"……미안해."

선배가 나에게 고개를 숙였다.

"더러운 걸, 보여줬어."

"아뇨, 그럴 리가요……."

"무섭게 했구나."

"……예."

내가 수긍하자 선배가 내 머리를 마구 헝클어뜨린 뒤에 '저기 보고 있어' 하고 말했다.

나는 시키는 대로 선배에게서 등을 돌렸다.

선배가 소파에 앉는 소리가 들렸다. 그리고 붕대를 슈욱 슈욱 다시 감는 소리도.

"아무리 그래도 이렇게 흉한 걸 보여주면 더는 간섭하지 않을 줄 알았어."

그 말을 듣고 나는 비로소 선배의 의도를 이해한 듯했다.

"……소스케한테도 이렇게 했던 겁니까?"

"응."

내가 묻자 선배가 고개를 끄덕였다.

"보여준 것도 모자라서…… 그 녀석 앞에서 팔을 그어 보였어."

소름이 돋았다.

어째서.

"어째서 그런 짓을……!"

내가 떨리는 목소리로 심각하게 말하자 선배가 평온한 말투로 대답했다.

"그렇게라도 하지 않으면 그 녀석 물러서질 않으니까."

선배의 말을 듣고서…… 나는 지금 선배와 소스케 사이에서 벌어지고 있는 갈등이 이번이 처음이 아님을 이해했다.

선배는 붕대를 감으면서…… 조용히 몇 개월 전 이야기를 들려주기 시작했다.

EP.10 [10장]

A story of love and
dialogue between
a boy and a girl with
regrets.

내 '음악'은 중학교 3학년 때 상실됐다.

좋아했던 뮤지션들이 모습을 감춘 뒤…… 모든 게 배신당한 것 같은 기분이 들었다. 내가 동경했던 '소리'와 그것을 연주했던 사람들의 '말'은 모두 거짓말이 됐다.

그 이후에…… 나는 애써 음악과는 관계가 없는 분야에 손을 대보려고 했다.

하나같이 오래 하지 못했지만…… 그 중 하나가 축구부 매니저였다. 이것이 가장 오랫동안 한 일이었다고 할 수 있겠지.

스포츠를 즐기면서도 대회에서 이긴다는 목적을 위해 노력하는 남자들을 보는 것은 나름 즐겁고, 시간을 때우기에도 좋았다. 부원들이 나에게 의지하는 것도 기분이 나쁘진 않았다.

부원이 고백한 적도 여러 번 있었지만…… 전부 '연애 같은 거 잘 모르겠는데~'라는 한마디로 은근슬쩍 회피했다. 방편처럼 그렇게 말하긴 했지만, 연애 감정이 무엇인지 잘 모르는 것은 사실이었다. 사랑이니 연애이니 그런 것에 눈길도 주지 않고 오로지 음악에 몰두해 왔던 인생이었으니까.

그런 식으로 '그 누구도 편애하지 않고 모두한테 평등하게 상냥한 매니저'라는 포지션을 잘 유지하면서 1년을 보냈다.

왠지 적당히 '살 수 있을 것' 같은 기분이 들었다. 소중한 사람들과 음악을 한꺼번에 잃고서 나를 구성했던 모든 것이 텅텅 비어버렸는데도 왠지 그럴듯하게 살아가고 있었다. 이런 식으로 타인과 그럭저럭 관계를 맺고, 동시에 아무도 나의 깊은 내면에 접근하지 못하도록 막으면서 생글생글 웃으면서 살아보자.

그렇게 생각하다가 고등학교 2학년을 맞이했다. 축구부에도 새로운 1학년 부원이 들어왔고…… 그 중에 안도가 있었다.

그가 같은 학교에 입학했다는 사실조차 몰랐기에 크게 놀랐다. 조금 성가시게 됐다고 생각했다.

그는 내가 밴드를 했다는 사실을 알고 있었다.

안도는 언젠가…… 미스즈가 라이브 하우스의 할당량을 ─라이브 공연을 개최하는 데 필요한 비용을 회수하기 위해 라이브 하우스가 밴드에게 부여한 티켓 할당량. 충분한 인원을 손님으로서 부르지 못하면 밴드 멤버들이 나눠서 부족분을 메워야 한다─ 달성하기 위해서 데려왔던 그녀의 후배였다.

선배가 라이브 공연에 꼭 와달라고 권하니 별로 흥미도 없는데도 훌쩍 따라왔을 뿐인…… 그가 내 베이스에 빠진 것은 의외였다. 라이브를 마치고 안도가 내 곁으로 와서는 반짝이는 눈으로 '사인해 주세요!' 하고 말했다. 취미로 밴드 활동을 하는지라 사인 같은 걸 만들지도 않았기에 나는 거절했지만…… 그 이후에는 라이브를 할 때마다 사인을 해달라고 조르고, 그 요청을 거절하는 것이 일상처럼 굳어지고 말았다.

적어도 그 시절에는 나에게도 안도는 귀여운 연하 남자애였다. 내 음악을 좋아한다고 말해주는 사람을 나쁘게 생각할 이유도 딱히 없었다.

그러나…… 그 시절의 나밖에 모르는 그와 지금 어떻게 관계를 맺어야 좋을지 나는 알지 못했다. 그래서 우연히 같은 부가 된 이후로 나는 바짝 긴장했다.

처음에는 안도도 마찬가지로 나를 어떻게 대해야 좋을지 곤혹스러워하는 듯했다. 그러나 부활동으로 같은 시간을 보내면서 조금씩 '지금의 나'에게 익숙해지는 걸 알 수 있었다.

그리고 의외로 그는 나에게 베이스에 관해 한 마디도 던지지 않았다.

솔직히 고마웠다. 나에게는 음악에 관해 할 이야기가 하나도 없었으니까. 과거 역시 말하고 싶지 않은 내용뿐이었다.

그래서 안도가 나의 현재 삶과 과거를 비교하면서 이것저것 말하지 않아서 안심했다. 그리고 내가 그를 멀리해야만 하는 이유도 없었다. 나는 다른 부원들과 차별을 두지 않고 그를 대했다.

다만…… 이따금씩 그가 나를 쳐다보는 눈빛 속에서 어떤 '무언가'가 느껴지는 때가 있어서…… 그것만은 신경이 쓰였다. 그런 시선으로 쳐다볼 때 나는 꼭 눈을 돌렸다. 그러면 그는 나에게 말을 걸지 않고…… 조금 서글픈 얼굴로 연습에 임했다.

안도는 열심히 축구에 매진했다. 다른 부원들보다 훨씬.

1학년들이 소홀히 하기 십상인 −그 중요성을 별로 이해하지 못해서 그런 것 같다− 기초 트레이닝도 안도만은 진지한 표정으로 수행했다. 시합 형식의 연습 때는 마치 공식전을 치르는 것처럼 승부욕이 넘치는 플레이를 보여줬다.

그러나…… 그 의욕이 화근이 됐는지 어느 날 연습 중에 그는 갑자기 부자연스럽게 넘어져 그대로 병원에 실려 갔다.

이튿날에 이야기를 자세히 들어보니 오른쪽 장딴지 근육이 끊어졌다고 했다.

그 이후로 안도는 한동안 연습에 참가할 수가 없었다. 견학과, 환부와는 관련이 없는 부위의 근육 트레이닝만이 그에게 허락된 '부활동'이었다.

그래도 안도는 매일 부활동에 나와서 근육 트레이닝을 소화하거나 전력으로 소리를 치면서 연습을 바라봤다.

그리고 통증이 많이 가라앉았을 즈음에 그는 고문에게는 비밀로 스쿼트 같은 근육 트레이닝을 시작했다. 의사가 금지했는데도 불구하고.

어느 날 스포츠 드링크 가루를 보충하러 연습 중인 부실로 돌아갔을 때…… 나는 그 현장을 목격했다. 열린 문 틈새로 하지 말라던 스쿼트를 열심히 수행하는 안도의 모습이 보였다.

그는 순간 거북해하는 표정을 지었으나 이내 다음을 다잡고서 트레이닝을 재개했다.

나는 불현듯…… 베이스에 푹 빠졌던 과거가 떠올랐다.

그리고…… 그를 만류해야만 한다는 사명감에 휩싸였다.

"……부활동을 계속 하고 싶다면 완전히 회복된 뒤에 해야 하지 않니? 더 오랫동안 연습을 하지 못하게 될지도 몰라."

내가 말했지만 안도는 고개를 끄덕이지 않았다. 고집을 부리는 표정으로 스쿼트를 계속했다.

"지금 근력이 떨어지면 연습을 계속하는 녀석들한테 따라잡힐 겁니다."

"아직 1학년이잖아. 조바심 낼 건 없잖니."

나는 타이르듯 그에게 말했다.

그래도 그는 내 말을 무시하듯 스쿼트를 계속했다. 부아가 조금 치밀었다.

"나도 베이스를 쳤을 적에는 매일 바보처럼 연습만 했어. 그랬더니 순식간에 건초염에 걸렸지. 그래도 통증을 꾹 참으면서 조심조심 연습을 계속했더니…… 결국에는 닥터 스톱을 맞고 말았어. 한 달 넘게 베이스를 만질 수가 없었어. 우와~ 그때 실력이 얼마나 녹슬었던지."

정신을 차려보니 나는 그런 이야기를 하고 있었다. 구체적인 예를 들어서라도…… 그만두게 해야 한다고 생각했다. 지금 돌이켜 보면 뭘 그리 필사적으로 설득하려고 했는지 모르겠다.

안도가 근육 트레이닝을 무리하게 하다가 부상이 악화되든 말든 나와는 전혀 관계가 없는데도.

"잘하고 싶다는 마음은 알겠지만, 지금은 확실히 치료받는 게 최우선이야. 그러지 않으면 장기적으로 봤을 때 더 많은 시간을 허비하게 될 거야."

내 말을 듣고서…… 안도가 드디어 스쿼트를 멈췄다.

드디어 납득했나? 싶어서 안도한 것도 잠시.

그의 시선이 나에게로 향했을 때…… 나는 알아챘다.

골치 아프게 됐다고…….

안도는 이따금씩 보여줬던 '의미심장'한 눈빛으로…… 나를 보고 있었다.

그리고 내가 도망칠 새도 없이 그 이야기를 꺼냈다.

"선배는…… 이제 베이스, 안 치는 겁니까?"

나는 고등학교에 입학한 이후로 늘 생글생글 거리고 다녔는데…… 그때만은 표정을 제어하지 못했다.

"베이스 이야기를 할 때 선배의 표정은 역시나 부드러웠어요."

그럴 리가 없다. 그저 너를 설득하기 위해서 과거의 사례를 꺼냈을 뿐이다.

"그렇지 않아. 지금은 축구부 매니저로 활동하는 것만으로도 벅찰 지경이니."

"그래도 종종 뭔가 성에 차지 않는다는 표정을 짓곤 하지 않습니까?"

그런 표정은 지은 적 없어. 다 아는 것처럼 지껄이지 마. 나는 속이 부글거렸다.

"착각한 거겠지. 어쨌든 스쿼트는 금지야. 다음에 발견하면 고문한테 이를 테니 그리 알아."

나는 도망치듯 스포츠 드링크 가루가 담긴 봉투를 들고서 부실을 나갔다.

그날은 그렇게 억지로 이야기를 잘라낼 수 있었지만…… 그 이후로 안도는 걸핏하면 '이제 베이스 안 칩니까?'라느니 '선배는 베이스를 치는 편이 좋아요'라는 소리를 하게 됐다.

처음에는 억지로 웃으면서 흘려버렸지만…… 나도 점점 짜증을 감출 수가 없게 됐다.

뭐가…… '치는 편이 좋다'라는 거야. 네가 뭘 아는데? 그렇게 생각하면서도 나는 음악에서 멀어진 이유를 안도에게 말해줄 기분도 들지 않았다. 사연을 말해 본들 싸구려 동정만 살 뿐이라는 걸 잘 아니까. 그리고 애당초 스스로 닫아버린 기억의 서랍을 만지는 것만으로도 정신력이 소모됐다.

음악을 그만두고 '어느 날'을 기점으로 시작한 팔 긋기도 안도가 베이스에 관해 이리저리 말하기 시작한 이후로 빈도가 늘어갔다. 애당초 마음이 어지러울 때 하는 행위가 아니었다. 담담하게 내가 이 세상에 존재하고 있음을 확인하는 의식처럼 행하던 것이었다. 그런데 끓어오르는 짜증이 시키는 대로 그 행위를 함부로 저지를 때마다 허무함만이 커져갔다.

"선배."

"들려주세요."

"나고시 선배."

"선배의 베이스를 또 듣고 싶습니다."

"왜 그만둔 겁니까?"

"선배!"

안도가 말을 거는 것 자체를 성가시게 여기기까지 그리 오랜 시간이 걸리지 않았다.

예전이었다면…… 아직 음악을 사랑했던 그 시절이었다면. 이런 식으로 누군가의 마음에 남는 연주를 선보였다는 사실을 기뻐했을 텐데.

그러나…… 지금은 '마음을 움직이게 하는 연주'도, 그것을 바라는 마음도…… 모조리 가짜임을 알고 있었다.

짜증은 곧 분노로 바뀌었고…… 그 임계점을 맞이한 순간 바로 식어 버렸다.

마음속에 있던 나의 냉혹한 면이 고개를 쳐들었다.

안도의 내면에 내 '음악'밖에 없다면…… 그걸 보다 강렬한 무언가로 덧칠해 버리면 그뿐이다.

나는 어느 날 부활동을 마치고서 안도를 불러내…… 팔을 그었던 상흔을 보여줬다.

"과거를 떠올리기만 해도 짜증이 치밀어. 짜증 나니까 이렇게 팔을 그어서 그 고통으로 의식을 분산시키는 거야."

나는 담담히 말했다. 그것은 거짓말이었지만…… 나는 그것이 사실인 것처럼 태연히 말했다.

사실 그런 이유는 없었다. 단지 시간을 때우듯…… 내 마음의 감도를 확인하기 위해서 몸에 상처를 입혔을 뿐이었다. 내 몸에서 피가 뚝뚝 떨어지는 광경을 봐야만 비로소 살아 있다는 실감과 안심이 들고, 동시에 조금 흥분됐다.

그런 자기만족의 상흔을 마치 '너 때문에 상처가 늘었다' 탓하듯이 내보였다.

그것도 부족해서 나는 그 자리에서 커터칼을 꺼내 평소보다 난폭하게 팔을 그었다.

정신이 아찔해질 만큼 아팠다. 그래도 반쯤 웃는 표정을 억지로 유지했다.

안도의 눈에 대단히 징그럽게 비쳤겠지. 그는 아무것도 모르겠다는 얼굴로 그저 경악하며 나를 쳐다봤다.

"이제 베이스 얘기 좀 하지 말아줄래? 진절머리 나니까."

나는 그 말을 남기고서 그곳을 떠났다.

한동안 걷고서 뒤를 돌아보니 안도는 망연자실해하며 우두커니 서 있었다.

이걸로 됐다.

성가신 인연은 끊어버리는 게 낫다.

이제 누구도 내 귓가에 '음악'이라는 말을 속삭이길 원치 않았다. 그 말만 들어도 마음이 술렁인다. 이제야 겨우 완전히 닫아버린 서랍을 멋대로 열지 말아주길 바랐다. 가뜩이나 그 서랍은…… 아무도 만지지 않더라도 일상생활을 보내면서 방심한 틈을 노려 덜컹덜컹, 소리를 내면서 저절로 열리려고 하니까.

상처를 보여줘서 안도의 입을 다물게 한 뒤 집으로 돌아가는 길에 나는 왠지 모든 것이 성가시다는 기분이 들었다.

그런 짓을 해놓고서 이튿날에 그와 얼굴을 마주하고서 평소처럼 태연히 행동하는 내 모습을 상상했더니 지긋지긋했다.

그리고 정말로 상처를 입은 사람은 내가 아니라 안도라는 걸 알면서도 어째선지 피해자인 척 생각하는 내 자신도 진심으로 기가 찼다.

이튿날 나는 퇴부서를 들고서 축구부 고문에게 갔다.

× × ×

"그래서…… 부활동을 하지 않으면 교사가 시시콜콜 귀찮게 따지니까 지금은 독서부원……이 된 거야."

나고시 선배가 가면 같은 실웃음을 줄곧 지으면서 본인과 소스케 사이에서 있었던 일을 말해줬다.

"그 일로 넌더리가 났을 줄 알았는데…… 아직도 포기하지 않았다니."

나고시 선배가 쓴웃음을 흘리며 말했다.

"……이제 셔츠 입었으니까 이쪽을 봐도 돼."

선배가 말하자 나는 머뭇머뭇 뒤를 돌았다. 그 말대로 선배는 평소처럼 긴소매 와이셔츠를 7부쯤 걷어 올렸다. 평상시 모습을 보고 나는 안도했다.

선배가 시선을 천천히 들어 올려 내 눈을 쳐다봤다.

"전에 내게 물었지? '당신은 스스로한테 상처를 입히면서 어떤 심정이었나요?' 하고."

그 물음에 나는 긴장하면서도 고개를 끄덕였다.

"아무 심정도 아니었어. 그냥, 확인해 본 것뿐이야. 살아 있다는 걸."

"그렇게까지 하지 않더라도 선배는 분명히 살아 있지 않습니까……."

"그 실감이 없으면 죽은 거나 마찬가지야. 죽고 싶은 건 아냐. 하지만 살아 있다는 실감도 없어서 가끔씩 그걸 확인하곤 해."

선배가 거기까지 말하고서 한쪽 입꼬리를 올리며 나를 쳐다봤다.

"아사다 소년이 봤을 때 어때?"

"……."

"'그 마음이 당신을 진정 구원해 준다면 전 커터칼로 당신의 몸을 그을 수도 있어요'라고 넌 말했어. 지금이라면 내 팔을 그을 수 있을 것 같아?"

"……모르겠습니다."

나는 힘없이 고개를 가로저었다.

결국 선배의 입에서 음악을 그만뒀던 이유는 나오지 않았다. 소스케가 푹 빠질 만큼, '그게 그녀의 언어라고 생각했어'라고 말할 만큼 자기 자신을 담아서 연주했던 그녀에게 커다란 충격을 줬던 사건이 대체 무엇인지 여전히 알 수가 없었다.

음악을 잃어버린 대신에 그녀가 팔을 그었을 때의 고통을 의지처로 삼고 있다면 대체 누가 어떤 자격으로 그걸 그만두라고 말할 수 있을까?

그래도…… 그렇다고 해서 그 고통스러운 팔을 봐놓고서 '달리 수단이 없다면 계속해도 됩니다' 하고 무책임하게 말할 수도 없었다. 나는 그 행위에 관해 간섭할 수 있는 어떤 자격도 갖고 있지 않으니…… 어떻게 해줄 도리가 없었다.

그래도 내 감정을 말로써 표현하자면.

"제가 해줄 수 있는 말은…… 선배가 그러질 않길 바라는 제 마음뿐입니다."

너무나도 일방적이고 의미가 없는 말뿐이었다. 그 이외에 나는 명확한 말을 갖고 있지 않았다. 올바름을 추구하고자 말을 배배 꼴 때마다 본질에서 점점 벗어나는 것 같은 기분이 들었다.

선배는 내 말을 듣고서 자그맣게 웃더니 눈을 내리깔았다.

"정말로…… 넌…… 너희들은, 성가시네."

선배가 미소 지으면서 말했다.

"정의의 사도 같은 표정으로 '그건 틀렸어. 해서는 안 돼'
하고 말할 줄 알았더니만 안 그러잖아. 타인을 설득하기 위
해 '거짓말' 하지 않아. 그저 자신의 감정만을 순수하게 밀
어붙여."

그녀가 한숨을 내쉬었다.

"차라리 거짓말을 해줬더라면…… 부정했을 텐데. 너희
들의 거짓말을 지적해서 도망칠 수 있었을 텐데……. 너희
들은, 진짜 짜증 나."

선배가 그렇게 중얼거리고서 입을 다물었다.

……그렇게 말하는 나고시 선배도 성가신 사람 아닙니
까? 하고 생각했다.

분명 선배는 아직껏 자신의 감정과 타인이 보내는 감정
사이에서 흔들리고 있는 듯했다. 그리고 그런 동요를 애써
눈치채지 못한 척하고 있다.

'올바름'을 밀어붙이는 상대라면 그녀는 그 의견의 모순점
을 찔러서 논의로부터 도망칠 수가 있다. 절대로 올바른 가
치관 따위 존재하지 않기에 그렇게 풀어나가는 것은 시간
낭비다.

그러나 소스케는 달랐다. 지금도 선배가 가장 빛났던 때
는 베이스를 쥐었을 때라고 진심으로 믿고 있고, 과거를 되
찾기 위해서 자신의 속내를 계속 주장하고 있다. 그 말에는
오로지 그의 절실한 감정만이 담겨 있다. 선배는 감정에 올

바름도 틀림도 없다는 것을 알고 있다. 그렇기에…… 그녀는 그걸 뿌리치지 못하고 떨떠름한 응어리를 품고 있다.

"말은 언젠가 거짓말이 된다고……. 선배가 말했죠."

나는 침묵을 깨고서 말했다.

"그래도…… 선배의 '소리'는 달랐어."

선배가 눈썹을 꿈틀거리고서 할 말이 있다는 듯 험악한 표정을 지었다. 그러나 그녀가 입을 열지 않았기에…… 나는 말을 이어나갔다.

"선배의 소리는 소스케한테는 분명 진실이었어요. 언제까지고 빛이 바래지 않는 것이었어요."

"언제까지고 빛이 바래지 않는 것은 없어. 그렇다고 착각할 수는 있겠지만."

"그렇다고 해도 선배는 그럴 만한 음악을 남겼어요. 그걸 다시 듣고 싶어 하는 소스케의 마음도 거짓은 아니고요."

"안도의 마음은 그럴지도 모르지. 그래도 그 녀석이 믿는 내 소리에 진실 따윈 없어. 어차피 나도 거짓을 쫓았어. 거짓을 쫓기만 한 여자의 거짓된 소리야."

"거짓이란 뭡니까? 선배는 아까부터 그 말만 늘어놓네요. 중요한 건 하나도 말하지 않고 거짓말, 거짓말이라는 말만 되풀이해요. 선배한테 무엇이 진실이고 무엇이 거짓입니까?"

정신을 차려보니 나와 선배는 서로 싸우듯이 말을 교환하고 있었다.

"어째서 선배의 소리에 감동해서는 안 되는 거죠? 어째서 그걸 믿으면 안 되는 거죠?"

내가 쏘아붙이자 선배가 눈꼬리를 치켜 올리고서 말했다.

"내가 연주했던 건 거짓이었으니까! 거짓말은 믿었던 사람을 배신하고 상처 주고 절망케 하니까…… 그래서……!"

"그래서…… 본인한테만 거짓말을 하는 거군요."

내가 말하자 선배의 표정이 굳어버렸다. 그녀가 입을 크게 벌린 채로 아무 말도 내뱉지 못했다.

"자신이 상처 입는 것보다 남이 상처 입는 걸 더 무서워하는 거군요."

"아…… 아냐."

"선배는."

나는 거기서 말을 끊고서 숨을 깊이 들이마셨다.

몸이 조금 떨렸다. 무서웠다. 그녀의 내면에 발을 내딛는 것이.

그녀가 원치 않는 걸 알면서도 발을 내딛는 것이.

그래도…… 억지로라도 손을 뻗지 않는다면 잡을 수 없는 게 있음을 나는 이미 알고 있었다.

"무언가에 배신당하고, 상처 입고, 절망했던 거군요. 그리고 그런 아픔을…… 아무도 겪게 하고 싶지 않았던 거 아닙니까?"

내가 떨리는 목소리로 말하자 선배가 눈을 크게 뜨고서 고개를 약하게 저었다.

"……아냐."

"하지만 그렇게 타인을 밀어내면서 선배는 조금씩 상처를 입고 있잖아요. 스스로를 계속 속이고, 배신하고 있다는 걸 눈치챘잖아요."

"……아, 냐."

"실은…… 음악을 아직 좋아하지 않습니까?"

"아니라고!!"

선배가 외쳤다. 차고 벽이 드르르 떨렸다.

"다 아는 것처럼 말하지 마! 대체 내 어딜 보고서 그런 말을—."

"왜냐면 선배는 날 밀어내지 않았어. 이렇게 계속 드럼 치는 걸 말리지 않았어. 진정 음악이 싫고, 떠올리고 싶지도 않다면 우리가 여기서 연습하도록 놔두지 않았을 거예요."

"썩힐 바에야 원하는 녀석한테 쓰게 하는 편이 낫겠다고 생각했을 뿐이야."

"그래도 여길 쓰게 해준 덕분에 소스케와 또 얽히게 됐죠. 그래서 선배는 괴로워하고 있지 않나요?"

내가 말하자 선배가 고통스러운 표정을 지었다.

"선배는 음악을 싫어하는 게 아니야. 그저…… 자신이 치는 것만 거부하고 있어. 그래서 소스케한테도 '치고 싶지 않다'가 아니라 '안 친다'라는 대답밖에 하질 못해."

선배가 고개를 연신 가로저었다. 그러나 뭐라고 말하려고 입을 벌렸다가…… 다물기만 할 뿐이었다.

나는…… 결의를 굳히고서 말했다.

"선배는…… 이제 연주하고 싶지 않다고 믿으려는 것뿐 아닙니까?"

내가 말하자 그녀의 눈동자가 크게 흔들렸다.

역시 그랬구나.

"……베이스를 쳐달라는 부탁을 계속 받다가, 그러고 싶어지는 걸 우려하는 거 아닌가요?"

내가 말하자 나고시 선배는 눈을 이리저리 돌리며 바닥을 훑어본 뒤.

한숨을 깊이 내쉬었다.

"……아사다랑 말싸움을 하면 이길 수가 없네."

선배가 그렇게 말하고서 자조적으로 웃었다.

나는 고개를 천천히 저었다.

"이기고 지는 문제가 아닙니다."

"네 그런 점이 싫어. 넌 진솔한 말로 몰아붙이면서 어쩐지 내 내면에 감춰진 말까지 끄집어내. 참 거북한 상대야, 넌…….""

선배가 항복한다는 듯 손을 절레절레 젓고서 하이 스툴에서 내려왔다.

"네 말이 맞을지도 몰라. 난 '또 베이스를 치고 싶다'는 생각이 드는 게 싫은 건지도 몰라."

"그건……, 치고 싶다는 마음 자체는…… 있다는 말이잖아요?"

내가 말하자 선배가 당혹스러워하며 한숨을 내뱉었다. 그리고 말했다.

"……모르겠어. 그래도…… '치고 싶다는 생각을 하고 싶지 않다'라는 것만은 확실히 알아."

선배가 서글프게 웃었다.

"내 '소리'는…… 진즉에 죽었어."

선배의 그 말은 아주 심플해서…… 그것이 무얼 의미하는지 이해하지 못하는데도 내 마음에 몹시 무겁게 울렸다.

서로 실컷 떠들어 댔지만 결국 그녀의 마음은 방금 그 한마디에 모두 담겨 있는 듯했다.

"안도가 내 음악을 '잊을 수 없는 소리'로 받아들인 것을 부정할 생각은 없어. 그래도…… 그것도 결국 과거일 뿐이야. 그 시절과 똑같은 소리는 이제 낼 수 없어. 난 이제……음악을 믿지 않아."

선배의 말이 차고 안에서 쓸쓸하게 울리고서 빗소리에 흩어져갔다.

"어쨌든…… 난 이제 베이스를 쳐야만 하는 가치를 찾을 수가 없어. 그러니 안도가 아무리 부탁해도 칠 마음이 없어."

작은 목소리로 토해낸 그 말이 그녀의 솔직한 심정임을 나도 알 수 있었다.

"안도를 말려 달라고 부탁했던 잊어도 돼. 네가 그러고 싶지 않다는 건 확실히 알았으니까. 그래도…… 내가 이젠 칠 마음이 없다는 것도 알아줬으면 해."

꾸밈없이 그렇게 부탁하자…… 나는 고개를 끄덕일 수밖에 없었다. 모든 허울을 걷어내고서 속내를 전했는데도 받아들이지 않는다면 이렇게 대화를 나눈 의미조차 없어지고 만다.

"……알겠습니다. 전 이제 선배한테 아무런 부탁도 하지 않겠습니다."

"응. 고마워."

선배가 힘없이 웃고서 '좀 지치네……'라는 말을 흘리면서 이번에는 소파에 앉았다.

나는 머뭇머뭇 고개를 숙였다.

"미안해요……. 제가 분명 건방진 소리를 했죠."

내가 사과하자 선배가 고개를 느릿하게 가로저었다.

"아사다는…… 언어를 사랑하니까…… 마찬가지로 언어에게 사랑받고 있구나. 네 말은 정중하고 상냥해. 그리고 뭐랄까, 올바름이 느껴져."

선배가 소파에 앉은 채로 몸을 살짝 숙여서…… 내 눈을 들여다보려고 했다.

그 표정은 애절하게 그늘져 있었다.

"그래도 말이야……. 상냥함도, 올바름도…… 때로는 조금, 잔혹하네."

그 말을 듣고 나는 아무 대답도 할 수 없었다.

결국 나는…… 선배가 들려준 범위밖에 그녀를 알지 못한다. 내가 보이는 범위에서 생각하고서 뭘 아는 것 같은 얼굴로 말을 내던진 것에 불과하다.

그런 당연한 사실을 다시 인식하니…… 대단히 안타까웠다.

내가 잠자코 고개를 끄덕이자 선배가 소파 위에서 물끄러미 쳐다봤다. 나는 고개를 떨궜지만, 그녀의 시선을 확실히 느끼고 있었다.

"그 드럼 말이야."

선배가 말했다.

"내게…… 아주 소중했던 사람이 썼던 거야."

선배가 갑자기 과거 이야기를 시작하자 나는 놀랐다.

"소중했던, 사람."

내가 복창하듯 말하자 선배가 고개를 끄덕였다.

"그래. 내 아빠의…… 연인이었던 사람. 내게는 언니 같은 사람이었어."

그녀가 눈을 살짝 가늘게 하며 당시 기억을 천천히 더듬듯 말했다.

"그 사람은 말이야. 맨날 여기에 와서…… 즐겁게 그 드럼을 쳤거든."

나고시 선배가 곁눈질로 나를 보고서 미소 지었다.

"네가 열심히 연습하는 소리를 들었더니…… 왠지 그 시절이 떠올라서 조금 정겨웠어."

선배가 곱씹듯 말하고서 소파에서 일어섰다.

"그래서 네가 여기서 연습하는 건 불쾌하지 않아. 아까 협박하듯 말해서 미안. 앞으로도 그 드럼, 마음껏 써도 좋아."

그녀가 말하면서 차고 출입구로 천천히 걸어갔다.

"후야제, 잘됐으면 좋겠네."

선배는 그 말을 남기고서 평소처럼 유유히 차고를 떠났다.

나는 그녀가 떠난 후에도 한동안 차고 출입구를 쳐다봤다.

선배가 마지막에 살짝 들려줬던…… 그녀의 소중한 사람에 관한 이야기. 그리고 그 사람은 드럼을 쳤다고 했다.

'음악'이라는 단어에 마음을 굳게 닫은 것처럼 보이는 나고시 선배가 그 사람의 이야기를 할 때만은 몹시도 온화한 미소를 지었던 것 같았다.

나고시 선배의 마음은…… 그녀나 당시의 그녀를 아는 사람들의 말만으로 헤아리기에는 너무나도 난해했다. 뒤죽박죽이라는 인상을 도저히 지울 수가 없었다.

소스케의 마음을 지금도 움켜쥐고서 놓아주지 않을 만한 연주를 했던 나고시 선배. 그 연주는 그녀의 마음을 입보다도 훨씬 잘 대변했다고 한다. 분명 그녀는 그만큼 음악을 사랑했다.

그러나 과거에 '무슨 일'이 벌어졌고 그녀는 악기를 치는 것을 그만두고 말았다. 그 사건은, 푹 빠졌던 악기를 놓을 만큼 커다란 절망감을 안겨줬다고 미스즈 선배는 말했다.

그러한 절망을 맛보고도…… 선배는 음악 자체를 싫어하

지는 않는다는 속내를 언뜻 내비쳤다. 음악을 싫어하지도 않으면서…… 자신이 연주하는 것만은 완고히 거부하고 있었다.

나는…… 어떡해야 좋을까? 내가 서 있는 모호한 위치를 여실히 느꼈다.

나고시 선배가 다시금 베이스를 치길 바란다는 소스케의 마음을 알고 있다. 그는 다시금 선배의 음악을…… 거기에 실려 있는 '말'을 듣길 바라고 있다.

그러나 선배는 이제 베이스를 치지 않겠다고 결심했다. '치고 싶지 않다'라고 말하지는 않으면서도……, 치지 않겠다는 완고한 의지는 알겠다.

현재 두 사람의 심정은 정반대를 향하고 있는 듯 보였다. 양쪽의 의견을 존중하는 결론이 도저히 존재할 것 같지 않았다.

나는 그저…… 두 사람이 계속 충돌하다가 한쪽이 꺾이는 광경을 손 놓고 지켜볼 수밖에 없는 건가?

무력감이 치밀자…… 나는 가방 안에서 드럼 스틱을 천천히 꺼냈다.

전자 드럼의 콘센트를 꽂고서 콘솔을 기동한 뒤…… 평소처럼 기초 연습을 시작했다.

술렁이는 마음으로 연습을 하니 평소보다 더 리듬이 틀렸다. 메트로놈과 나의 리듬이 어긋날 때마다 짜증이 조금씩 울컥하여 드럼을 치는 손길이 난폭해졌다.

힘이 실리는 대로 스네어를 치니 왠지 뾰족한 소리가 울린 듯했다. 어긋날뿐더러 시끄럽기까지 한 소리를 내가 쳤다고 생각하니 부아가 치밀었다.

나는 그 후로 몇 시간…… 팔이 아플 때까지 평소보다 감정을 더 실어서 드럼을 계속 쳤다.

INTERMISSION 「막간 ②」

A story of love and
dialogue between
a boy and a girl with
regrets.

에츠코 언니는 정말로 진심으로 음악을 사랑하는 사람이었다.

그녀가 스틱을 다루는 손놀림은 마치 물과 같았다. 매끈하고 유동적이고 때로는 몹시 격렬했다.

언제나 즐겁게 연주하는 에츠코 언니를 보고 여태껏 베이스 일편단심이었던 나도 왠지 드럼을 쳐보고 싶어져서 그녀에게 가르침을 청했다. 결국 나는 '남들이 치는 수준'까지밖에 실력을 키우지 못했다. 그러나 에츠코 언니는 '즐거우면 됐잖아?' 하고 말하면서 내가 드럼을 치는 모습을 흥겹게 바라봤다.

그 사람과 에츠코 언니는 같은 밴드 동료이자 연인이었다.

사생활이 칠칠치 못한 그 사람을 에츠코 언니는 불평 한마디 없이 늘 지탱해 왔다. 연인이라기보다 이미 부부 같은 관계로 보여서 나는 '얼른 결혼하면 좋을 텐데' 하고 생각했지만…… 그 사람은 '결혼은 지옥. 갇히기에는 아직 일러'라는 영문을 알 수 없는 말을 하면서 미뤘다.

그 사람이 베이스를 치고, 에츠코 언니가 그걸 들으면서 몸을 흔들거나, 참지 못하고 드럼을 치며 세션을 시작하는 모습을 보는 게 즐거웠다.

그 시절 우리 집 차고는 나에게는 찬란하게 반짝이는 비밀기지 같은 곳이었다고 생각한다.

좋아하는 사람들과, 그 사람들이 연주하는 음악에 둘러싸여…… 행복했다. 그리고 나 자신도 동경하는 그들에게 조금이라도 따라가길 바랐다. 언젠가 나도 프로 뮤지션이 돼서 나란히 함께 연주할 수 있다면…… 얼마나 좋을까, 하고.

그런 꿈을 꾸면서 나는 매일, 매일…… 베이스를 쳤다.

"리사의 음악은 유 군하고는 정반대네."

어느 날 내가 치는 베이스를 들으면서 에츠코 언니가 말했다.

"무슨 의미?"

내가 조금 뾰로통하게 되물었던 것을 똑똑히 기억하고 있었다. 동경했던 그 사람의 소리와 전혀 다르다고 하니 불만스러웠겠지.

에츠코 언니가 키득키득 웃고서 대답했다.

"뭐라고 해야 할까……, 음악을 아주 좋아한다는 마음이 전해진다고 해야 하나? 베이스를 치는 것 자체가 좋아서 어쩔 줄 모르겠다는 걸 알겠다고 해야 하나."

그 말을 듣고서 나는 어리둥절했다.

여기에 모이는 멤버들 모두 음악은 즐겁다고 공통적으로 인식하고 있으리라 생각했으니까.

"즐겁지 않은데 어떻게 매일 치겠어."

"그래? 그러네."

"에츠코 언니도 그렇지?"

"응. 나도 그래. 즐거우니까 치고 있어."

그 말은 마치 '하지만 그 사람은 아냐' 하고 말하는 것 같아서 마음이 왠지 싱숭생숭했다.

"정반대라는 건 무슨 의미야?"

내가 묻자 에츠코 언니가 표현을 고르듯 시선을 잠시 이리저리 돌리고서 말했다.

"유 군한테는…… 음악밖에 없어."

그렇게 말하는 에츠코 언니의 얼굴이 왠지 슬퍼서…… 나는 당황했다.

그렇다. 그 사람에게 음악밖에 없다는 건 모두 알고 있다. 음악 말고는 모조리 내팽개치고서 사는 사람이다. 그렇기에 그토록 압도적인 음색을 낼 수 있는 거다.

그게 뭐가 안 된다는 걸까?

"그건…… 음악을 사랑한다는 뜻이잖아? 나랑 어디가 다른데?"

나는 물었다. 나는 그 사람이 음악을 사랑한다고 믿어 의심치 않았다. 그 마음은 나와 똑같을 것이다.

에츠코 언니가 애달프게 미소를 짓고서 고개를 서서히 가로저었다.

"달라. '선택한 사람'이랑 '그것밖에 없는 사람'은."

나는 그녀의 말뜻을 전혀 모르겠다.

에츠코 언니는 마치 그 사람의 삶의 방식을 비관적으로 바라보는 것 같은 표현을 했다. 그것이 마음에 자꾸만 걸렸다.

당혹스러워하는 나를 보고서 그녀가 미안해하며 웃었다.

"미안해. 괜히 어려운 이야기를 해버렸네."

"아냐…… 딱히……."

"요즘 들어서…… 이런 생각이 자주 들어."

에츠코 언니가 어딘가 먼발치를 보는 것 같은 눈으로 말했다.

"즐겁기만 해서는…… 안 되는 건가 싶어서."

그녀가 무슨 말을 하려는지 잘 모르겠지만, 왠지 그녀가 밴드 이야기를 하고 있음을 알았다.

"유 군은 점점 변해가고 있는 것 같아. 그것도…… 나쁜 쪽으로."

"왜? 밴드, 순조롭잖아. 연주도 점점 두각을 드러내고 있는 것 같아."

"후후, 그러네. 리사는 유 군의 음악을 바라보고 있으니 그렇게 생각하겠구나."

내가 묻자 에츠코 언니가 미묘한 표정을 지었다.

그 사람이 리더를 맡은 인스트루멘탈 밴드,「스트레이 피시」는 2년 전에 ―즉, 내가 중학교 1학년 때― 메이저 데뷔하여 현재는 골든타임 음악 방송에도 여러 번이나 출연했을 정도로 인기 밴드가 됐다. 밴드로서 순풍에 돛단배처럼 순항하고 있는 것 같고, 그 사람과 다른 멤버들도…… 결과에 안주하지 않고 도전적인 곡을 계속 만들어 내고 있었다.

그런데…… 본인도 그 멤버 중 하나이면서도 에츠코 언니는 어딘지 납득이 안 된다는 표정을 짓고 있었다.

"밴드가 인기를 끌자 레이블이 프로모션에 힘을 쏟게 되면서 영향력도 늘어났지만…… 그 때문에 유 군은 점점 내몰리고 있어."

"내몰린다?"

"그래. 왠지…… 사명감 같은 것에 사로잡힌 것 같은 기분이야. 보다 많은 사람들한테 음악을 전해야만 한다는…… 그런 사명감."

아티스트가 보다 많은 사람들에게 음악을 들려주고 싶다고 생각하는 게 무엇이 나쁘다는 말이지? 나는 고개를 갸웃거릴 수밖에 없었다.

그러나 내가 말장구를 뜨뜻미지근하게 쳤음에도 에츠코 언니는 아랑곳 않고 말을 계속했다.

"왠지…… 그냥 외치고 싶어서 외쳤을 뿐인데…… 정신을 차려보니 그 외침을 들려주는 게 목적이 돼버린 것 같은 기분이 들어서 무서워."

늘 나와 그 사람의 시답잖은 대화를 듣고서 생글생글 말장구를 쳐줬던 에츠코 언니가 이렇게 속내를 밝히는 건 드물었다. 그만큼 그녀의 마음속에서 어떤 불안이 크게 부풀어 오르고 있음을 알았다. 그런데…… 정작 그 말의 의미를 내가 이해하기에는 너무 어려워서 속이 탔다.

"지금의 유 군은…… 무얼 위해 음악을 하고 있는 거지?"

에츠코 언니가 그렇게 말하고서 숨을 작게 뱉었다.

"분명…… 즐겁기만 해서는…… 안 되나 봐……."

서글프면서도 괴로워 보이는 그녀의 미소를…… 나는 지금도 잊을 수가 없었다.

에츠코 언니의 그 이야기를 듣고 나서.

나는 여태껏 한 번도 생각한 적이 없었던 '무엇을 위해 음악을 하는가'라는 생각에 홀렸다.

'홀렸다'라고 표현했지만, 골몰한다기보다는…… 줄곧 그 생각을 하다가…… 결국 아무것도 모르겠다는 결론을 내리는 과정을 반복한다는 의미에서.

그 사람이 베이스를 치는 모습을 바라볼 때도 평소처럼 그 소리에 몸을 온전히 맡길 수가 없게 됐다. 그의 표정이나 분위기. 소리에서 전해지는 감정을 주의 깊게 관찰했다.

어느 날, 그 사람은 작곡하다가 막혀서 크게 난리를 피웠다. 베이스를 바닥에 내리치려고 하자 야스 오빠가 -스트레이 피시의 기타리스트, 야스나가 아츠시. 그 사람의 둘도 없는 친구- 만류했다. 그 후에는 카운터에서 언짢아하며 줄곧 술만 마셨다.

기분이 좋을 때는 '역시 술은 즐겁게 마시질 않으면 의미가 없지!' 하고 말했으면서, 그는 기분이 나쁠 때 술을 더 마시는 것처럼 보였다.

야스 오빠는 벽에 몸을 기댄 채로 어쿠스틱 기타로 아르페지오를 가볍게 흘려내듯 연주하고 있었다. 그 소리는 차분해서 짜증이 치민 사람을 달래려는 의도가 담겨 있는 듯했다.

그 사람은 화난 얼굴로 다리를 방정맞게 떨면서 맥주를 찔끔찔끔 마시다가 벽의 한 점을 쳐다보는 동작을 줄곧 반복했다.

생각해보면…… 기분 좋게 악기를 치고서 흥이 올랐을 때를 제외하고 그 사람은…… 말수가 매우 적은 것 같았다.

토라진 아이처럼 뭔가 할 말이 있는 것 같은 표정을 짓고 있으면서도 그저 입을 다물고서 자신이 기분이 나쁘다는 것을 일부러 드러낼 따름이었다.

"저기…… 지금 무슨 생각해?"

나는 무심코 그 사람에게 물었다.

순간 야스 오빠의 기타 소리가 멎더니 놀란 듯 시선을 이쪽으로 돌렸다. 그러나 이내 작게 웃고서 연주를 재개했다.

그 사람도 마찬가지로 놀란 듯했다. 그러나 기분 나쁘다는 표정을 거두지 못한 채 눈썹을 치올렸다.

"무슨 생각을 하냐니…… 뭐야, 갑자기."

그 사람이 낮은 목소리로 말을 얼버무렸다.

그리고 말했다.

"곡을 생각했어."

"베이스를 던져버릴 만큼 심통이 났다면 오늘은 그만두면 되잖아."

"그만둬서 뭘 어쩌게. 화나 식히자고 잘 시간 따윈 없어."

"멋있는 소리를 하고 있지만, 아까부터 언짢아하면서 술만 마시고 있잖아."

내가 말하자 야스 오빠가 웃음을 풋 터뜨렸다. 그 사람이
뒤를 홱 돌아보더니 야스 오빠를 노려봤다. 야스 오빠는 짐
짓 어깨를 들먹이고서 기타를 계속 쳤다.

"그러니까 술을 마시면서 생각하고 있다고!"

"응. 그래서 묻는 거잖아. 무슨 생각을 하냐고."

"곡을 생각하고 있어."

"곡의 뭘 생각하는데?"

나는 순수하게 흥미를 쫓듯 물었다. 그 사람은 '뭐어?' 하
고 위압적으로 목소리를 높였다가 곤혹스럽다는 듯 시선을
이리저리 굴렸다.

"그야…… 여러 가지지, 여러 가지!"

"여러 가지라니?"

"감정이나 기세 같은 그런 거 말이야. 아ー 빌어먹을!"

그 사람은 짜증이 치민 것처럼 일어서더니 야스 오빠에게
빼앗겨 스탠드로 되돌아간 베이스를 홱 쥐었다.

"던져서 부수지는 마라."

"시끄러."

야스 오빠의 가벼운 빈정거림을 여유 없이 받아치고서 그
사람이 베이스 줄에 손을 댔다.

취해서 얼굴이 붉어졌는데도 베이스를 쥐자마자 팽팽한
분위기가 풍겼다. 나는 이 순간을 볼 때마다 '예감'에 몸서
리치며 숨을 살짝 삼키곤 한다.

그가 줄을 핑! 튕기자 차고 전체가 흔들린 것 같았다. 앰프도 연결되지 않았는데 어떻게 저토록 힘찬 소리를 낼 수 있는 거지. 소리는 날카로운데 본인의 표정은 어딘가 잔잔했다. 그 얼굴은 무언가를 생각하는 것 같기도 하고, 아무 생각도 안 하는 것처럼 보이기도 했다. 방금 전에는 언짢은 기색을 대놓고 드러냈으면서 그런 감정을 싸악 지우고서 담백한 표정으로 연주하는 모습을 보니…… 마치 그 사람의 내용물이 몸에서 빠져나와 베이스에 깃든 것 같았다.

한동안 묵묵히 애드리브로 베이스를 한바탕 친 뒤에 그 사람은 베이스를 조용히 내려뒀다.

"……생각하는 것보다 치는 편이 더 빠를 거라고…… 그렇게 생각했었는데."

그 사람이 평소답지 않게 약한 소리를 했다.

그리고 아무렇든 상관없다는 듯 차고 출입구로 휘청휘청 걸어갔다.

"잔다."

"어…… 잘 시간은 없다면서?"

"시끄러. 잠을 자야 뭐든 시작할 거 아니냐."

문을 쾅 닫는 소리가 들렸다. 차고에 남겨진 야스 오빠와 나는 서로 마주 봤다.

그리고 야스 오빠가 키득키득 웃었다.

"그 녀석이 하는 말을 진지하게 받아들이지 마. 피곤할 뿐이야."

그렇게 말하고서 어깨에 메고 있던 기타를 내렸다.

"저래 뵈도 전부 진심으로 말하는 거야. 마음의 형태를 설명할 만한 표현이 떠오르지 않았을 뿐."

"마음을, 설명할 만한 표현이 없다……."

나는 곱씹듯이 중얼거렸다. 야스 오빠가 고개를 끄덕이고서 스탠드에 놓여 있던 그 사람의 베이스를 쳐다봤다.

"그래. 그런 점에서 음악은 그 녀석의 마음을 그대로 반영해주니 알아듣기 편하지."

야스 오빠는 그 사람과 고등학교 때부터 알고 지낸 사이라고 했다. 그렇게 생각하면 나보다 그 사람을 훨씬 잘 알 것 같았다. 그러고 보니 그 사람과 야스 오빠가 싸운 것을 한 번도 보지 못했다는 걸 깨달았다. 그 사람은 에츠코 언니랑은 맨날 가벼운 말싸움을 벌이는데.

야스 오빠는 왠지 종잡을 수 없는 사람이었다. 늘 웃음기를 살짝 머금고 있지만 무슨 생각을 하는지 거의 모르겠다. 무슨 생각을 하는지 알 수 없다는 점만은 그 사람과 비슷하지만, 그래도 타인에게 아주 상냥하다는 점이 전혀 달랐다. 뭐라고 해야 할까? '어른스러움'이 느껴지는 사람이었다.

"……악기를 칠 때 무슨 생각을 하는 거지."

내가 혼잣말을 하듯 흘리자 야스 오빠도 '글쎄?' 하고 쓴웃음을 지었다. 그리고 곁눈으로 나를 봤다.

"무슨 생각을 해야 그런 소리를 낼 수 있는지가 궁금한 거야?"

"……응."

"아하하. 리사 짱은 정말로 음악인이구나."

야스 오빠가 우스워했다.

"그 녀석보다 그 녀석이 내는 소리가 더 신경이 쓰이다니."

"똑같은 소리를 내보고 싶어. 게다가…… 요즘에 에츠코 언니는 맨날 걱정만 해서 그쪽도 마음에 걸려."

내가 두 가지 내용이나 이야기를 하자 야스 오빠가 곤혹스러운지 '음–' 하고 목소리를 흘렸다.

그러고는 나에게 바 스툴 중 하나에 앉으라고 손짓하고서 본인도 그 옆에 앉았다.

"우선…… 이건 확실히 말해두고 싶은데."

야스 오빠가 상냥하게 웃으면서 들려준 말은 충격적이었다.

"아무리 연습해도 리사 짱은 그 녀석과 똑같은 소리를 낼 수가 없어."

"뭐……?"

내가 망연자실하는 것에도 아랑곳 않고 야스 오빠가 말을 계속했다.

"리사 짱은 음악을 아주 좋아하니까. 에츠코랑 같은 유형이야."

마치 그 사람이나 야스 오빠와는 다르다고 말하는 듯했다.

"즐기면서 치는 사람은 그 녀석 같은 소리를 낼 수 없어."

야스 오빠가 단언하자 나는 무심코 발끈했다.

"왜 그렇게 딱 잘라 말할 수 있는 건데."

"이유는 없어. 그래도 알아. 그 녀석 말고도 잘 치는 베이시스트는 얼마든지 있어. 그래도 '그 소리'는 그 녀석 말고 다른 사람이 내는 걸 들어본 적이 없어."

야스 오빠가 차분하게 말하고서 상냥한 눈빛으로 바라봤다.

"그러니…… 리사 짱은 리사 짱만의 소리를 지향하는 게 좋아."

"나만의……."

잘 모르겠다. 나는 줄곧 그 사람을 목표로 삼아 따라할 수 있도록 열심히 노력해 왔으니까.

"그리고 에츠코 얘기를 했지. 그녀가 유고를 걱정하고 있는 건…… 뭐, 누가 봐도 알 수 있나."

"……야스 오빠랑 비슷한 소릴 했어."

"어? 뭐가?"

"「'선택한 사람'과 '그것밖에 없는 사람'은 다르다」……그렇게 말했어. 잘 모르겠지만."

내가 에츠코 언니의 말을 떠올리며 말하자 야스 오빠가 놀랐는지 눈이 동그래졌다. 그의 눈동자가 한순간 당혹감에 흔들렸다.

그리고 그 감정을 얼버무리듯 야스 오빠가 웃었다.

"아하하, 그렇구나……. 에츠코가 그런 말을……. 확실히 맞는 말이네……. 리사 짱은 '선택한 사람'이야."

야스 오빠는 고개를 여러 번 끄덕이고서 한숨을 작게 내쉬었다.

"그래……. 유고의 현재 심정을 이해하고 싶다면 리사 짱도 작곡을 해보면 되지 않나?"

뜬금없이 제안하자 나는 놀라서 눈을 여러 번 깜빡거렸다.

"자, 작곡……?"

"그래! 그 녀석은 지금 작곡이 잘 안 돼서 골머리를 앓고 있어. 지금까지는 숨을 쉬듯 곡을 만들어 냈는데 갑자기 잘 되질 않아서…… 난감해하고 있지. 그런 기분을 조금이라도 이해하고 싶다면 같은 작업을 해보면 돼."

야스 오빠는 마치 프레젠테이션을 하듯 말하며 일어서더니 벽에 걸쳐 세워놓은 그의 기타 케이스 안에서 종이 다발을 꺼냈다.

그러고는 부랴부랴 돌아와 나에게 건넸다.

"마침 좋은 게 있어. 기타 악보는 내가 썼어."

"어, 야스 오빠가……?"

"그래. 그 녀석이 어려움을 겪고 있으니 가끔은 나도 작곡을 해볼까…… 하는 심정으로 해봤는데 퇴짜 맞았지."

"그랬구나…….."

야스 오빠가 웃고 있지만 가엾다고 생각했다. 그 사람은 자기 고집이 강해서 타인의 의견을 전혀 들으려고 하지 않는 면이 있었다.

"말이 나왔으니 이 곡의 베이스 부분을 작곡해 봐. 만약에 좋은 노래가 나온다면 그 녀석도 쳐줄지도 몰라."

내가 만든 곡을…… 그 사람이 쳐준다.

상상을 해보니 왠지 기분이 좋아졌지만, 왜 기분이 좋은 건지는 말로 표현할 수가 없었다.

"아아…… 내가 쓸데없는 소리를 했네."

야스 오빠는 내 얼굴을 보더니 황급히 고개를 잘게 가로 저었다.

"그 녀석이 쳐주는 걸 의식하지 않아도 돼. 자기가 칠 생각으로 작곡해 봐."

"……가능할지 잘 모르겠는데."

"할 수 있어. 원래 곡 따윈 콧소리라도 흥얼거릴 줄만 알면 누구나 만들 수 있어."

"그건 너무 나갔잖아."

"아―니, 난 그렇게 생각해. 콧노래로 부르다가 순수하게 '곡을 만들었다!' 하고 들려주는 게 가장 즐겁건만……. 지식이나 기술을 익히면 자꾸 멋을 부리려고 하니 점점 잡념들에 칭칭 얽매이는 거야."

야스 오빠가 농담투로 말하긴 했지만, 후반부의 말은 왠지 내가 아니라 그 사람이나 자기 자신에게 하는 것처럼 들렸다. 그가 자조적으로 웃었을 때 눈가에 주름이 살짝 지면서 애수가 감돌았다.

"자유롭게 만들어 봐. 베이스로 치면서 즐겁게 그려내는 거야."

야스 오빠가 그렇게 말하고서 그가 만들었다는 기타 악보를 스윽 내밀었다.

　나는 그것을 받고서…… 고개를 끄덕였다.

　"……해볼게."

　"좋네. 리사 짱이 어떤 곡을 쓸지 나도 기대할게."

　"그렇게 대단한 건 못 만들어."

　"대단하지 않아도 돼."

　야스 오빠가 왠지 유쾌하게 웃고서 내 머리를 쓰다듬었다.

　첫 작곡은…… 굉장히 자극적이었다.

　언제나 아는 곡이나 좋아하는 아티스트의 곡을 −스트레이 피시 등− 듣기만 했을 뿐 스스로 곡을 만들어 보자는 생각을 해본 적은 없었기에 '원하는 대로 전개할 수 있다'라는 기쁨이 있었다.

　다만 완전히 혼자서 만드는 것과는 달리 원안으로서 야스 오빠가 쓴 기타 악보가 있었다. 코드밖에 적혀 있지 않은 부분도 많았지만, 본인이 중요하다고 여기는 부분은 음표로 확실히 표현해 놨다. 그래서 나도 그 부분을 토대로 기타의 리듬에 맞춰서 그 베이스 파트를 짓기로 했다.

　나는 한동안 작곡에 몰두했다. 당시 내가 활동했던 밴드 멤버들에게 잠깐 들려주기도 했다. 그래서 야스 오빠가 쓴 기타 부분을 기타를 맡은 동료에게 치게 해봤더니 그녀가 너무나도 어렵다며 기겁했다. 그러고 보니 야스 오빠는 프로 뮤지션이었지, 하고 새삼스레 생각했다. 평소에 스트레이 피시의 연주를 들어왔기에 '연주하기 어렵다'라는 개념을 머릿속에서 쏙 빼놓아버렸다.

나는 약 2주에 걸쳐서…… 드디어 처음으로 자기 손으로 '베이스 악보'를 만들었다.

시간이 상당히 걸릴 줄 알았다. 두근거리는 마음으로 야스 오빠에게 건네자 '어, 벌써 다 됐어?!' 하고 놀랐다. 그는 한두 달은 걸릴 줄 예상했던 듯했다.

"대단한데…… 이게 바로 젊음인가."

야스 오빠가 뭐라 표현할 수 없는 표정으로 악보를 훌훌 넘기면서 여러 번이나 '오호~' '우와~' 하고 신음했다.

"응, 좋아! 모처럼 악보가 완성됐으니 한번 쳐볼까!"

야스 오빠가 일어서서 말하자 나는 철렁했다.

"어, 지금……?"

"그런데? 연주하기 위해서 작곡했으니 그냥 넘어가면 섭섭하지. 혹시 아직 연습해 보진 않은 거야?"

"아니, 치면서 만들었으니…… 물론 칠 순 있지만……."

"그럼 문제없어. 해보자."

작곡할 때는 그토록 즐거웠는데 막상 야스 오빠 앞에서 치려고 하니 몹시 긴장됐다.

원 투 쓰리, 하고 야스 오빠가 신호를 작게 보냈다. 나와 야스 오빠는 동시에 악기를 울렸다.

야스 오빠의 커팅은 엣지가 잘 살아 있어서 멋있었다. 악보에는 코드밖에 적혀 있지 않은 부분인데도 그가 치니 화려해졌다. 나는 뒤처지지 않고 굵은 소리를 내기 위해 줄을 힘차게 팅겼다. 그래도 소리가 조잡해지지 않도록 세심히 주의를 기울였다.

절정부에 이르자 야스 오빠의 테크닉이 폭발했다. 해머링 온, 풀링 오프, 트릴, 초킹을 포함하여 여러 가지를 선보였다. 여러 주법들이 잇달아 반복돼서, 이른바 아마추어인 나는 어느 부분에 뭐가 쓰였는지 정확히 파악할 수가 없었다.

멋졌다. 그 사람과 야스 오빠가 음악에 관해 대화를 주고받는 모습을 자주 봤지만…… 왠지 오늘의 그는 평소와 조금 달리 보였다. 야스 오빠는 언제나 그 사람의 소리를 듣고서 그에 휘감기듯 연주를 해왔다. 그런데 오늘은 자신의 소리를 전면에 내세우는 듯했다. 이토록 위압적인 소리를 내는 야스 오빠를 처음 봤다.

압도당하면서도 어떻게든 쫓아가니 이번에는 내 솔로 파트가 왔다. 최고로 멋진 소리를 듣고서 바로 주눅이 들 만큼 난 자존심이 없는 사람이 아니었다.

지금까지는 야스 오빠에게 맞추기 위해서 줄을 격렬하게 때리고 팅기면서 공격적인 소리를 냈다. 베이스를 치면서 야스 오빠와 시선을 마주쳤다. 마음대로 해보라고 부추기는 것 같은 눈빛이었다.

나는 입꼬리가 자연스레 올라가는 것을 느끼면서 솔로 파트를 무아지경으로 쳤다. 그리고…… 문득 떠올랐다.

그 사람은…… 솔로 파트 때 웃지 않는다.

존재감이 엄청난 소리를 내면서도 늘 퉁명스러운 얼굴이었다. 괴로워하는 것 같다고 받아들일 수도 있는 표정.

그 사람은…… 무슨 생각을 하면서 치는 걸까.

그렇게 생각하니 베이스를 튕기던 손이 굼떠진 것 같았다. 그래도 생각을 멈출 수가 없었다.

그 사람이라면 어떻게 칠까. 그러면 더 멋진 소리를 낼 수 있을까?

그런 생각을 하면서 치다보니 순식간에 내 솔로 파트가 끝나고, 곡의 종반부를 맞이했다.

야스 오빠와 나의 소리가 한데 뒤얽혔다. 서로가 서로를 자극하는 것 같은 고양감을 느끼면서 최후의 소리를 냈다.

몇 초쯤 침묵이 흘렀다.

"응…… 좋네. 즐거운 곡이야."

야스 오빠는 그 말대로 즐겁게 웃고서 나에게 천천히 다가왔다. 그리고 머리를 마구 쓰다듬어 줬다. 그것도 두 손으로.

"잘했어. 처음인데 이런 곡을 작곡하다니 굉장해."

"그렇지 않아. 아니, 너무 심하게 쓰다듬잖아!"

"후후후, 야스 선생식 머리 쓰다듬기다. 옳~지옳지옳지."

"머리 헝클어진대도!!"

"리사는 대형견 같아서 귀엽네."

그것은 야스 오빠가 자주 하는 말 중 하나였다. 악의가 없다는 건 알지만, 이 나이대의 여자를 동물 취급하는 건 지나치지 않나 싶었다.

야스 오빠가 만족했는지 숨을 후– 내뱉고서 바 스툴에 걸터앉았다.

"솔로 파트 도중에."

그가 입을 열자마자 가슴이 철렁했다. 다 들켰다고 생각했으니까.

"소리가 바뀌었더라. 그때 무슨 생각을 했어?"

그가 묻자 나는 말을 우물거렸다.

"맞춰볼까? '그 녀석이라면 어떻게 쳤을까' 맞지?"

"……어떻게 아는 거야."

그가 맞추자 나는 창피해졌다. 얼굴이 화끈거렸다.

"갑자기 네 소리가 아니게 됐어. 망설임이 보여서 반짝임이 사라졌어."

그래. 그때까지는 즐거워서 어쩔 줄 모를 지경이었는데 그 생각을 한 순간, 머릿속이 캄캄해졌다. 아무것도 모르고 치는 소리가 왠지 타인이 내는 소리처럼 몸에 울려서 기분이 이상했다.

"……지금 그 녀석은 그런 고민을 안고 있어."

야스 오빠가 평소처럼 상냥하게 웃었다.

그래도…… 그 얼굴은 조금 무서웠다.

"나의 소리란 무엇일까? 그저 자신의 감정을 실기만 하면 그뿐이야, 음악이라는 건. 근데…… 들어주는 사람이 늘어나면 '멋'을 부려야만 하게 돼. 그건 아티스트로서의 숙명이자 저주이기도 하지."

야스 오빠가 왠지 서글프게 말했다.

"멋을 부리지 않아도 돼, 하고 옆에서 말해주는 사람이 있더라도…… 자신이 늪에 허리까지 푹 빠졌음을 알아채지 못해. 그리고 돌이킬 수 없는 단계에 이르러서야 자신이 진정 뭘 추구했는지 떠올리고서…… 후회하는 거야."

그 말은 그 사람에게 하는 것 같기도, 야스 오빠 자신에게 하는 것 같기도 했다. 아니, 양쪽 다 일지도 모르겠다. 야스 오빠와 그 사람은…… 줄곧 음악을 함께 해왔다.

"저기, 이 곡 말이야. 그 녀석한테 치게 하자. 어쩌면 그 녀석도 초심으로 되돌아갈지도 모르고."

야스 오빠가 왠지 기뻐하며 말했다.

"음악은 사람을 구해. 그 녀석은 줄곧 누군가를 구하는 쪽에 있었어, 분명."

야스 오빠의 말을 듣고서 나는 왠지 마음이 따뜻해졌다.

음악은 사람을 구한다. 나도 그렇게 생각한다. 왜냐면 내 인생은 음악 덕분에 이토록 빛이 나고 있으니까.

그런 대화를 나누고서 그 사람이 다음에 집에 돌아오기를 고대했다.

야스 오빠와 그 사람이 함께 이 곡을 연주한다. 그 광경을 보고서 나는 드디어 답을 맞춰 볼 수가 있게 된다.

그 사람이 어떤 식으로, 어떤 얼굴로, 이 곡을 치는지…… 알고 싶었다.

그러나.

결국 그 사람은 돌아오지 않았다.

그는 일주일 동안 집에 돌아오지 않다가 사람을 죽이고서 체포됐다.

내 음악은…… 그 사람을 구할 수 없었다.

× × ×

계단 아래에서 들려오던 전자 드럼 소리가 멎었다.

그답지 않게 상당히 거친 연주였다. 나는 분명 그에게 여러 갈등거리를 주고 말았겠지.

그는 상냥하고 고지식하고, 말솜씨가 좋다.

그는 무언가 무거운 문제를 안고서 옥상에 왔던 오다지마를 일주일도 채 되지 않아 다시 일으켜 세웠다.

그는 마음속에 응어리진 어두운 감정을, 본인을 대신하여 말로써 몸 밖으로 꺼내준다. 그런 신기한 힘을 가진 것 같았다.

그렇기에 나는 마음속에 있는 그것들을 철저히 숨기려고 했건만…… 결국 훤히 까발리고 말았다. 그래도 내가 마음을 필사적으로 숨기려고 하니 그는 지금 당혹해하고 있다.

미안하다고 생각했다.

그래도…… 이것만은 어쩔 수가 없었다.

나는 셔츠를 천천히 벗고서 왼팔에 감긴 붕대를 천천히

풀었다.

징그러울 정도로 상처투성이인 팔. 어째서 나는 이런 짓을 하고 있는 걸까?

살아 있음을 확인하기 위해서. 나는 그렇게 생각했다. 그런데…… 팔에 상처를 새겼던 첫날에 나는 무슨 생각을 했지? 떠올려 보려고 했으나 잘 떠오르지 않았다.

「나, 선배의 음악을 다시 한번 듣고 싶습니다. 두 번은 만날 수 없는 그 소리를……!」

울먹이면서 그렇게 애원하는 안도의 얼굴이 떠올랐다.

왜 그렇게 기쁜 소리를 다 해주는 걸까 싶었다. 그렇게 생각하면서도 마음은 '기쁘게' 받아들이지 않음을 알았다.

음악이 사람을 구할 수 없다는 걸 나는 안다.

구원을 받았다고 여겼더라도 한 번 배신을 당하면 그것은 절망으로 바뀐다.

나는 그를 배신했다고 생각했다. 그의 한결같은 마음을 알면서도 자신의 마음을 지키기 위해서 상처 입히고 거부했다.

그런데도…… 그는 아직도 나의 소리에 집착하고 있다.

나를 이성으로서 좋아하고 있다면 그나마 이해가 되겠다. 베이스라는 매개체를 통해서 나에게 작업을 거는 것이라면 이야기는 더 간단했다.

그러나 그렇지 않다는 것은 이미 명확했다. 그는 어디까

지나 베이스 이야기밖에 하질 않았다.

내 소리를 듣고 싶다. 순수하게 그 감정만을 호소했다.

그 마음은…… 일찍이 내가 그 사람에게 품었던 것과 아주 흡사한 것 같아서 나는 너무나 괴로웠다.

그런 마음을 배신하지 않겠다는 자신감이 없었다.

그리고…… 안도가 마음을 계속 토로하는 중에 언젠가 베이스를 또 쥐고 싶다는 욕구가 드는 게 아닐까, 하는 불안감이…… 가슴 속에서 치밀었다.

드르륵! 거리는 소리가 났다.

아사다가 차고 문을 닫았겠지. 밖을 보니 해가 완전히 저물었다.

나는 얇은 커튼 틈새에 손가락을 집어넣어 밖을 살짝 들여다봤다.

그는 논에 난 길을 평소보다 커다란 보폭으로 걸어갔다.

그리고 갑자기 멈추더니 이쪽을 돌아봤다. 나는 황급히 손가락을 빼고서 커튼을 다시 내렸다.

살짝 흔들리는 커튼을 쳐다보면서 나는 한숨을 내쉬었다.

……한심해. 연하를 상대로 뭘 그리 겁을 내는 거야.

그렇게 생각하고서 다시금 커튼 틈새를 통해 밖을 보니 그의 뒷모습이 작아지고 있었다.

"있잖아, 사이좋은 녀석들끼리…… 즐겁게, 연주 해줘."

나는 중얼거렸다.

"즐거운 마음을 간직한 채로…… 끝내줘."

입으로는 그렇게 말하면서도 머릿속에서 수많은 말들이 소용돌이치는 듯했다. 그러나 그 윤곽을 붙잡을 수가 없어서 괴로웠다.

"그러지 않으면…… 나……."

그 후에는 말이 나오질 않았다.

무엇을 말하고 싶었는지도 모르겠다.

나는 창가에 놓인 소파 위에 자기 몸을 끌어안은 채 주저앉았다.

오랫동안 그렇게 몸을 동그랗게 말았다.

왠지 울고 싶은 기분이었지만 눈물은 나오지 않았다.

베이스가 없으면…… 나는 아무것도 출력할 수가 없다는 걸 깨달았다.

A story of love and
dialogue between
a boy and a girl with
regrets.

여름방학도 이제 마지막 주에 돌입했다. 한 달이 넘는 방학이었는데도 왠지 순식간에 지나간 것 같았다.

"좋아, 그럼 시작 해볼까!"

어깨에 기타를 메고서 소스케가 말하자 각자 세팅을 마친 멤버들이 고개를 끄덕였다.

지금 우리는 스튜디오에 와있었다.

연주할 곡을 정하고 여름방학 중에 각자 연습해 오다가 드디어 맞춰보게 됐다.

소스케, 아이, 카오루, 나. 그리고…….

"유시마 군도 준비됐어?"

소스케가 베이스를 쥔 검은 머리 남자를 쳐다봤다.

그는 미스즈 선배가 소속된 경음악부에서 베이스를 담당하는 유시마 겐 군이었다. 아직도 나고시 선배를 포기하지 않았다고 했던 소스케가 스튜디오 연습에 그를 데려온 것이 의외였지만…… 나름대로 생각이 있겠지.

유시마 군은 아무 말 없이 고개를 끄덕였다. 앞머리가 길어서 표정이 잘 보이지 않았다.

벽 쪽에 놓인 의자에 미스즈 선배가 다리를 꼬고서 앉아있었다.

"본 공연처럼 연습해. 나도 그렇게 생각하고서 여러모로

지적할 테니까."

미스즈 선배가 평소보다 엄격한 목소리로 말하자 모두가 고개를 끄덕였다.

"그럼 간다. ……원 투 쓰리 포!"

소스케의 신호에 맞춰서 드럼을 치기 시작했다. 곡의 첫 번째 필─인은 가까스로 실수하지 않고 쳐냈다.

소스케의 숙련된 기타와 유시마 군의 어딘가 담담한 베이스가 한데 어우러졌다. 인트로에 파트가 없는 아이도 리듬에 맞춰서 몸을 흔드는 광경이 시야 한구석에 비쳤다.

다른 악기가 더해지자마자 리듬을 유지하는 게 어려워졌다. 혼자서 쳤을 때와는 감각이 전혀 달랐다. 필─인을 연습할 때 소스케와 조금 맞춰보기도 했지만…… 그때는 그가 나에게 맞춰줬음을 알아차렸다.

어쨌든 리듬이 어긋나지 않도록 속으로 템포를 새기면서 필사적으로 쳤다. 미스즈 선배의 시선이 내 옆모습에 꽂혀 있는 게 느껴졌다.

인트로가 끝나자…… 카오루가 숨을 들이마시는 소리를 마이크가 잡아냈다.

「밤이 오면 아침의 기억을 잊어버리는 거니?」

그녀의 목소리는…… 조용하고 부드럽고…… 그러면서 존재감이 있었다.

카오루의 노랫소리가 아름다워서 무심코 리듬이 어긋났다. 소스케가 이쪽을 힐끗 쳐다봤다. 웃으면서 고개를 여러 번 끄덕였다. 왜 그러는지 다 안다고 말하는 것 같은 느낌이었다.

소스케는 두 곡을 정했다. 첫 번째 곡은 촉촉한 발라드. 그리고 두 번째 곡은 템포가 빠른 활기찬 곡이었다. 둘 다 유명해서 모두가 다 안다고 한다. ……남의 말을 전하는 형태로 말한 이유는 내가 텔레비전이나 최근에 유행하는 팝에 어둡기 때문이었다. 우선 카오루의 차분한 가성을 들려준 뒤에 두 번째 곡으로 분위기를 끌어올려 마무리 짓자는 것이 소스케의 계획인데…… 보기 좋게 잘 맞을 것 같았다.

카오루의 차분한 가성에 아이의 키보드가 어우러졌다. 기타와 베이스만이 하모니를 연주해나가다가 갑자기 뭐라 형언하기 어려운, 고상한 빛깔이 삽입된 것 같은 감각이었다. 원곡에서는 현악기도 추가되는 구성이라고 하는데, 지금 이대로도 곡의 분위기를 충분히 살려내는 듯했다.

「보고 싶어, 보고 싶어, 보고 싶단 마음만이.」

「흔들려서 썩어서 스쳐서 아프니까.」

「어둔 밤에 딱 한 번」

「너의 꿈을 꾸는 거야.」

카오루의 목소리는 긴장해서인지, 아니면 일부로 그렇게 부르는 건지…… 나로서는 판단할 수가 없었지만, 그것이 오히려 곡의 분위기를 더욱 농밀하게 만드는 듯했다.

처음 들은 카오루의 노래와 아이의 키보드가 내는 음색…… 그리고 베이스가 받쳐주는 연주를 이어나가다가 곡

후반부에서 내 리듬이 여러 차례 어긋나고 말았다. 그래도 모두 싫은 내색 하나 하지 않고 리듬을 맞춰줬다.

가까스로 첫 번째 곡을 끝내자…….

"카오루 짱!!!"

아이가 더는 참지 못하겠다는 듯 목소리를 높였다. 소리를 지른 사람은 아이인데 모두의 시선이 카오루에게 쏠렸다. 아이가 왜 저러는 건지 모두 이해했으니까.

"뭐, 뭔데…….'

갑자기 모두가 쳐다보자 카오루가 불안해하며 움찔거렸다.

"너무 좋아~!!!"

아이가 순식간에 카오루와 거리를 좁히더니 그대로 끌어안았다.

카오루가 놀라서 눈을 희번덕거렸다.

"아니, 정말로 굉장했어! 악기 치던 손이 멈출 뻔했다고."

소스케도 눈빛을 반짝이며 손뼉을 쳤다.

유시마 군은 고개를 푹 숙인 바람에 앞머리가 눈을 더 가려버려서 표정을 읽을 수 없었다. 미스즈 선배가 옆에서 아무 말 없이 앉은 채로 숨을 작게 내뱉었다.

"대단해! 대단했지! 유즈루!"

아이가 몸을 이쪽으로 돌리고서 말했다.

카오루의 시선도 나를 향했다. 나의 말을 기다리듯…… 눈동자가 흔들렸다.

나는 고개를 천천히 끄덕였다.

"응…… 대단했어. 굉장히 놀라서…….."

"그래서 리듬이 어긋났다."

내 말을 끊고서 미스즈 선배가 말했다. ……그 말대로였다.

"……죄송합니다."

"감동하는 것도 좋긴 하지만, 이거 연습이거든."

미스즈 선배가 무미건조하게 내뱉고서 파이프 의자에서 일어섰다.

그리고 우리 쪽으로 한 걸음 다가온 뒤 새침하게 고개를 끄덕였다. 다들 긴장한 표정으로 숨을 삼켰다.

"……뭐, 처음 맞춰본 것치고는 생각보다 상당히 괜찮은 것 같기도."

선배가 말하자 분위기가 누그러졌다. 아이가 '해냈어!' 하고 카오루에게 말했다.

"그리고 오다지마 씨."

"아, 예…….."

선배가 갑자기 지명하자 카오루가 긴장한 듯 등을 쭉 폈다.

미스즈 선배가 진지한 얼굴로 그녀에게 다가가더니…….

"우리 부에 들어오지 않을래?"

"어…… 예?"

"너, 노래를 부르는 게 좋겠어. 분위기도 있고 말이야. 보컬에 딱이야."

"자, 자자자! 잠깐만요!"

나는 황급히 카오루와 미스즈 선배 사이에 몸을 밀어 넣었다.

"카오루는 독서부원이거든요!"

내가 크게 말하자 미즈 선배가 인상을 찡그렸다.

"유령부원들 집합소잖아? 리사한테서 그렇게 들었는데."

"그렇긴 하지만! 카오루는 그 중에서는 진지한 편입니다!"

"흐으응…… 책이라도 읽어?"

"채…… 책은 거의 읽지 않는 모양이지만……."

아픈 곳을 찌르자 내 목소리가 작아졌다.

누군가가 내 등을 툭 찔렀다.

그리고 내 어깨 옆에서 카오루가 얼굴을 내밀었다.

"제가 없으면 부장 혼자만 남아버려서."

카오루가 선뜻 말하고서 고개를 가로저었다.

"마음은 기쁘지만…… 사양할게요."

"……아, 그래. 아쉽다."

미즈 선배가 어깨를 들먹이고서 짐짓 한숨을 내쉬었다.

카오루의 얼굴을 들여다봤다. 그녀는 평소처럼 멍한 표정을 짓고 있었다.

그리고 내 시선을 알아차리고서 고개를 갸우뚱거렸다.

"음, 왜?"

"어, 아니…… 딱히."

나는 황급히 눈길을 돌리고서 특별한 의미도 없이 들고 있던 드럼 스틱을 만지작거렸다.

……그녀가 가지 않겠다고 단호히 말해줘서 아주 기뻤다.

그러나 이렇게 사람들이 보는 앞에서 그런 말을 하리라 예상하지 못했기에 나는 고개를 숙인 채로 우물쭈물할 수밖에 없었다.

"뭐, 그건 제쳐두고. 일단 첫 번째 곡은 합격점이라고 봐야겠지. 그런 인식에서 한 사람씩 해결해야 할 과제를 지적할게."

미즈즈 선배가 팔짱을 끼면서 한 사람씩 빠릿빠릿 지명해 나갔다.

"우선 유즈루. 리듬이 너무 자주 어긋나. 밴드 전체의 소리가 조잡하게 들려. 리듬을 유지하는 걸 더 유지하도록. 필-인은 생각보다 잘 쳤어. 연습 열심히 했네."

"다음 소스케. 뭔가 너무 무난해서 짜증나. 연습이니 괜찮지만, 본 공연 때 넌 맞춰 주는 입장이 아냐. 스테이지 위에서 힘을 빼면 청중들한테 다 들키거든. 전력을 다하도록 해."

"오다지마 씨는 목소리를 떨지 않도록 염두에 두도록 하자. 표현으로서 목소리를 떠는 건 좋지만, 계속 떠는 건 역시 거슬려. 목소리가 너무 좋아서 창법은 바꾸지 않아도 좋다고 봐."

"미즈노 씨. ……음…… 좋아. 잘했어. 호흡이 그렇게까지 잘 맞지 않는 연주였는데도 모두가 내는 소리 안에 잘 녹아들었으니…… 그러네. 다른 멤버들의 완성도가 올라간다면 더 전면에서 나설 생각으로 쳐도 괜찮을지도."

"유시마는 조금 즐겁게 치도록 해. 연주에 관해서는 밴드의 완성도가 어느 정도 올라왔을 때 여러 가지를 지적할게."

카오루의 노랫소리에 놀랐고, 조잡하긴 했지만 일단 한 곡을 통째로 연주해냈다는 달성감 때문에 분위기가 다소 느슨해졌다. 그런데 미스즈 선배가 지적하자마자 팽팽히 긴장됐다.

"자, 한 번 더. 방금 지적한 부분들이 개선되면 두 번째 곡으로 넘어가자."

선배가 손뼉을 짝! 치고서 다시 파이프 의자에 앉았다.

우리는 선배가 지적했던 점을 의식하면서 전체 연습을 여러 번 반복했다.

모두가 개인 연습을 하고 와서인지 횟수를 거듭하면서 연주가 점점 좋아져가는 것이 느껴졌다. 내 경우에는 다른 악기들이 울리는 상황에서도 리듬을 유지하는 데 익숙해지자 다른 멤버들이 내는 소리를 —음량이나 억양이나 세세한 부분까지— 들을 여유가 생겼다. 그 덕분에 내가 치는 드럼의 강약을 조절할 수 있게 됐다.

기타와 베이스의 어우러짐도 처음보다 훨씬 자연스러워졌다. 카오루의 목소리 떨림도 점점 줄어들었다.

소리가 조금씩 조화를 이뤄가자…… 아주 즐거웠다.

날개가 달린 것처럼 시간이 지나갔다. 평소보다 스튜디오를 오래 빌렸는데도 순식간에 퇴실 시간이 다가왔다.

다 함께 정리하고 간단히 청소를 마친 뒤 스튜디오를 나갔다.

"좋아! 제법 그럴듯해졌어! 앞으로 한 달쯤 남았는데 단단히 연습해서 퀄리티를 쭉쭉 높여나가자!"

스튜디오 앞에서 소스케가 마무리를 짓듯 말했다. 미스즈 선배도 그 옆에서 고개를 끄덕였다.

"생각했던 것보다 훨씬 좋았어. 이제는 긴장을 풀지 않고 연습에 얼마나 매진할 수 있느냐에 달렸어. 힘내자."

미스즈 선배가 말하자 우리 모두는 기합을 넣고서 대답했다.

애당초 선배는 완전 문외한이었던 나에게 드럼을 가르쳐주는…… 입장이었는데도 어느새 밴드 전체를 경험자의 시점으로 감독하고 있었다.

그렇게 신경을 써줘서 고맙다고 여러 번이나 감사를 표했으나 '뭐…… 한가해서'라는 대답만 할 뿐이었다. 이러니저러니 해도 남을 잘 챙기는 좋은 사람인 듯했다.

"자, 그럼 해산! 다음 전체 연습은 개학한 뒤겠네."

소스케가 말하자 아이가 '우와' 하고 소리를 흘렸다.

"벌써 여름방학이 끝나 버렸어~. 너무 빨라~."

아이가 그렇게 말하면서 카오루의 몸을 흔들어 댔다. 카오루는 성가신 표정을 지으면서도 만류하지 않고 좌우로 흔들리면서 곁눈으로 아이를 쳐다봤다.

"아이, 숙제는 제대로 했니?"

"딸꾹."

"……"

카오루가 한숨을 노골적으로 내쉬고서 아이를 째려봤다.

"얼마나 남았어?"

"으—음…… 80퍼센트 정도? 아니, 70퍼센트인가……. 6, 60퍼센트일지도……? 절반! 절반쯤 남았어!"

말을 할 때마다 카오루의 표정이 험악해졌다. 아이는 노골적으로 허둥지둥거렸다.

소스케가 그 광경을 보고서 껄껄 웃었다.

"80퍼센트는 위험하잖아. 이러는 나도 숙제가 좀 남긴 했지만. 유즈루는?"

"2주 전쯤에 텍스트 숙제는 전부 끝내뒀어. 이제는 자유과제만 남았는데…… 뭐…… 그것도."

내가 소스케에게 눈빛을 보내자 그가 몇 초쯤 어리둥절하다가 '아아!' 하고 소리를 흘렸다.

자유과제는 여름방학 중에 '무언가 새로운 것에 도전한다'. 그리고 그 경과로 최종적인 결과를 리포트로 정리해야했다. 모호한 과제라서 대충하려고 마음만 먹으면 대충 지어낼 수 있긴 하지만 —하지 않은 것을 '해냈다!'라고 둘러댈 수도 있다— 다행히도 나에게는 '새롭게 시작한 것'이 있었다. 그것은 물론 드럼이다.

"확실히 유즈루는 여름방학에 드럼을 시작해서 이미 제법 칠 줄 알게 됐지."

"그러게. 모두가 도와준 덕분이야. 리포트를 작성하는 건 좀 어렵지만, 결과는 후야제에서 보여줄 수도 있으니……

의심을 살 일은 없으려나?"

"그렇구만. 즉, 유즈루는 남은 여름방학도 드럼 연습에 집중할 수 있겠구나."

"그런 셈이지. 역시 이 중에서 가장 많이 연습해야 하는 사람은 나일 테니까…… 더 열심히 할게."

내가 말하자 소스케가 '진지하네' 하고 웃고서 순간 무언가를 생각한 것 같은 표정을 보였다.

아아…… 그래.

나도 그에게 물어보고 싶은 것이 있었다.

방금 소스케가 무슨 생각을 했는지 왠지 상상이 돼서…… 나도 그와 따로 대화를 가져야겠다고 생각했다.

"유즈루―!"

카오루에게 혼이 나던 아이가 나를 보고서 손을 흔들었다.

"왜?"

"이따가 카오루 짱이랑 함께 숙제를 하기로 했는데…… 유즈루는 어때?"

아이가 묻자 나는 괴로운 마음으로 고개를 가로저었다.

"미안. 나, 이후에 소스케랑 볼일이 있어."

내가 말하자 소스케가 놀란 표정으로 쳐다봤다. 그러나 이내 무언가 짐작했는지 '아아……' 하고 목소리를 흘리고서 시선을 아이 쪽으로 돌렸다.

"미안! 약속했거든!"

그것은 거짓말이었다. 내 의도를 헤아리고서 바로 말을

맞춰준 것이다.

"그랬구나…… 아쉽다. 그럼 우린 이만 갈게! 고생하셨습니다!"

아이가 고개를 힘차게 숙이고서 떠나자 아이도 뒤를 따랐다.

카오루도 아이의 손에 이끌리며 역 쪽으로 걸어갔다.

떠나는 두 사람을 지켜보고서…… 옆에 있는 소스케가 콧소리를 흠 냈다.

"……왠지 미안해. 신경 쓰이게 한 것 같네."

그가 말하자 나는 고개를 서서히 가로저었다.

"아냐…… 나야말로 고마워. 말을 맞춰줘서."

"괜찮아. 그럼 장소를 바꿀까? 미스즈 선배랑 유시마 군도 괜찮죠?"

소스케가 두 사람을 쳐다보자 미스즈 선배는 바로 수긍했다. 유시마 군은 '어, 나도?' 하고 조금 귀찮아했다.

"너도 가는 거야!"

결국 그는 미스즈 선배에게 강제로 끌려가는 형식으로 우리와 함께 역 앞 카페에 들어갔다.

자리에 앉고서 모두가 주문을 마친 뒤 미스즈 선배가 입을 열었다.

"자…… 나도 물어보고 싶은 게 있는데 말이지."

미스즈 선배가 소스케를 의미심장하게 쳐다봤다.

"베이스, 갑자기 유시마를 빌려달라고 요청했는데……

이제 리사는 포기한 거야?"

선배가 말하자 나도 동조하듯 고개를 끄덕였다.

내가 묻고 싶었던 것도 바로 그것이었다.

소스케는 어떻게 설명할지 고민하듯 테이블 위를 이리저리 보다가 고개를 들었다.

그리고 단호히 말했다.

"설득은, 포기했습니다."

"어…… 진짜?"

미스즈 선배의 눈이 동그래졌다. 나도 놀랐다.

불과 일주일 전까지만 해도 '포기하고 싶지 않다'면서 울었던 그가 왜 심경이 바뀌었을까.

나란히 앉아서 눈을 동그랗게 뜨고 있는 우리를 보고서 소스케가 웃었다.

"아하하, 미안. 말을 잘못 했네."

"어?"

"나고시 선배가 베이스를 다시 잡아 줬으면 하는 생각은 접지 않았어. 하지만 말로 설득하는 건 그만뒀어."

소스케가 그렇게 말하고서 온화하게 미소를 지었다.

"결국 난 그 사람의 '소리'밖에 몰라. 그래서 고등학교에 들어온 이후에 대했던 나고시 선배는…… 내 입장에서는 마치 '가짜' 같았어."

그는 자신의 마음에 담긴 말을 정리하듯 말했다. 우리는 잠자코 그의 말을 들었다.

"말로는 하지 않았지만…… 마음 한구석에서 '진짜 나고시 선배가 돌아와 줬으면'…… 하고 바랐어. 근데, 진짜도 가짜도 없는 거지. 결국 그 사람의 마음에 다시 불을 지피기 위해서는 음악으로 부딪치는 수밖에 없다는 걸 깨달았어. 선배의 마음에 닿아야 할 것은 말이 아니라 분명 음악이야."

소스케가 그렇게 말하고서 왠지 개운해하며 웃음을 지었다.

"그러니 그 목적을 위해서 연주를 할 거야! 그래도 안 된다면 이제 포기할 수밖에 없지."

그가 단호히 말하자 기분 때문인지 미스즈 선배가 평소보다 상냥함이 감도는 표정으로 한숨을 내쉬었다.

"……그래. 알겠어."

미스즈 선배가 납득한 얼굴로 고개를 여러 번 끄덕였다. 그러고는 축축한 시선을 소스케에게 보냈다.

"마음은 알겠지만…… 전혀 답이 되지 않아."

"어? 앗…… 아- 확실히?"

소스케는 미스즈 선배의 말에 당황한 듯 시선을 이리저리 돌리다가 얼버무리듯 웃었다.

"뭐, 제 말은 그겁니다. 나고시 선배가 베이스를 쳐주길 고집하다가 밴드를 망쳐 버리면 본말전도죠. 미안하지만 이미 결정된 두 곡은 유시마 군한테 베이스를 맡길까 합니다."

"그렇구나? 그럼 음악으로 리사한테 부딪친다는 얘기는?"

"그건……."

소스케가 숨을 깊이 들이마시고서 결심한 듯 말했다.

"저 혼자서 한 곡을 더 치겠습니다. 그 연주로 선배의 마음을 움직여서…… 함께 세션을 할까 합니다."

소스케가 말하자 미스즈 선배가 노골적으로 인상을 찡그렸다.

"뭐야 그게. 말이야 간단하지만…… 그런 연주를 할 만한 자신은 있니?"

"지금은 없지만 죽을 정도로 연습하겠습니다. 제 전부를 걸고서."

소스케가 태연하게 대답했다. 그러나…… 그것이 농담이나 상황을 모면하기 위한 거짓이 아니라는 건 확실히 알겠다.

미스즈 선배가 몇 초쯤 침묵하다가 이번에는 기가 막힌다는 표정으로 한숨을 내쉬었다.

"아, 그래……. 뭐, 어디 마음대로 해봐."

선배는 그렇게 말하고서 또다시 한동안 입을 다물었다. 무슨 생각을 하는지 그녀의 시선이 테이블 위를 헤맸다.

"……소스케가 그만한 결의를 품었다면, 건네줄 게 있어."

선배가 중얼거리고서 소스케를 쳐다보고는 옆에 놔뒀던 학교 가방을 뒤적거렸다.

"뭔-가…… 예감이 들어서 챙기긴 했는데, 가져오길 잘했네."

선배가 말하면서 클리어 파일에 든 종이 다발을 소스케에게 건넸다.

그는 그것을 받고서 물끄러미 쳐다봤다.

"……이게 뭡니까?"

"보면 알잖아. 악보야."

"아니, 그야 그렇지만…… 무슨?"

소스케가 고개를 갸우뚱거리자…… 미스즈 선배가 또다시 어떻게 설명할지 고민하는지 몇 초쯤 침묵했다.

그러고는 천천히 고개를 가로저었다.

"알려줄 수 없어. 그래도…… 그 녀석의 마음을 움직이고 싶다면 넌 그걸 쳐야 해."

미스즈 선배가 묘하게 단언하자 소스케는 다시금 손에 들린 악보를 쳐다봤다.

소스케는 클리어 파일에서 악보를 꺼내 훌훌 넘겨봤다. 그 표정은 무척 진지했다.

"확실히 말하는데, 엄청나게 어려워."

"예…… 그렇군요."

"솔직히 지금부터 맹연습한다고 후야제까지 완벽하게 치는 건 불가능하다고 봐."

"……그럴지도, 모르겠네요."

소스케가 악보를 내려다보면서 차분히 고개를 끄덕였다.

"그걸 쳤다가는 스테이지 위에서 실수를 연발해서 망신을 당할지도 몰라."

"예."

"그래도…… 마지막까지 치는 거야. 그럴 수 있겠어?"

미스즈 선배가 진지한 표정으로 묻자…… 소스케는 눈동자에 당찬 빛을 실어서 고개를 끄덕였다.

"……하겠습니다."

소스케의 대답을 듣고서 선배가 숨을 작게 내뱉고는…… 부드럽게 미소 지었다.

"그래. 그럼 어디 해봐."

미스즈 선배가 짧게 말하고서 조금 기쁜지 입꼬리를 올렸다.

"저기……."

줄곧 잠자코 있던 유시마 군이 조심스럽게 입을 열었다.

"잘 모르겠지만…… 즉, 전 그 나고시라는 사람을 위해 자리를 예열해 두는 역할……이라는 의미죠?"

그는 표정을 읽을 수 없는 사람이지만, 그 속에는 '마음에 안 든다'라는 기색이 여실히 감돌았다.

미스즈 선배가 웃음을 풋 터뜨렸다.

"그렇게 삐치지 마. 너도 잘해, 충분히."

"그 표현도 거슬려요. 나고시라는 사람이 그렇게나 잘 칩니까?"

유시마 군이 이 자리에 없는 나고시 선배에게 적의를 훤히 드러냈다. 이것이 연주자의 자존심인가? 악기를 막 시작한지라 나는 알 수 없는 감정이었다.

미스즈 선배가 토라진 유사미 군을 더욱 부추기듯 웃었다.

"얼마나 잘하는데? 걔가 물구나무를 서서 쳐도 넌 못 당하지."

"……진담입니까?"

"진담. 너도 들어보면 알아."

유시마 군이 납득이 되지 않는다는 표정으로 아랫입술을 깨물며 미스즈 선배의 말을 들었다. 지기 싫어하는 성격이구나 싶었다.

"들어보면 알 수 있으니까……."

미스즈 선배가 의자에 등을 착 붙이고서 중얼거렸다.

"또 쳐줬으면 좋겠네."

작은 목소리에 실려서 새어 나온 그 말은 그녀의 진심 어린 바람임을 알았다.

그 후에는 부쩍 말수가 줄어들었다. 우리는 주문한 음료수를 마시고서…… 부랴부랴 해산했다.

A story of love and
dialogue between
a boy and a girl with
regrets.

에어컨이 덜덜 떨면서 냉기를 토해내고 있었다.

창문을 완전히 닫아 버리면 그 소리밖에 들리지 않아서 냉기가 빠져나가지 않을 만큼 창문을 열어 뒀더니 운동부의 고함이 들렸다.

여름방학이 끝나고 며칠이 지났다. 방학 기분에 아직도 젖어 있는 학생들 중에는 '방학이 한 달쯤 더 이어지면 좋을 텐데' 하고 말하는 사람도 있지만, 나는 학교에 있는 편이 왠지 마음이 편했다.

수업을 마치고서 독서부 부실에 간다……는 루틴이 몸에 배었기 때문이겠지.

방학이 끝났으니 드디어 한 달 뒤면 문화제가 열린다. 학교 안에 왠지 들뜬 분위기가 감돌았다.

방과 후 복도에서 와자지껄한 소리가 들리니 기분이 신기했다.

그러나 우리 반은 비교적 준비할 게 적은지라 큰마음을 먹고 내부 인테리어를 꾸미기로 입후보한 학생들을 제외하고는 본격적으로 준비에 착수한 사람은 없었다. 그러므로 방과 후에 평소처럼 부실에 올 수 있었다.

문고본을 펼치면서…… 문득 독서를 오랜만에 하는구나 싶었다.

그리고 그런 생각을 하는 자기 자신에 새삼스레 놀랐다.

여태까지는 일상생활과 학교를 제외하면 모든 시간을 독서를 하면서 보냈다고 해도 과언이 아닌데도.

그만큼 생활 속에 여러 사람들이 녹아들었고, 동시에 하고 싶은 것도 늘어난 느낌이었다.

밴드도 처음에는 반쯤 휘말린 형태로 시작했지만 숙달되니 즐거웠고, 다섯이서 맞춰봤을 때는 엄청난 달성감을 맛봤다. 누군가가 억지로 권하지 않았다면 음악의 즐거움을 알 수 없었겠지.

충실하다고 생각했다.

그런 생각을 하다 보니…… 불현듯 나고시 선배가 떠올랐다.

소스케와 미스즈 선배의 이야기를 들어보니 그녀는 중학생 시절에 음악 중독자였고, 그 이외에는 눈길조차 주지 않았을 만큼 푹 빠졌다고 한다.

그런 그녀가 음악을 그만둬 버린 계기를 소스케는 '이치하라 유고의 체포'라고 했다. 소스케는 나고시 선배를 그토록 걱정했으니 적당히 내뱉은 말이 아니라는 건 알겠다. 그리고 그 말을 듣고서 나고시 선배가 보였던 반응으로 미루어 보아 그녀에게 이치하라 유고는 커다란 존재였으리라 싶었다.

……하지만.

나는 들고 있던 문고본을 덮고서 표지를 어루만졌다.

상상해 봤다. 내가 독서를 그만둘 만한 사건에 관해서. 시간이 났다 하면 바로 책을 펼치고 싶어지는 내가 독서를 그만두고서 그 후에는 '모든 게 거짓말이 됐어'라고 자포자기할 만한 사건을.

예를 들어…… 내가 아주 좋아하는 작가 '아이사카 코지로'가 살인죄를 범했다면 어떨까? 그의 문장에는 경쾌한 유머가 담겨 있고, 그 밑바탕에는 깊은 철학이 느껴져 좋아했다. 그런 그가 사람을 죽이고서 체포됐다면…….

상상해 봤지만…… 마치 남 일처럼 '그럴 수도 있겠다' 싶다는 상상밖에 떠오르지 않았다. 아무리 동경하는 작가라고 한들 타인에 불과하고, 그 사람의 됨됨이를 아는 것도 아니다. 타인의 모든 것을 알 수 있을 턱이 없다…….

"아……."

그때 나는 한 생각이 떠올랐다.

그러고 보니…… 나는 이치하라 유고의 음악을 들어본 적이 없었다.

그의 음악이 나고시 선배로 하여금 음악을 더욱 사랑하게 하고, 또한 그녀를 절망 속으로 빠뜨렸다면…… 먼저 그것을 들어보는 것부터 시작해야 하지 않을까?

나는 책상 위에 아무렇게나 놓아뒀던 학교 가방에서 이어폰을 꺼냈다. 나는 평소에 음악을 듣는 습관이 없기에 예전이었다면 이어폰을 학교에 갖고 오지 않았겠지만…… 지금은 전자 드럼으로 연습해야만 하는 사정 때문에 늘 갖고 다니게 됐다.

가방 안에서 스마트폰을 찾았다.

"……."

스마트폰을 꺼낼지 망설이다가 결국 가방 안에 넣어둔 채로 이어폰을 연결했다. 카오루처럼 당당히 교칙 위반을 할만한 배짱이 없었다.

동영상 사이트를 열어 검색창에 '이치하라'라고 입력하자바로 '이치하라 유고'라고 자동완성이 됐다. 그것만으로도얼마나 유명한 사람인지, 그리고 나의 견식이 얼마나 좁은지 깨달았다.

가장 위에 표시된 동영상을 탭하고서…… 그 연주에 귀를기울였다.

……그리고 그 후로 시간을 잊어버렸다.

이치하라 유고의 연주는 엄청났다.

그는 이른바 '인스트루멘탈 밴드'라 불리는, 보컬이 없는밴드에서 연주를 했다.

이따금씩 기타리스트의 고함이 —고함으로도 느껴지고,그루브의 흥을 주체하지 못하고 소리를 낸 것으로도 들렸다— 들어가는 경우는 있지만, 가사는 없고 사람의 목소리가 멜로디를 만들어 가지 않았다.

기본적으로 멜로디를 기타가 담당하고 있지만…… 때로는 키보드가 대신하기도 하고, 베이스가 혼자서 날뛰는 경우도 있었다. 신기한 온도감이 느껴지는 음악이었다. 나는 평소에 음악을 자주 듣는 편이 아니고, 엄마가 텔레비전 음악 방송을 틀어서 별생각 없이 함께 볼 때도 기본적으로 J-POP이 흘러나오기에 이렇게 가사가 없는 음악을 듣는 것이 신선했다.

이치하라 유고가 연주하는 베이스에는 이어폰으로 들어도 '온 몸에 울린다' 그리 느껴질 만큼 힘차고 열기가 담겨 있었다. 그러면서 자신이 주인공이 아닌 때는 다른 악기를 지탱하듯 철저히 조역을 맡기도 했다. 그러나 존재감을 늘 주장했다.

마치 바다 같다고 생각했다.

늘 그곳에 있으면서도 바람이 불 때는 거세게 넘실거리고, 그렇지 않을 때는 그 안에 살아가는 생물들을 조용히 내포한다.

뜨거우면서도 넉넉함이 느껴지는 연주라고 할 수 있을까?

……그러나.

아주 정열적인 연주인데도 듣고 있으니 조금 괴로워졌다.

무언가 형언하기 어려운 커다란 감정의 덩어리를 들이대는 것 같은 기분이었다.

힘찬 연주에서 용솟음치는 에너지에 감동하기도 했지만, 그와 동시에 가슴이 막힐 것만 같은 감각도 느껴졌다.

대체 이것은 무엇일까…….

나고시 선배의 심경을 조금이나마 이해하기 위해서 들어

본 것인데, 정신 차려 보니 여러 동영상을 잇달아 넘나들며 몸을 흔들면서 음악을 듣고 있었다.

들으면 들을수록 가슴이 먹먹해졌다. 그런데 계속 듣고 싶었다.

그 신기한 감각에 몸을 맡기면서 여러 곡의 연주를 듣고 있으니⋯⋯.

갑자기 누가 어깨를 찔러서 나는 화들짝 놀랐다.

"우와아!"

"⋯⋯그렇게 놀란 건 없잖아."

내가 펄쩍 뛰자 어깨를 찔렀던 장본인도 놀란 듯 손을 핵 되돌렸다. 카오루였다.

어느새 부실에 들어온 모양이다. 전혀 눈치채지 못했다.

"여러 번 말을 걸었거든. 대체 음량을 얼마나 키우고서 듣는 거야."

"아니, 미안⋯⋯."

연주에 심취한 나머지 음량을 잇달아 키우고 말았다. 문이 열리는 소리조차 알아채지 못하다니 역시나 너무 크게 올렸나 보다.

"별일이네. 유즈가 학교에서 스마트폰을 다 쓰고."

"응, 미안⋯⋯."

"딱히 나무라는 건 아니지만."

카오루가 쓴웃음을 지으며 몸을 조금 숙이고는 내가 가방 속에 숨겼던 스마트폰 화면을 실눈으로 봤다. 동영상 제목을 확인하는 듯했다.

"아…… 스트레이 피시. 연주, 대단하지?"

카오루가 납득한 얼굴로 고개를 끄덕이면서 내 옆을 쓱 지나 평소처럼 허름한 소파에 앉았다.

스트레이 피시란 이치하라 유고가 몸을 담았던 밴드의 이름이다. 카오루가 알다니 무심코 놀랐다.

"아는구나?"

"그야 알지. 유명한걸. 오히려 몰랐어?"

"소스케한테서 이치하라 유고를 듣기 전까지는 전혀……."

"유즈루는 텔레비전도 안 본다고 했나?"

"응……."

"아– 그래. 그럼 유명하든 말든 상관이 없겠구나."

카오루가 학교 가방을 던지듯 소파 위에 두고서 나를 쳐다봤다.

"해산하기에는 아까운 밴드라고 생각해. 다들 터무니없는 플레이어들이었고."

"……그렇구나."

"이치하라 유고가 엣 짱…… 아– 사지마 에츠코를 죽여버려서 해산했어. 내가 중학생 때였나?"

"사지마 에츠코 씨……?"

"엥……. 너 지금 동영상 보고 있잖아?"

카오루가 의아해하며 미간을 찡그렸다.

"스트레이 피시의 드러머야."

"앗……엇……."

나는 이어폰을 착용하지 않은 채로 동영상을 재생했다.

분명 동영상 속에서 드럼을 치는 사람은 쾌활해 보이는 여성이었다. 검은 탱크톱을 입고서 대단히 즐겁다는 표정으로…… 드럼을 연주했다.

드럼을 칠 줄 알게 됐기에 더욱 이해할 수 있는데…… 그녀의 기술력도 어마어마했다. 스틱을 가볍게 흔들면서도 소리가 힘찼다. 그리고 그저 힘으로만 밀어붙이는 게 아니라 데구르르 구르는 것 같은 경쾌한 소리를 스테이지 위에서 터뜨렸다. 방방 뛰며 돌아다니는 아이 같은 음색이었다.

이 사람…… 이미 이 세상에 없구나.

그렇게 생각하니 단 한 번도 얽힌 적이 없는 사람인데도 뭐라 표현할 수 없는 상실감이 들었다.

동영상 속에서는 이토록 즐겁게 연주하는데.

"한때 그 뉴스로 도배가 됐어. 두 사람이 사귀는 사이이기도 했던지라…… 거짓인지 아닌지 알 수 없는 억측들이 난무했지. 좀 불쾌하게 여겼던 기억이 나."

카오루가 그렇게 말하고서 조금 자조하듯 웃었다.

"기억이 난다……고 했지만, 지금 그 동영상을 안 봤으면 새까맣게 잊고 있었을 거야. 좀 그렇네. 나름 즐겨 들었던 밴드를 잊어버리다니."

카오루가 왠지 서글퍼하며 말하자 나는 생각했다.

음악을 좋아했던 사람들에게 스트레이 피시라는 밴드는

아주 커다란 존재였겠지. 이렇듯 그들의 음악을 들어보니 나도 왠지 이해가 됐다. 오늘 처음 들었던 나조차도 이토록 기분이 고양됐건만. 실시간으로 그들을 쫓아다니고, 라이브에 갔던 사람들은 분명 더욱 빠져들었겠지.

그런 존재를 갑자기 잃어버렸다. 밴드의 핵심이었던 이치하라가 체포됐고, 드러머인 사지마는 이미 이 세상에 없었다.

그 상실감이 얼마나 컸을까. 지금은 나도 이해할 수 있을 것 같았다. 그만큼, 그 존재감만큼 구체적인 실감이 나질 않아서 왠지 무서웠다.

"근데 말이야. 유즈가 교칙을 어기면서까지 음악을 듣기 시작하는 날이 오다니."

카오루가 놀리듯 말했다.

"밴드, 생각보다 재밌어하는 것 같은데?"

카오루는 명백히 골려대려고 말했지만, 나는 농담으로 대꾸할 마음이 들지 않았다. 그녀의 말이 사실이니까.

"그야…… 좋아하는 사람들끼리 모여서 새로운 걸 하니 즐거운 게 당연하잖아."

내가 대답하자 카오루가 조금 멋쩍었는지 옆머리를 만지작거렸다.

"아아…… 그래. 뭐, 그럴지도."

카오루는 모호하게 수긍하고서 입을 다물었다.

나도 왠지 창피한 말을 한 것 같아서 창피했다. 뒤통수를 굵적이면서 침묵했다.

방금 전까지 격렬한 곡만 들었기 때문인지 밖에서 운동부가 내는 큰 소리가 들려옴에도 부실 안이 몹시 조용히 느껴졌다.

"그러고 보니."

그때 카오루가 입을 열었다.

"베이스는 결국 유시마 군으로 확정된 거야?"

"본 공연 때도 그 친구가 쳐준대."

내가 대답하자 카오루가 온도감을 느끼기 어려운 목소리로 '흐—음' 하고 반응했다.

"그럼…… 나고시 선배는 안 치는구나?"

그녀가 묻자 나는 어떻게 대답해야 좋을지 고민됐다.

소스케가 세 번째 곡을 연주하여 그녀를 단상 위로 끌어올리려고 한다는 계획을 다른 멤버들에게 말해도 좋을는지 확인을 하지 않았으니까.

"……모르겠어."

결국 그렇게밖에 대답할 수가 없었다. 사실 소스케의 작전대로 나고시 선배를 스테이지 위로 부를 수 있을지 알 수가 없으니 거짓말은 아니라고 생각했다.

"그래…… 아쉽다."

카오루가 그렇게 말하자 나는 놀랐다. 그녀까지 나고시 선배가 베이스를 쳐주길 바랄 줄은 몰랐으니까.

"카오루는 나고시 선배가 쳐줬으면 했어?"

내가 묻자 카오루가 뭐라 형언할 수 없는 표정으로 고개를 갸웃거렸다.

"쳐줬으면 좋겠다고…… 해야 하나? 뭐라고 하지……. 음악이라면 그 사람의 진심을 조금이나마 엿볼 수 있지 않을까…… 싶어서."

카오루가 거기서 말을 끊고서 마지막에 중얼거리듯 말했다.

"조금, 기대는 했는데."

카오루의 말을 듣고서 나는 무심코 시선을 내렸다. 시선 끝에는 멈추는 것을 깜빡한 스트레이 피시의 연주 동영상이 계속 흘러나오고 있었다.

분명…… 방금 전까지 들었던 이치하라 유고의 연주에는 그의 여러 감정들이 드러나 있었다. 휘몰아치는 감정을 흩뿌리듯 연주하기도 했고…… 안에 숨겨둔 감정을 조용히 억누르는 듯 연주한 적도 있었다.

나고시 선배가 어떤 베이스를 칠까…… 흥미가 없다고 한다면 거짓말이겠지.

카오루의 말대로 선배의 음악이 그녀의 '말'이었다면…… 그녀는 베이스를 쥐고서 어떤 '말'을 토해낼까?

분명 소스케도 그것을 듣고 싶어 하리라 생각했다.

EP.13 [13장]

A story of love and
dialogue between
a boy and a girl with
regrets.

문화제까지 앞으로 사흘이 남았다.

최근까지는 여름방학이 막 끝났다는 감각이었으나……
수업을 듣고 부실에 가고, 남는 시간에는 드럼 연습을 하는
일과……를 반복하다 보니 시간이 순식간에 지나갔다.

매주 토요일은 스튜디오에서 합동 연습을 했다. 밴드 멤
버 다섯 명에 미스즈 선배까지 합해서 여섯이서 스튜디오
이용비를 나눠서 내니 꽤 저렴해서 매주 빌리더라도 문제가
없었다.

그러나 아르바이트도 하지 않는 나는 엄마에게 의지할 수
밖에 없었지만, 후야제를 위해서 밴드 연습을 한다고 했더
니 기꺼이 많은 용돈을 내주셨다.

연주 퀄리티는 매주 점점 좋아졌다. 모두 개인 연습을 착
실히 하고서 토요일에 다 함께 모여서 과제를 확인하는……
흐름은 꽤 잘 맞아떨어졌다.

지난주 토요일이 마지막 합동 연습이었다. 다음 토요일과
일요일은 문화제이고 후야제는 일요일이다. 그때까지는 각
자 연습을 하기로 했다.

밴드 연습이 일단락되자 이번에는 문화제 때 반에서 다
함께 운영할 타코야키 가게 준비로 바빠졌다.

"누가 행사위원한테서 붓 좀 빌려와! 두 개 정도!"

"가는 김에 망치도! 이쪽은 한 개면 돼!"

교실 안에서는 인테리어반의 지휘 아래에서 포장마차를 한창 제작하는 중이었다. 당일에는 실시간으로 타코야키를 굽는 과정을 보여줄 구역과 안에서 식사를 할 구역으로 나눠서 운영할 예정이다. 그리고 조리구역은 진짜 타코야키 포장마차처럼 꾸밀 예정이다. 여자애들이 상당히 세련된 디자인을 마련해 줬기에 그것을 도면으로 그려서 남자들이 실제 목재로 노점을 조립하고 있었다.

나는 어려운 작업을 할 수 없기에 붓으로 도화지에 색을 칠하는 담당을 맡았다.

운동부 등 부활동을 도저히 쉴 수 없는 학생들은 그쪽을 우선해도 되지만, 카오루나 내 경우는 부실에 가봤자 맨날 독서만 하기에 적극적으로 내부 인테리어에 참가했다.

분주하게 준비하고 있으니 시간이 날개 달린 듯 지나갔다.

순식간에 최종 하교시각이 돼서 우리는 학교를 나왔다. 부활동이 아닌 다른 이유 때문에 이런 늦은 시간까지 학교에 있어 본 것은 처음이었다. 왠지 신기한 기분에 젖은 채로 신발장에서 신발을 갈아 신었다.

카오루와 함께 교문으로 향하니 뒤에서 경쾌한 발소리가 들렸다.

"유즈루! 카오루 짱!"

돌아보니 아이가 이쪽으로 타다닷 달려오고 있었다.

"둘 다 문화제 준비?"

"응. 아이도?"

"응! 생각보다 내부를 꾸미느라 아등바등 쫓기고 있어. 전날까지는 그런 느낌으로 진행될 것 같아."

"아하하, 우리도 똑같아."

힘들어 죽겠어~ 하고 푸념하면서도 아이는 왠지 즐거워 보였다.

"문화제도…… 후야제 밴드도 기대 돼."

아이가 진심을 담아 말하자 나도 고개를 끄덕였다.

"아이, 교복에 뭐 묻었어."

아이가 합류한 뒤로 조금 뒤에서 걷던 카오루가 아이의 와이셔츠 등 부분을 손가락으로 집었다. 그러고는 등에서 떼어낸 무언가를 물끄러미 쳐다봤다.

"양생 테이프."

"에헤헤."

카오루가 말하자 아이가 조금 창피해하며 웃었다.

"오늘 테이프를 잔뜩 쓴 바람에 어디서 붙은 모양이야. 고마워!"

"괜찮긴 한데…… 왜 등에 붙었을까?"

"으-음……."

카오루가 말하자 아이가 고민하듯 고개를 갸웃거렸다.

그러고는 이내 손뼉을 짝! 쳤다.

"휴식했을 때 바닥에 드러누워서 그랬나 봐!"

"아이…… 바로 벌러덩 눕는 것 좀 자제해."

그러고 보니 아이와 이 학교에서 재회했을 때도 운동장에 드러누워 있었지.

나와 카오루가 어이없어하는데도 아이는 천진난만하게 웃었다.

학교에서 가장 가까운 역까지 문화제 이야기를 하면서 함께 걸어가다가…… 나는 평소와 달리 반대 방향으로 가는 전철에 탔다.

오늘은 괜스레 드럼 연습을 하고 싶은 기분이었다.

문화제를 준비하면서 어딘가 들뜬 분위기에 물들어서인지 곧장 집으로 돌아가면 하루가 끝나버릴 것만 같았다.

엄마에게 연락을 하고서 나는 나고시 선배의 집으로 향했다.

선배에게도 사전에 메시지를 넣어뒀다.

곧바로 읽었다는 표시가 뜨지만, 답장은 없다……. 그것이 늘 봐왔던 패턴인데 오늘은 표시가 뜨지 않았다. 뭐, 가끔 이런 경우도 있겠지.

선배의 집에서 가장 가까운 역에서 내려서 스마트폰을 또 확인했지만, 역시나 읽었다는 표시가 없었다. 자고 있나?

나고시 선배네 집은 역에서 10분 넘게 걸어가면 나온다. 역 근처에는 빌딩도 많아서 나름 시내…… 같은 인상이 느껴지지만, 조금 걸어가니 건물이 점점 줄어들었다.

5분쯤 걸어가면 시야가 확 트이더니 시야에 온통 논밖에 들어오지 않게 된다.

해가 진 시간대에 이 길을 걸으려니 가로등이 드문드문 세워져 있어서 조금 무서웠다.

그러나 여름방학 동안에 며칠마다 다녔던 길이라서 이 어둠과 고요함도 완전히 익숙해졌다.

처음에는 빈번하게 드나들면 결례가 되지 않을까…… 싶었지만, 몇 번을 물어봐도 선배는 '딱히 상관없어'라고만 대답했기에 나도 괘념치 않았다.

나고시 선배는 상관없다고 하지만 부모님은 한 소리 하지 않을까…… 걱정하여 한번 '부모님은 아무 말도 하지 않습니까?' 하고 물어본 적이 있었다. 그랬더니 무심하게 '부모는 집에 없는데~'라고 간단하게 대답했다.

'그러니까 신경 쓸 거 하나 없어, 정말로.'

선배가 그렇게 말하고서 웃었다.

최근 몇 개월 사이에…… 여러 사람들의 가정환경을 알게 된 듯했다. 카오루는 어머니와 둘이서 생활하고, 아이는 반대로 아버지와 둘이서. 그리고 나고시 선배는 부모님 모두 집에 없다고 한다.

나도 아빠가 늘 단신 부임으로 집을 비우는지라 실질적으로 엄마와 둘이서 사는 거나 마찬가지지만…… 딱히 특수한 사정이라고 할 수는 없었다. 부모님과 당연히 만날 수 있는 삶을 줄곧 보내왔기에 그렇지 못한 집에 관해 깊이 생각해 본 적이 없었다.

다들 나름의 사정들을 떠안고서 살아가고 있구나 싶었다.

그러나…… 이렇게 어두운 길을 매일 혼자 걸어서 아무도 없는 집에 돌아간다고 생각하니…… 조금 쓸쓸한 기분이 들었다.

논길을 몇 분 걸으니 나고시 선배의 집이 보였다.

불이 켜진 것을 확인하고서 안도했다. 셔터를 올리는 소리에 분명 자고 있을 그녀를 공연히 깨울까 걱정됐었는데.

그러나 집에 다가가니 왠지 평소와는 모습이 다르다는 걸 알아챘다.

이미 차고 셔터가 반쯤 열려 있었다. 그리고 그 안에서 전등 불빛이 새어 나왔다.

"……선배, 차고에 있나……?"

나는 걸음을 조금 서둘러서 선배의 집으로 향했다.

집 앞에 도착한 뒤…… 나는 머뭇머뭇 몸을 숙여 셔터 안을 들여다봤다.

그곳에는 전자 드럼 의자에 멍하니 앉아 있는 나고시 선배가 있었다. 그녀는 금세 내가 온 것을 알아채고서 '오─' 하고 알은체를 했다.

"개학했는데 이 시간에 다 오다니 희한하네."

"죄송합니다. 연락은 했는데……."

"아─ 스마트폰, 방에 쭉 놔뒀거든."

선배의 대답을 듣고서 나는 모호하게 수긍했다. 그렇다면 적어도 수십 분이나 전부터 차고에 있었다는 뜻인가? 드럼 주변을 두리번거렸지만, 스틱은 보이지 않는 듯했다. 두드리지도 않고 드럼 의자에 앉아 있었다는 소린가?

선배가 차고 셔터를 드르륵 닫았다.

"저기…… 오늘은 왜 그래요?"

"응, 뭐가?"

내가 묻자 선배가 속여 넘기려는 것 같은 웃음을 짓고서 고개를 갸웃거렸다.

"평소에는 차고에 혼자 있지 않았는데. 게다가 드럼 의자에 앉아 있는 건 처음이니까……."

"잘도 관찰했네."

내가 말하자 선배가 그렇게 말하며 웃었다.

그러고는 평소처럼 바 스툴에 다시 앉고서 말했다.

"오늘은…… 기일이니까."

"아……."

물어보긴 했지만, 영락없이 얼버무릴 줄 짐작했는데…… 선뜻 대답해서 놀랐다. 그리고 그녀의 입에서 무심히 나온 한 마디는 너무나도 묵직했다.

누구의 기일이냐고 묻지 않았다. 왠지 알겠다.

예전에 들려줬던 그 전자 드럼을 썼던 여성을 가리키는 거겠지.

"예전에 말해줬던 분…… 돌아가셨었군요……."

내가 말하자 선배가 키득키득 웃었다.

"왜 그리 표정이 어두워. 너랑 관계없잖아."

"그렇긴…… 하지만……."

"그보다 마침 잘 왔어. 좀 쳐봐."

선배가 턱으로 전자 드럼을 가리켰다.

"난 의자에 앉아서 조용히 기리는 것밖에 할 수가 없거든. 네가 대신 쳐줘. 분명 기뻐할 거야."

"앗…… 제가 쳐도…… 됩니까?"

"괜찮아, 괜찮아. 오히려 네가 딱 좋을지도."

나고시 선배가 말하자 나는 가방을 머뭇머뭇 내리고서 안에서 드럼 스틱을 꺼냈다.

선배가 전자 드럼의 코드를 벽에 달린 콘센트에 꽂고서 능숙하게 콘솔을 조작했다. 그리고 스피커를 켜줬다.

"자, 치시죠~."

선배가 실웃음을 지으면서 소파로 이동하여 조용히 앉았다.

나는 조금 긴장하면서…… 드럼을 치기 시작했다.

후야제 때 연주할 첫 번째 곡. 발라드라서 템포가 느리다.

다른 악기가 없어도 촉촉한 분위기가 조성되도록 치는 세기를 조절했다. 잘 치고 있다는 자신은 없었지만, 이렇게 의식할 수 있게 된 것만으로도 발전이라고 생각했다.

선배가 언니처럼 흠모했던 사람이 쳤던 드럼을 지금 내가 치고 있었다. 그 사람의…… 기일.

왠지 가슴이 뜨거워졌다. 동시에 그 기분이 잔잔히 가라앉는 것 같은…… 신기한 감각이었다. 내 드럼으로 그 사람을 추도하고 있는 건가?

순간 시선을 올리니…… 나고시 선배와 눈을 마주쳤다.

그녀는 놀란 듯 입을 반쯤 열고서 나를 보고 있었다.

이내 손을 확인할 필요가 생겨서 나는 시선을 내렸다. 선배의 표정이 뇌리에 새겨졌다.

그 이후에는 필사적으로 드럼을 계속 쳤다.

4분쯤 되는 곡인데도 수십 분은 계속 친 것 같았다.

마지막 음을 치고서 내가 스틱을 내리자⋯⋯ 선배가 박수를 짝짝 보내줬다.

"⋯⋯능숙해졌네, 아사다."

나고시 선배가 진심을 담아서 말했다.

"처음에는 치는 데만 정신이 팔린 느낌이었는데⋯⋯ 지금은 곡의 표정까지 의식할 수 있게 됐네. 게다가⋯⋯."

선배가 거기까지 말하고서 눈동자가 흔들렸다.

"저기⋯⋯ 치는 도중에 무슨, 생각했어?"

그녀가 나를 똑바로 쳐다봤다.

최근에 깨달았다. 선배가 '먼저' 무언가를 물어볼 때는⋯⋯ 대체로 진심으로 대답을 원할 때라는 것을.

치는 도중에 무슨 생각을 했느냐고 물어본들 4분 동안에 어느 순간을 가리키는 건지 모르니 대답할 수가 없다. 그래도 왠지⋯⋯ 그녀가 연주하던 중 '언제'를 가리키는지 알 것 같았다.

"⋯⋯선배의 소중한 사람을 추도하는 의미가 됐으면 좋겠구나⋯⋯ 생각했습니다."

내가 대답하자 선배가 숨을 작게 들이마시더니 입가가 느슨해졌다.

"……그랬구나."

그녀가 어딘가 납득한 얼굴로 고개를 몇 번쯤 끄덕이고서 소파 등받이에 몸을 푹 실었다.

"넌 정말로 '언어'에게 사랑받고 있구나. ……분명 에츠코 언니도 기뻐할 거야."

에츠코 언니.

그 이름을 들으니 무언가가 묘하게 걸렸다.

그리고 이내…… 깨달았다.

몸에 전류가 흐른 것 같았다.

"에츠코 언니……라면?"

내가 떨리는 목소리로 물었다.

"이 드럼을 쳤던 사람의, 이름인가요……?"

내가 묻자 선배가 '아……' 하고 신음하고서 거북해하듯 나에게서 눈길을 돌렸다. 분명 그녀의 마음이 느슨해지면서 그 이름이 무심코 나오고 만 거겠지.

이제 알아차렸으니…… 물어보지 않을 수가 없었다.

"이 드럼을 쳤던 사람이…… 사지마 에츠코 씨입니까?"

선배가 당황한 듯 눈동자를 이리저리 돌렸다. 그것만으로도 답을 이미…… 알고 말았다.

"왜 그 이름을 아는 거야?"

"소스케가…… 선배의 연주가 이치하라 유고랑 닮았다고 했으니까. 그래서 스트레이 피시에 이르렀고……."

"……그래."

선배가 눈을 감고서 한숨을 깊이 내쉬었다.

그리고…… 천천히 수긍했다.

"맞아."

"……아아."

대답을 듣고서 나는 온몸의 힘이 빠져버렸다. 쥐고 있던 드럼 스틱이 덜그럭 소리를 내며 바닥에 떨어졌다.

사지마 에츠코 씨는 이치하라 유고에게 목이 졸려서 살해됐다고 했다.

선배가 흠모했던 에츠코 씨는…… 선배의 아버지의 연인이었다고 그녀는 말했다.

그리고…… 카오루는 이치하라 유고와 사지마 에츠코가 사귀는 사이였다고…… 했다.

퍼즐 조각이 맞춰지자 너무나도 냉혹한 현실이 눈앞에 엄습해왔다.

"……아버지, 였군요."

내가 말하자 나고시 선배는 대답하지 않았다.

그 침묵은…… 긍정을 의미한다는 걸 알았다.

"……난 말이야, 믿었어. 아빠의 음악을. 그 사람의 소리가 세계를 바꿔 나갈 거라고 생각했어. 에츠코 언니도 늘 즐거워했어. 아빠의 소리가 그 사람도 행복하게 해주고 있구나…… 하고 생각했어. 근데…… 결국 아빠는…… 음악과는 전혀 관계가 없는 곳에서 내 세계를 바꿔 버렸어."

선배의 말을 들으면서 내 시야가 왈칵 뿌예졌다.

줄곧 의문이었다. 제아무리 동경했던 뮤지션이 체포됐다고 해도 여태껏 자신이 쌓아왔던 음악을 부정할 만큼 충격을 받을 수 있을까? 하고.

그러나 이치하라 유고라는 존재는…… 선배에게 단지 동경하는 뮤지션이기만 한 것이 아니었다. 존경하는 친아버지. 인간으로서도, 뮤지션으로서도 선배는 그를 존경했던 것이다.

그런 동경의 존재가…… 흠모했던 다른 한 사람을 죽이고서 형무소에 들어가고 말았다.

스트레이 피시의 연주를 들었기에 알겠다.

나고시 선배는 근사한 음악에 둘러싸여서, 살았다. 분명그 음악을 연주할 수 있는 사람들을 존경했겠지.

그 음악이 어느 날을 기점으로 사라져 버렸고…… 동경했던 아버지는 감옥에 들어갔고, 흠모했던 사람은 이 세상을 떠나 버렸다.

……그녀에게는 절망만이 남았다.

"그날부터…… 이 차고는 텅텅 비어 버렸어. 에츠코 언니의 기일에만 셔터를 열고서 그 의자에 앉아…… 어떻게 했어야 했는지만 생각해."

나고시 선배는 차분하게 말했다. 마치 이미 다 끝난 일인 것처럼.

"그래서…… 네가 드럼을 쳐줘서, 좋았어. 에츠코 언니도, 분명, 기뻐할 거야."

"말도 안 돼…… 전……."

"야, 왜 네가 우는 거야."

"하지만……!"

"어쩔 수 없는 녀석이네."

선배가 곁으로 다가와 두 손으로 내 머리를 마구 쓰다듬었다.

"자자…… 더 쳐줘. 두 곡을 연주할 거라고 미스즈한테서 들었어. 두 번째도 들려 줘."

"무, 무리예요……."

"안 돼. 어서, 치는 거야."

나고시 선배가 내 발치에 떨어졌던 스틱을 주워서 억지로 내 손에 쥐였다.

"울어 줄 거라면…… 대신에, 드럼을 쳐줘."

"……."

나는 교복 소매로 눈물을 쓱쓱 훔쳤다.

그리고 드럼을 치기 시작했다.

이내 눈앞이 번져서 앞이 잘 보이질 않았다. 흐릿한 시야 속에서 드럼을 계속 쳤다.

선배는 다시 소파로 돌아가 몸을 깊이 묻었다. 팔걸이에 턱을 괴고서 꼰 다리를 리듬에 맞춰서 흔들었다.

마음속이 엉망진창이었다.

지금껏 내가 그녀에게 했던 모든 말들이 같잖게 느껴졌다.

아버지를 잃고, 흠모했던 여성을 잃은 것도 모자라서 음악까지 잃어버렸던 그녀에게…… 내 생각만으로 음악 이야기를 했던 것이 얼마나 잔인했는지 깨달았다.

그러나…… 소파에 앉아 기분 좋게 몸을 흔드는 선배를 보고 있으니…… 그녀의 마음속에서 음악을 사랑하는 마음이 사라진 것처럼은 도저히 보이지 않았다.

모두가 어쩔 수 없는 일은 어떻게든 하려고…… 고생하는 듯했다.

나고시 선배는 자신의 안에 남아 있는 '음악'과 마주하는 법을 모른 채 한번 맛봤던 절망을 떨쳐내지 못하고…… 고통스러워하고 있다.

소스케는 나고시 선배가 내뱉는 마음의 언어를 또 듣고 싶어서, 그러나 그것이 그녀의 음악 안에서만 존재한다고 생각하기에…… 그럼에도 그녀가 베이스를 잡지 않아서 한탄하고 있다.

선배는 앞으로도 줄곧 음악에 얽히지 않는다면 조금씩 그것을 잊고서 편해질 수 있을까? 그것이 그녀에게 가장 행복한 길일까?

그러나 소스케의 말대로…… 그녀의 속에는 음악을 향한 미련이 확실히 존재하는 듯 보였다. 그것을 부정하지 않고 잊어버리는 것이 진정한 행복이라고 할 수 있을까?

모르겠다.

나는 아무것도 모르겠다.

마음속에서 수많은 말들이 뒤얽히는데도 대답이 나오지 않았다. 나는 무아지경으로 드럼을 쳤다.

선배는 줄곧 내 연주를…… 즐거운 표정으로 들었다.

INTERMISSION [막간 ③]

A story of love and
dialogue between
a boy and a girl with
regrets.

혼란.

슬픔.

실망.

분노.

이 순서였다.

에츠코 언니가 아빠…… 이치하라 유고에게 살해됐다는 것을 알게 됐을 때, 내 감정은 눈이 핑핑 돌 만큼 수시로 바뀌었다.

에츠코 언니를 죽였어? 어째서? 왜 그렇게 된 거야?

요전까지 차고에서 웃었던 에츠코 언니를 이제 만날 수 없다고? 왜?

음악으로 사람을 구하고 싶다고 하지 않았어? 근데 왜 살인 따위?

생각이 같은 지점을 맴돌았다……. 눈물도 나오지 않았다.

마음이 현실을 쫓아가지 못함을 느꼈다.

텔레비전에서는 '밴드의 장래에 관해 의논을 하다가 말다툼이 벌어져 그대로 목을 졸라 살해했다'라는 진술이 보도됐다.

분명 에츠코 언니와 아빠가 최근에 말다툼을 하는 모습을 자주 보긴 했다. 그렇다고 해도…… 죽이다니. 두 사람은 서로 사랑하는 사이인데.

한동안 현실을 받아들이지 못한 채 나는 학교도 쉬고서 방에 놓인 침대에 계속 누워 있었다. 베이스를 쥔 적도 없었다.

영문도 모르는 사이에 면회일이 결정됐고…… 나는 야스 오빠와 함께 구치소로 향했다.

"괜찮아…… 괜찮아."

야스 오빠가 내 등을 몇 번이나 쓰다듬어줬다.

상냥한 마음씨에서 비롯된 행동임을 알고 있지만…… 괜찮다니 뭐야, 하고 생각했다.

현실을 받아들였을 즈음에는 마음이 싸늘히 식어 버렸다.

「살아 있으면 그게 음악이 되는 거니까.」

아빠에게서 받았던 보물 같은 말이 뻔뻔스럽게 머릿속에서 되울렸다.

그딴 소리를 젠체하는 얼굴로 말해 놓고서…… 에츠코 언니에게서 인생과 음악을 송두리째 빼앗아 버렸다.

면회실에 들어가니 뒤늦게 형무관에게 이끌린 채로 아빠가 들어왔다.

눈 밑이 거멓고 뺨이 쏙 들어가 있었다. 처참했다.

"리사……."

의자에 앉자마자 아빠가 말했다.

"……미안하구나."

그 순간 식은 줄 알았던 마음속에서 무언가가 폭발하는

게 느껴졌다.

"나한테 사과해서 뭘 어쩌자는 거야!"

내가 무심코 부르짖자 아빠가 어금니를 꽉 악물듯 입을 일 자로 다물었다.

"대체 왜 죽였냐고! 그토록 음악을……, 아빠를 사랑했던 사람을!"

"……죽일 생각은 없었어."

목소리를 낮게 깔아서 말하는 아빠가 변명을 하는 어린애 같아서 분노가 멎질 않았다.

"목을 조르면 죽을 수도 있다는 것쯤은 어른이라면 다 알잖아!!"

"……목숨을 걸고서 대화를 나눴다고."

"뭐어……?"

말뜻을 잘 모르겠다. 목숨을 걸고서 대화를 나눴다? 에츠코 언니가 그런 발상을 했다고? 서로를 향해 나이프를 들이대고서 대화를 나눴다면 모를까, 아빠가 일방적으로 에츠코 언니의 생명을 빼앗은 것이다.

"그 녀석은…… 스폰서의 의향 따윈 무시하고서 마음껏 만들라고, 요즘에 내가 만든 음악이 고통스럽다고 제멋대로 말했어. 그래서……."

"그래서 죽였다고? 웃기지 마. 에츠코 언니는 아빠를 걱정해서-!"

"난 쓸데없는 걱정이라고 했어! 난 프로로서 밴드의 완성도를 더 높여나가야만 했다고!"

"그딴…… 그딴 걸 위해서…….."

에츠코 언니가 살해됐다고?

그 말이 목구멍에 턱 막혀서 나오지가 않았다.

……존경할 수 있는 어른이라고 생각했다. 그러나 지금 생각하니…… 나는 아빠의 음악에만 귀를 기울였던 듯싶었다.

베이스를 치는 모습에 동경하여 나도 당연하다는 듯 베이스를 시작했고…… 줄곧 그 등을 쫓아왔다. 아빠는 말수가 적고 베이스로만 이야기를 하는 사람이었다.

이토록…… 일반적인 상식이 결여된 사람이었을 줄은 몰랐다.

"에츠코 언니는…… 아빠랑 함께하고 싶었어. 아빠의 음악뿐만이 아니라…… 인간으로서의 일면도 똑바로 보고서 걱정해 줬던 거라고…….."

나는 필사적으로 말했지만, 아빠는 감정을 읽을 수 없는 표정으로 내 눈을 바라볼 뿐이었다. 그리고…… 작은 목소리로 말했다.

"나 같은 인간은…… 음악 속에서밖에 살 수가 없어."

그것은 단절의 말이었다고 생각했다.

인간으로서 마땅히 살아가야 할 길로 그를 되돌리기 위해 애를 썼던 에츠코 언니의 심정을 전한다고 한들…… 아무 의미가 없음을 깨달았다.

"하…….."

메마른 웃음이 새어나왔다.

"아아…… 그래…… 음악 속에서밖에 살 수 없다 이 말이지……. 참 멋지네."

나는 아빠를 노려보고서 말했다.

"그럼…… 당신도 죽어버리면 좋을 텐데."

옆에서 잠자코 있던 야스 오빠가 숨을 깊이 들이마시는 소리가 들렸다.

"이미…… 당신의 음악은 죽어버렸으니까."

"리사, 난……."

"그만 닥쳐!"

나는 외치고서 면회실 안에서 아빠와 이쪽을 나누는 무기질적인 아크릴판을 힘껏 쳤다. 아빠 등 뒤에 있던 형무관이 이쪽을 힐끗 쳐다봤다.

"이제…… 당신도, 음악도…… 믿지 않아."

나는 그렇게 말하고서 면회실을 뛰쳐나갔다.

"앗…… 리사……?!"

뒤에서 야스 오빠의 목소리가 들렸지만 멈추지 않았다.

나는 달려서 건물 밖으로 나갔다.

긴 거리를 달린 것도 아닌데 숨이 찼다. 심장이 세차게 뛰었다.

"헉……헉……!"

다리 힘이 쭉 빠져서 땅바닥에 주저앉았다.

"하아…… 하아…… 아아악! ……으……으윽……!"

순식간에 눈물이 흘러넘쳤다.

시야가 뭉그러져서 아무것도 보이지 않았다.

당신도 죽어버리면 좋을 텐데.

내가 내뱉었던 말을 돌이켜봤다. 그런 소리를 하고 싶었던 게 아니었다. 그래도 말하지 않을 수가 없었다.

사랑했던 사람이 소중한 한 사람의 목숨을 빼앗았다는 현실을 아직도 받아들일 수 없었다. 두 사람은 줄곧 나란히 음악을 계속하리라 생각했다. 그 모습을 상상하면서…… 나도 행복에 젖었건만.

이런 결말을 맞이하기 위해서 음악을 했던 것이 아니었다.

동경했던 아빠와 언니 같은 소중한 사람과 음악…… 그 모든 것이 홀연히 사라지고 말았다.

눈물과 오열만이 흘러넘쳤다. 구치소 건물 앞에서 나는 손과 무릎을 땅에 대고서 웅크린 채 울었다.

"리사!"

뒤쫓아 온 야스 오빠가 나에게 달려왔다.

"괜찮아. 진정해……."

"괜찮지 않아……."

"괜찮아."

"괜찮지 않다고!!"

나는 외쳤다.

"전부…… 전부 없어져 버렸어……."

"아아…… 리사야……."

야스 오빠가 동그랗게 말린 내 등을 줄곧 어루만져 줬다.

그러나 뼛속까지 싸늘해서, 나는 부들부들 떨면서 꼴사나울 만큼 신음하며 우는 것밖에 할 수가 없었다.

내 엄마는 나를 낳고서 바로 어디론가 증발했다고 했다. 당시 그 사람은 신출내기 밴드맨이라서 돈도 없었다. 즉, 도망쳤다는 소리겠지.

그래서 그 사람이 형무소에 들어가 버리면서 나는 혼자가 됐다.

여기저기를 전전한 끝에 얼굴도 본 적이 없는 친척 집에 거둬지게 됐지만…… 나를 거북하게 여기는 걸 알았기에 신세를 질 마음이 들지 않았다.

그 사람이 갖고 있는 집에서 혼자 살고 싶다고 했더니 간단히 허락을 해줬다. 내 친권을 가진 가정은 유복했는지 '생활비는 충분히 보내줄 테니 문제는 일으키지 마라' 하고 차갑게 당부했다. 그리고 매달 내 계좌에 혼자서 쓰기에는 충분하고도 남을 만한 생활비가 들어왔다.

쓸쓸하지는 않았다. 갖고 있었던 것을 잃어 버렸다는 사실을 받아들이기만 한다면 누군가에게 폐를 끼치면서 살아가기보다 혼자 지내는 편이 훨씬 편했으니까.

차고는 늘 닫아두는 공간이 됐다. 그 사람이 체포된 후로 베이스를 칠 마음이 전혀 솟질 않았다.

그뿐만 아니라…… 차고 출입구인 셔터에는 매일 누군가가 스프레이로 낙서를 했다. '살인자', '꺼져', '죽어'라는 폭

언들이 아무리 지우고 지워도 계속 적혀 있었다. 지우는 것도 점점 귀찮아져서 방치하게 됐다.

우편물 속에도 협박 편지가 섞이곤 했다. 협박이라기보다 유치한 악담이 적힌 종이라고 표현하는 편이 정확하겠지.

나는 무감정하게 그것들을 버렸다.

진심으로 아무렇든 상관없었다. 위험을 느낄 만한 일은 벌어지지 않았고, 설령 있었더라도 어딘가 자포자기한 탓에 공포를 느끼지 않았을지도 모르겠다.

그런 식으로 편지를 기계적으로 처리해가던 어느 날, 받는 이의 이름이 예쁘게 적힌 봉투를 열고서 안에 있던 종이를 만졌더니.

"아얏……."

종이에 면도칼이 부착되어 있었다. 손가락이 깊이 베여서 핏방울이 뚝뚝 떨어졌다.

나는 손가락에서 늘어지는 피를 바라보면서…… 생각했다.

전부, 거짓말이 됐다.

그토록 위대하다고 여겼던 이치하라 유고의 음악은 끝내 이러한 하찮은 해코지의 대상으로 변하여 세상에 남겨졌다.

"……하핫."

나는 웃었다.

그래, 믿었다.

그 사람의 음악이 세상을 진동시키고 조금씩 눈부시게 바꿔 나가리라.

그는 그럴 목적으로 음악을 하고 있노라고 지레짐작했다.

세상을 바꾸리라 여겼던 음악의 말로를 목도하고서 나는 한바탕 웃었다.

그리고…… 봉투 속 종이에 부착됐던 면도칼을 힘껏 떼어 낸 뒤…… 그 날로 왼팔을 그었다.

손가락을 그었을 때보다 피가 더 많이 나와서 아팠다. 출혈은 멎었지만 계속 욱신거리는 상처를 바라보고서…… 왠지 안심했다.

이 아픔만은 거짓말이 아니라고 생각했으니까.

그 이후로 나는 베이스와 얽혀 있는 '모든 것'을 밴드 멤버들에게 양도하고서 음악을 관뒀다.

그 이후의 생활은 평탄하고 지루한 작업 같았다.

매일 학교에 가서 수업을 받고, 끝나면 주변을 싸돌아다녔다.

팔을 긋는 아픔에 푹 빠져서 생활비로 받은 돈을 피어스 구입에 쏟아붓기도 했다. 인더스트리얼 피어싱을 뚫었을 때는 비명을 지를 만큼 아팠지만, 구멍이 자리를 잡을 때까지 오래도록 통증이 이어져서 지루함을 때우기에는 딱 좋았다. 아픔을 느낄 때면 일상을 이루는 하나하나를 조금이나마 실감할 수 있는 듯했다.

그렇게 애써 방종한 생활을 하면서 수험 공부도 그럭저럭했다. 편차치가 너무 낮은 학교에 들어가면 친권을 가진 집의 체면을 구길 수도 있었다. 민폐를 끼칠 생각은 없었다.

그리고 고등학교에서 축구부 매니저가 됐다. 이 역시 그 냥 심심풀이.

그래…… 위장이다.

마음속은 텅텅 비어버렸는데…… 그럼에도 인간으로서 살아가야만 하니까.

인간처럼 위장하고서 나는 생활했다.

그런 식으로 앞으로도 위태위태하게 살아갈 수 있으리라 생각했다.

그런데…… 그들이 내 마음을 계속 노크했다. 내가 안은 텅텅 비었다고 말했지만, 그들은 고개를 가로젓고서 안에 진심이 숨겨져 있다며 계속 호소했다.

나는…… 두려웠다.

그 속에 내 진심 따위가 있으면 곤란하다. 한번 등을 돌려 버린 음악과 다시 마주할 수 있다고 생각하니 마음이 계속 움츠러들었다.

안도의 눈동자. 진심으로 내 음악을 바라는 그 눈이 무서 웠다.

나는 정말로 그의 내면에 그만한 것을 남겼을까? 나는 그 저 아무 생각도 없이 인생의 일부로서 베이스를 들었을 뿐 이었다. 정말로 그뿐이었다.

속없이 이치하라 유고의 음악을 신봉하며 그것을 쫓듯 베 이스를 연주했을 뿐. 결국 동경했던 그 소리는 나에게 절망으로 닥쳐왔다.

　타인을 기대하게 하는 것…… 꿈을 꾸게 하는 것. 그 기대와 꿈이 배신당하면 사람은 절망한다. 나는 몸으로 직접 깨달았다.

　그러니 더는 아무도…… 나를 믿길 바라지 않았다.

　그리고…… 마찬가지로 아무것도 믿고 싶지 않았다.

　아사다가 차고에서 드럼을 치는 소리를 들었을 때…… 조금이나마 기분이 고양됐다. 그 소리는 필사적이고 성실하고…… 즐거웠다. 에츠코 언니의 기술에는 전혀 미치지 못했지만, 왠지 조금 비슷한 구석이 있었다.

　욕심이 조금 생겨서 무심한 표정으로 더 가까이서 그 소리를 들으려고 했다.

　그리고 조금씩 그는 나의 말을 이끌어내고 말았다.

　내 행동은…… 뒤죽박죽이다.

　내용물이 보이지 않도록 마음을 깊숙하게 묻어버린 바람에 나조차도 내가 뭘 원하는지 모르겠다.

　싫다고 연신 말하면서도 조금씩 음악을 향해서 비틀비틀 다가가고 있는 것 같은 기분이었다.

　곧 문화제가 시작된다.

　후야제 스테이지에서 그들이 연주하는 광경을 보고서…… 나는 무엇을 생각할까?

A story of love and
dialogue between
a buy and a girl with
regrets.

드디어 문화제의 날이 찾아왔다.

고등학교에 입학하고 처음 맞이하는 문화제는 생각 이상
으로 활기가 넘쳐서 압도됐다.

예상했던 것보다 몇 배는 더 많은 사람들이 교내에 북적
거렸다. 물론 우리 반이 운영하는 가게에도 많은 손님들이
들어왔다.

"14번 팻말을 갖고 계신 분! 오래 기다리셨습니다!"

혹시 몰라서 잔뜩 만들어 뒀던 번호가 적힌 팻말도 손님들
의 손에 속속 넘겨졌다. 타코야키 가게는 아주 성황이었다.

점심 시간대에는 당연히 붐볐다. 그런데 다른 반이 식재
료가 다 떨어져서 속속 문을 닫는 상황에서 원가가 저렴한
타코야키를 선택한 우리 반은 영업을 계속 이어나갈 수 있
었다. 오후에 입장한 손님들이 잇달아 흘러들었다. 결국 오
후 3시께까지 타코야키 가게는 전력으로 운영되었다.

내 역할은 홀 스태프였지만…… 사전에 정해둔 역할은 거
의 기능하지 않았고, 결국 첫째 날을 위해 준비해둔 밀가루
를 다 소진할 때까지 쉼 없이 일했다.

그러나 '일했다'라고 표현했지만, 역시나 축제 분위기에
젖어서 흥겨운 교실 안에서 반 친구들과 함께 바삐 돌아다
니는 건 왠지 즐거웠다. 눈코 뜰 새 없이 바빴지만 고생했

다는 느낌 없이 첫째 날 영업을 마쳤다.

"좋—아! 다들 휴식도 없이 열심히 해줘서 고마워! 서둘러서 보고 싶은 것들을 보러 가!"

문화제 견학 시간은 오후 5시까지.

우리 반과 마찬가지로 음식을 선보인 곳은 대부분 영업이 끝났을 테지만, 연극을 하는 반이나 전시 계열 부활동 등을 둘러볼 시간은 아직 있었다. 오히려 연극 등을 보고 싶다면 서둘러야만 한다. 이미 마지막 공연이 시작할 시간이다.

불현듯 교실을 둘러보니 소스케와 카오루 모두 각자 친구들의 권유를 받아 —혹은 자신이 먼저 권했던가— 교실을 이미 떠난 것 같으니…… 나도 가장 가고 싶었던 곳에 맨 먼저 발걸음을 하기로 했다.

내가 보고 싶었던 연극이 몇 개 있었지만, 오늘은 이미 관람을 포기했다. 첫째 날에 홀 스태프를 맡았던 사람은 이튿날에는 사전준비반으로 역할이 바뀌어 일찍 휴식을 취할 수 있으니…… 연극을 볼 거라면 내일이 좋겠다.

나는 복도로 나서서 같은 학년 교실을 밖에서 둘러보며 걸었다.

1학년은 모든 반이 음식점을 한다고 들었다. 옆 반의 '야키소바 가게'도 그 옆 반의 '수제 라면 가게'도 식재료가 다 떨어져서 이미 영업을 마쳤다.

교실에 남은 사람들은 지쳐서 쉬는 그 반 학생과 그들의 친구……인 듯했다.

"타코야키…… 야키소바…… 라면…… 후훗."

나는 음식점들이 늘어선 광경을 보고서 무심코 웃고 말았다.

여름방학 초기에 바다의 집에서 아이랑 소스케랑 카오루가 먹었던 음식이었기 때문이었다.

볶음밥 가게가 없는 게 조금 아쉽……다고 생각하면서 가장 끝에 있는 반까지 걸어가니…….

그곳만은 교실 안에 손님이 아직 남아 있었다.

아이의 반이었다.

그녀의 반은 '바'를 하고 있었다.

바라고는 해도 물론 알코올류를 판매할 수 있을 턱이 없으므로…… 반 여자들이 ―주로 요리연구부― 중심으로 논알코올 칵테일을 손님 눈앞에서 만들어서 제공하는 가게라고 했다.

역시나 반 학생 전원이 레시피를 암기하여 손님 앞에서 완벽하게 만들어낼 수 있을 만큼 숙련도를 끌어올리는 것은 불가능하다고 판단하여 바텐더는 입후보를 받아서 열두 명이 하기로 했단다. 첫째 날과 둘째 날 각각 여섯 명씩. 바텐더를 맡은 여섯 명은 가게를 닫을 때까지 계속 일해야 하므로 비번일 때는 하루를 통째로 쉴 수가 있다.

……그러한 모든 내부 사정을 아이가 나에게 들려줬다.

입구 근처에서 교실 내부를 두리번거리고 있으니.

"―왜 그러시나요, 손님?"

"우아앗!!"

찾고 있던 상대의 목소리가 귓가에서 속삭이듯 들려와 나는 펄쩍 뛰었다. 교실 안에 있던 사람들의 시선이 온통 나에게로 쏠려서 얼굴이 화끈거렸다.

당황하여 돌아보니 그곳에는…… 평소와는 분위기가 전혀 다른 아이가 있었다.

와이셔츠는 교복을 그대로 활용한 듯했지만…… 목 쪽에 나비넥타이를 매고 있었다. 그리고 검은 베스트와 함께 허리 아래로는 슬랙스와 소믈리에 에이프런을 착용했다. 대단히 '바텐더' 같은 옷차림일 뿐만 아니라 아주 잘 어울려서…… 할 말을 잃었다.

귀엽게 키득키득 웃는 소리만은 늘 보던 아이였다.

"우후후, 화장실에서 돌아왔더니 유즈루가 있길래 무심코 놀래키고 싶어졌어."

"진짜……!"

"날 찾아온 거야?"

"그야 그렇지. 놀러 오라고 했으니까."

내가 대답하자 아이가 다시 키득키득 웃으면서 내 옆을 지나 교실 안으로 들어갔다.

"……마침 자리 하나가 비었네요. 들어오시죠, 손님?"

아이가 곁눈으로 나를 보면서 말했다. 무심코 얼굴이 빨개졌다.

터벅터벅 걸어 나가는 모습도 왠지 평소와는 다르게 보였다. 늘 치맛자락을 필럭이며 총총 걸어 다녔던 그녀가 슬랙스를 입은 채로 허리를 쭉 펴고서 허리를 약간 좌우로 흔들면서 걸었다.

"이쪽에 앉으세요."

"아, 예!"

내가 덩달아서 존댓말을 사용하자 아이가 순간 꾸밈없이 키득 웃었지만, 이내 쿨한 표정을 스윽 지었다.

"이게 메뉴판입니다만……. 죄송하지만 오늘 '정열의 스칼렛'과 '옐로 문'은 마감됐습니다. 남은 두 메뉴 중에서 선택해주세요. 성심성의껏 만들어드리겠습니다."

아이가 그렇게 말하고서 가슴에 손을 대고는 인사했다.

나는 두근거려서 머뭇머뭇 알은체하는 것이 고작이었다.

메뉴판을 내려다보니 아이가 품절됐다고 말한 메뉴를 제외하면 '미드나이트 그린'과 '마린 블루' 두 가지가 남아 있었다.

딱히 고민하지 않고…….

"그럼…… 마린 블루로."

나는 그렇게 말했다.

아이가 만들어 준다면 이쪽이 무조건 좋으리라 생각했다.

그녀도 내가 그것을 택할 줄 짐작했는지 눈웃음을 살짝 지었다.

"알겠습니다."

아이가 다시 가슴에 손을 대면서 고개를 살짝 숙였다.

그녀는 플라스틱 컵에 얼음 세 덩어리를 넣고서 컵을 기울여…… 음료가 얼음에 직접 닿지 않도록 주의하면서 'Sprite'라는 탄산음료를 부었다.

나는 그 모습을 보면서…… 아이가 집으로 돌아가면서 했던 말을 떠올렸다.

「멋을 부리려고 '바'라고 이름을 붙이긴 했지만, 결국 셰이크나 스테어 같은…… 본격적인 기술을 선보이기 위한 도구는 없고, 컵도 싸구려 플라스틱밖에 쓸 수 없으니 거의 '붓고서 흔드는 것'이 고작이야. 그러니…… '바텐더의 마음가짐'을 갖고서 그럴듯하게 음료를 만드는 게 중요한 것 같아.」

아이가 진심으로 말했던 그 말을 나는 왠지 남 일처럼 들었지만…… 이렇게 그녀가 실천하는 모습을 보니 정말로 '정성'을 다하고 있음을 알았다.

아이는 마치 자신이 숙련된 바텐더가 된 것처럼 당당히 컵 안에 탄산음료를 붓고는 컵을 내 눈높이까지 올리면서 파란 시럽을 위에 흘렸다.

컵 안에서 파란 시럽이 연기처럼 화아……, 하고 퍼져나가기는 광경을 한동안 보여준 뒤 아이는 긴 스푼으로 컵 속을 몇 번 빙글빙글 휘저었다.

그러자 시럽의 비중이 더 큰지 파란색이 점점 컵 아래쪽에 침전되어 갔다. 그라데이션 같았다.

"바다처럼 퍼져나가는 파랑…… 마린 블루입니다."

아이는 평소보다 더 정숙한 목소리로 말하고서 내 앞에

컵을 내려뒀다.

"어서 드세요."

"가, 감사합니다……."

가슴이 여전히 두근거려서 나는 어색하게 고개를 꾸벅꾸벅 숙였다.

아이의 입가가 살짝 풀렸다.

"괜찮으시다면 한 모금 드시고서…… 감상평을 들을 수 있을까요?"

"뭣……."

교실 안에는 일대일로 바텐더가 음료를 만들어주는 카운터 ―라는 이름이 붙은 책상 두 개를 나란히 붙여놓은 공간― 여섯 군데와 조금 떨어진 위치에 커다란 탁자를 에워싸듯 의자가 배치되어 있는 구역이 있었다. 바텐더에게서 음료수를 받아서 그곳에서 마셔도 좋고, 들고서 다른 행사를 구경하러 가도 된다.

"하지만……."

영락없이 나도 그쪽으로 이동하여 마시는 줄 알았기에 당혹스러운 표정으로 아이를 쳐다보니…….

"지금은 줄을 선 손님도 없으니 괜찮아……!"

아이가 작게 말하자 다시금 주변을 둘러보니…… 확실히 카운터 여섯 군데 중에서 손님이 있는 곳은 여기를 포함하여 세 군데뿐이었다. 음식을 제공하는 가게가 붐빌 만한 시간이 지나서 그렇겠지.

아이가 순간 평소처럼 대해 준 덕분에 나도 조금 긴장이 풀렸다.

"그, 그럼…… 잘 마시겠습니다."

내가 그렇게 말하자 아이가 다시 어른스러운 표정을 지었다.

"예, 즐겁게 드세요."

나는 컵을 서서히 입에 대고서…… 아이가 만들어준 논알코올 칵테일을 한 모금 들이켰다.

"……아하핫."

무심코 웃음이 나와 버렸다.

아이도 내가 왜 웃었는지 이해했는지 입가가 살짝 풀렸다. 눈매가 반달 모양으로 구부러진 것이 명백히 '웃음'을 참고 있는 눈치였다.

"어떠신가요?"

아이가 부자연스럽게 떨리는 목소리로 말하자 나는 솔직하면서도 작게 말했다.

"……스프라이트 맛밖에 안 나."

"아하하!"

아이가 더는 참지 못하겠다는 듯 실소했다. 이렇게 웃음을 터뜨리니 완전히 평상시 모습으로 되돌아갔다.

아이가 어깨를 들썩이며 키득키득 웃더니 고개를 살짝 끄덕였다.

"그래. 시럽을 위에 뿌렸을 뿐."

"그래도…… 왠지 그럴 듯했어."

"그치, 그치?"

아이가 천진난만하게 웃는 모습을 보고서…… 나는 머리로 생각하기에 앞서 먼저 입을 열었다.

"……멋있어서 두근거렸어."

내가 말하자 아이가 눈을 동그랗게 뜨면서 나를 쳐다봤다.

그리고 분위기를 내기 위해서 다른 곳보다 어둡게 해둔 교실 안에서도 훤히 알 수 있을 만큼 수줍어했다.

"에헤헤…… 진짜? ……기뻐라."

아이가 멋쩍게 웃으면서 나에게 귓속말을 하려고 몸을 숙였다.

"내일은 같이 돌아다니자."

그 말을 듣고 나는 고개를 끄덕였다.

"응. 연극을 보고 싶은데."

"좋네! 나도 볼래!"

그 후에 아이와 잠시 대화를 나눈 뒤…… 나는 칵테일 풍 스프라이트를 들고서 교내를 천천히 산책했다.

복도를 오가는 학생들과 교외에서 온 손님들은 하나같이 즐거워 보였다. 그러면서도 느긋한 분위기를 풍겼다. 피크 시간대가 지나고 다들 조금 지쳤겠지. 축제 첫 번째 날이 끝나가는 것을 느끼니…… 왠지 감상에 젖어 들었다.

한 달 넘게 준비한 문화제가 순식간에 절반이나 끝나고 말았다.

분명 내일도 순식간에 끝나고서…… 후야제가 찾아오겠지. 그 후야제도 역시 순식간에 끝나고…… 평상시 학교생활로 되돌아가겠지.

 밴드 연습을 하면서 보냈던 여름방학도 왠지 이미 먼 추억처럼 느껴졌다. 내일 후야제를 마치고…… 그 후에는 대체 무엇이 남을까?

 바라건대 내일 축제를 즐기고서…… 참가했던 모든 사람들이 소중한 추억을 손에 넣었으면 좋겠구나 싶었다.

 한가롭게 문화부 전시를 둘러보고서…… 문화제 첫째 날이 끝났다.

× × ×

 둘째 날은 첫째 날보다 교내가 더 활기를 띠는 듯했다.
 "손님들이 잔뜩 왔네."
 나란히 걷고 있는 아이도 설레어 보이면서도 불안한 표정으로 주변을 둘러봤다.

 나는 개점 전 준비 작업을 마치고서 아이와 함께 자유 시간을 보내고 있었다. 그녀도 어제 하루 종일 바텐더 역할을 수행했기에 오늘은 하루 내내 자유였다.

 어제 이 시간대에는 교실에서 오로지 홀 스태프로서 일했지만, 화장실을 몇 번쯤 다녀오면서 복도에 사람들이 많은 광경을 보고 깜짝 놀랐다. 그런데 오늘은 어제보다 복도를 오가는 사람들이 더 늘었다.

이 상태를 보니 타코야키 가게도 손님들로 미어터지고 있지 않을까……

"유즈루? 왜 그래?"

반을 걱정하는 마음이 표정에 다 드러났는지 아이가 내 얼굴을 들여다봤다.

"아, 아니…… 괜찮아. 체육관에 가자."

나는 마음을 다잡고서 그렇게 말했다.

걱정해 본들 나는 할 수 있는 게 없었다. 교실 내부 공간도 한정되어 있고, 적지도 많지도 않은 최적의 인원으로 운영되고 있다. 별생각 없이 응원하러 가더라도 오히려 가게 내부만 더 혼잡해질 뿐이겠지.

오늘은 어제 보지 못했던 것들을 한껏 구경하는 날로 삼자.

"기대되네."

옆에는 아이도 있다. 이런 즐거운 날은 좀처럼 없다.

내가 말하자 아이도 꽃이 피어난 것처럼 웃으면서 수긍했다.

"응! 유즈루랑 문화제를 함께 돌아다니니 엄청 기뻐!"

어제는 반마다 해산 시간이 제각기 달랐기에 아이와 함께 귀가하지 못했고…… 마지막에 봤던 그녀의 모습이 바텐더 차림이었기에 이렇게 교복 차림으로 평소처럼 웃는 모습을 보니 묘하게 안심했다.

둘이서 나란히 체육관으로 향했다.

체육관에서는 3학년이 연극을 펼치고 있었다. 이 학교에서 3학년은 연극을 선보이는 것으로 정해져 있어서…… 체육관에서 3학년 4개 반이 돌아가면서 하루에 한 차례씩 공연을 벌인다.

그리고 관람객들의 투표를 받아서 가장 많이 득표한 반이 표창을 받는 형식이었다.

맨 먼저 체육관에 가서…… 의자들이 빼곡히 배치된 행사장의 꽤 앞쪽 좌석을 확보했다.

"……아이, 가능하다면……."

"네 가지를 다 보고 싶지?"

내가 무슨 말을 할지 예측했는지 아이가 말했다.

"좋아. 나도 보고 싶으니까."

"진짜? 달리 보고 싶은 건 없고?"

내가 묻자 아이가 고개를 서서히 가로저었다.

"나는 그게 뭐든지 보고 싶고, 뭐든지 즐길 수 있으니까. 게다가……."

아이가 무심히 자신의 어깨를 내 어깨에 툭 부딪쳤다.

"유즈루랑 함께 있는 게 좋아."

"……그, 그래?"

나는 멋쩍어하면서 고개를 여러 번 끄덕였다.

왠지…… 장마가 끝날 즈음에 카오루와 이런저런 일들을 겪고서 그녀의 과감해진 태도에 정신이 온통 쏠렸는데.

아이가 나를 대하는 태도도 조금씩 바뀌어 가는 듯했다.

예전에 그녀는 행동의 일부로서 '나와 함께한다'라고 인식하는 듯했다. 그러나 최근에는 '나와 함께한다'라는 행위 자체가 그녀의 마음속에서 비중이 점점 커지는 듯했다.

그것이 바람직한 것인지, 그릇된 것인지 잘 모르겠지만…… 어려운 문제는 제쳐두고서 어쨌든 나는 가슴이 두근거렸다.

아이는 자신의 어깨를 금세 뗐지만, 아직도 맞닿은 것처럼 오른쪽 어깨가 뜨거웠다.

연극 시작을 알리는 안내 방송이 흘러나오고 3학년 1반의 무대가 시작됐다.

연극이 시작되니 지금껏 웅성거렸던 체육관이 단숨에 조용해지더니…… 독특한 고양감이 솟았다.

이 반은 시대극처럼 연출한 연극을 선보이려는 듯했다.

구성진 목소리로 시대 배경을 설명하는 나레이션이 들어가고, 그에 맞춰서 하카마를 입은 연기자가 줄줄이 나왔다.

그야말로 고등학생 수준의 연극이었다. 배우를 맡은 선배들 중에서도 다른 사람보다 연기가 서투르고 대사를 국어책처럼 읽는 사람은 있었지만…… 왠지 그 부분에서도 독특한 맛이 있었다. 배역의 묘미라고 해야 할까? 그런 사람에게 코미디 담당 역할을 맡긴 덕분에 그 딱딱한 말투가 오히려 재미를 불러일으켰다.

영화나 프로 배우들이 선보이는 연극과는 다른, 편안한 재미가 있어서 넋을 잃고 관람했다.

즐거운 장면에서는 옆에 있는 아이도 키득키득 웃었고, 종반부 감동적인 장면에서는 코를 훌쩍이는 소리가 들렸다.

왠지…… 이렇게 같은 것을 보고서 감동이나 즐거움을 공유할 수 있어서 대단히 기뻤다.

결국 나와 아이는 3학년 4개 반이 펼친 공연을 다 보고 말았다. 마지막 연극이 끝났을 즈음에는 어제와 마찬가지로 오후 3시가 지난 시각이었다.

나눠준 투표용지에 가장 좋았다고 생각한 반을 적고서 투표함에 넣었다.

"어딜 찍었어?"

아이가 물었지만 나는 '비밀' 하고 대답했다.

"엥-! 왜!"

"이런 건 가슴에 숨겨두고 싶지 않아?"

내가 대답하자 아이가 잘 와닿지 않는지 '으-음' 하고 끙끙거렸다.

체육관을 나와 학교 건물로 되돌아가니 아이가 무언가 알아차린 듯 치마 주머니에 손을 넣고는 안에서 스마트폰을 꺼냈다.

문화제 날만은 외부에서 초대한 손님과 연락을 주고받을 필요가 있기에…… 스마트폰을 사용할 수 있도록 허가해 줬다. 그래도 어플 등을 켜고서 놀다가 발각되면 여전히 압수당하겠지만…….

아이가 화면을 보고서 '어머머……' 하고 소리를 흘렸다.

분명 누가 보낸 메시지를 봤겠지.

"왜 그래?"

"음…… 바텐더를 맡은 애 하나가 몸이 안 좋아졌나 봐."

아이가 그렇게 말하고는 조금 난감해하며 눈을 이리저리 돌렸다.

왠지 그녀의 마음을 알겠다. 나도 분명 그렇게 하겠지.

"난 괘념치 마."

내가 말하자 아이가 내 생각을 짐작했는지 눈동자가 흔들렸다.

"미안해? 내가 함께 돌자고 권해놓고서."

"괜찮아. 함께 연극을 본 것만으로도 즐거웠어."

"……나도."

아이가 기쁘게 미소를 짓고서 내 손을 꼬옥 쥐었다.

"그럼 후야제 때 또 봐!"

"응."

아이가 생긋 웃고서 종종걸음으로 자기 교실로 향했다.

후야제라는 단어가 나오니…… 조금 긴장했다.

그래. 후야제가 앞으로 몇 시간밖에 남지 않았다.

밴드 공연이 성공할지 어떨지도 불안하고…… 소스케와 나고시 선배도 어떻게 될지 전혀 모르겠다.

……하지만.

지금부터 혼자서 마음을 졸여본들 아무 소용도 없기에.

"나도…… 교실로 돌아갈까."

그렇게 중얼거리고서 나도 교실로 향했다.

어제와 비슷하다면 식재료가 다 떨어져서 슬슬 가게를 정리하고 있겠지.

"이제야 온 거야? 마침 다 끝났어."

교실로 돌아오니 카오루가 퉁명스러운 표정으로 식사 구역에 놓인 의자에 앉아 있었다. 문에는 '완판!'이라고 유성펜으로 쓴 종이가 붙어 있었다.

그 밖에도 하루 종일 노동에 시달렸던 동급생들이 기진맥진한 상태로 의자에 앉아 있었다.

"바빴어?"

"제법. 그래도 덕분에 순식간에 지나갔어."

카오루는 조리반 소속이었기에 축제 때 노점을 운영하는 관계자처럼 핫피를 입고 있었다. 그 옷차림이 절묘하게 잘 어울려서 재밌다. 겉으로 내색했다가는 혼이 날 것 같아서 다물었다.

"유즈는? 느긋하게 돌아봤어?"

"응. 3학년이 하는 연극을 전부 봤어."

"흐으응. 아이랑?"

"그래."

내가 수긍하자 카오루가 온도감을 알 수 없는 목소리로 '그랬구나' 하고 중얼거렸다.

"근데 3학년 연극을 전부 다 봤으니 점심은 안 먹었겠네?"

"어어…… 그러네. 체육관에 줄곧 있었으니까."

"흐으음. 배 안 고파?"

"고프긴 한데…… 뭐, 괜찮아. 참을 만해."

내가 대답하자 카오루가 또다시 '흐으웅' 하고 신음하고서 테이블 위를 내려다봤다.

그녀의 시선 끝에는 두 개쯤 줄어든 타코야키 팩이 놓여 있었다.

그러고는 그 시선을 조심스레 올려 나와 눈을 마주쳤다.

"이거 먹을래?"

"어, 아니…… 그거 카오루 거잖아?"

"그렇긴 하지만 난 그렇게 배 안 고프거든."

카오루가 말하면서 이쑤시개로 타코야키를 푹 찍었다. 그러고는 내 쪽으로 쓱 내밀었다.

"음."

"아니, 저기."

"음!"

입 앞까지 타코야키를 쭈욱 내밀자 나는 체념하고서 아암 먹었다.

내 입술 사이에서 이쑤시개를 쑤욱! 뽑고서 카오루가 득의양양하게 웃었다.

"그거, 내가 만든 거야."

나는 타코야키를 우물우물 씹었다. 막 만든 것은 아니었지만, 아직은 약간 따끈했다. 문어 살이 작지만 오도독한 식감을 주장해서 맛있었다. 안이 걸쭉하면서도 적절하게 식은 덕분에 감칠맛이 혀에 잘 스며들었다.

"……맛있어."

목구멍으로 타코야키를 삼키고서 고개를 끄덕이자 카오루가 왠지 기뻐하듯 입가가 부드러워졌다.

"하루 종일 만들었더니 그래도 능숙해지더라."

"만드는 모습을 보고 싶긴 했는데."

"보긴 뭘 봐, 그딴 걸. 그보다 하나 더 먹지 그래?"

"어, 괜찮아. 카오루 몫이……."

"음."

내 말을 끊고서 타코야키를 입 앞에 또 내밀었다. 이번에는 입에 들이대기까지 했다. 입에 닿았으니 먹을 수밖에 없었다.

내가 항의 섞인 시선을 보내면서 타코야키를 씹으니 카오루가 즐겁게 웃었다.

"후후. 하나 더 먹을래?"

내가 고개를 붕붕! 가로저었지만, 카오루는 이미 이쑤시개로 다른 타코야키를 찍었다.

"음."

"커헉."

두 번째도 다 먹지 못했는데 하나를 입 안으로 더 밀어 넣었다.

"후후후……."

카오루는 어쨌든 즐거운 듯했다. 눈빛이 짓궂은 아이 같았다.

"야야야, 꽁냥거리지 마!"

카오루가 하나 남은 타코야키에 이쑤시개를 꽂았다. 그런데 뒤에서 들려오는 목소리에 어깨를 흠칫 떨었다.

소스케가 교실에 들어와 나와 카오루를 번갈아 보고서 히죽거렸다.

"소스케. 고생했어."

겨우 타코야키를 삼키고서 내가 말하자 그가 한 손을 가볍게 들어 올리며 '고생했어' 하고 응답해줬다.

"미즈노 씨의 바텐더 차림을 보고 왔어. 너무 잘 어울리더라~. 너도 봤냐?"

"응, 어제."

나는 수긍하면서 살짝 미소 지었다. 역시 아이는 몸이 안 좋아진 동급생을 대신하여 투입된 듯했다. 자유롭게 날아다니는 것처럼 보여도 타인을 위할 줄 아는 구석이 있다.

"그래도 칵테일은…… 완전 그거더라?"

소스케가 어떻게 표현할지 고민하듯 눈을 돌리고서 말했다.

"레몬맛 탄산음료였어."

"후후, 맞아."

"색깔만은 노래서 예뻤지만."

"근데 눈앞에서 만들어서 주니까 재밌었…… 우읍."

말하던 도중에 입이 막혀서 나는 당황했다.

카오루가 노골적으로 언짢아하며 타코야키를 내 입에 쭉쭉 들이밀었다.

……눈앞에서 아이 이야기만 해서 삐쳤나?

조금 귀엽네, 하고 생각하면서 타코야키를 씹어 먹었다.

"아하하, 너희들은 진짜 사이가 좋네."

소스케가 말하면서 내 옆으로 다가오더니 오른쪽 어깨에 팔을 둘렀다.

"이제 곧 후야제네. 잘 부탁해."

나는 입을 벌릴 수가 없어서 고개만 끄덕였다.

소스케가 만족스레 수긍하고서 카오루 쪽을 봤다.

"오다지마도 부탁해!"

"응."

카오루가 끄덕이는 모습을 보고서 소스케가 나에게서 멀어졌다.

무심코 그의 손이 내 시야에 들어왔는데…… 손가락마다 반창고가 붙어 있음을 알아챘다.

왼손을 보니 검지와 중지 끝에도 반창고에 둘러져 있었다. 기타 프렛을 강하게 누를 때 사용하는 손가락이다.

분명…… 밴드 멤버들 중에서 그가 가장 열성적으로 연습했겠지.

"소스케."

나는 타코야키를 삼키고는 교실을 나가려고 하는 소스케

를 불러 세웠다.

"응?"

"……무조건, 성공시키자."

내가 말하자 소스케가 순간 어리둥절해하다가 이내 기쁜 표정으로 빙긋 웃고서 고개를 힘차게 끄덕였다.

"좋아!"

엄지를 척! 세우고서 소스케가 교실을 나갔다.

"그래…… 이제 곧 후야제구나."

카오루가 중얼거렸다. 나도 조용히 고개를 끄덕였다.

"……긴장이 좀 되는 것 같기도."

카오루가 그렇게 말해서 놀랐다.

그런 속내를 입 밖으로 잘 꺼내지 않는 사람인 줄 알았다.

조금이라도 긴장을 풀어주는 게 먼저일까? 아니면 타코야키를 입에 들이밀었던 앙갚음을 해주는 게 먼저일까?

"카오루의 목소리는 아름다우니까 괜찮아."

대놓고 골려대는 투로 말해 줬더니 카오루의 얼굴이 순식간에 빨개졌다.

"징그러!!"

"아하하."

카오루가 손수 만든 타코야키로 배를 조금 채우고서…… 그녀와 천천히 대화를 나누다 보니 어느새 한 시간이 지나가 버렸다.

그리고 오후 5시가 되니 교내에 폐회를 알리는 안내 방송이 흘러나왔다.

「현 시간부로 학원제를 종료합니다.」

안내 방송이 끝나자마자 교실에 남아 있던 모두가 박수를 쳤다. 다들 '고생했어!' 하고 이구동성으로 말했다. 나도 마찬가지로 동급생들끼리 격려했다. 복도에서도 박수와 환호성이 들려왔다.

……학원제가, 끝났다.

"순식간에 끝나 버렸네……."

내가 무심코 감상을 흘리자 카오루도 진심으로 고개를 끄덕였다.

"그러게."

두 달 넘게 준비했던 학원제가 끝나고…… 이제 남은 것은 후야제뿐이다.

어떻게든 연주를 성공시키고 싶었다.

그리고…… 소스케의 바람이 결실을 맺는 광경을 보고 싶었다.

그런 생각을 하고 있으니…… 불현듯 나고시 선배가 떠올랐다.

그 사람은…… 이번 학원제를 어떻게 보냈을까?

내 행동 범위가 좁은 이유도 물론 있겠지만…… 도중에 그녀와 한 번도 스친 적이 없었다.

어쩐지…… 그곳에 가면 만날 수 있을 것 같아서…… 나는 황급히 자리에서 일어났다.

"유즈? 체육관에 갈 거면 같이-."

"아니, 잠깐…… 화장실, 갔다 올게. 먼저 가."

내가 대답하자 카오루가 할 말이 있는 것처럼 입을 열었지만.

"……알겠어."

결국 순순히 수긍했다.

거짓말임이 들켰구나, 하고 생각했지만…… 그래도 눈을 감아줬으니 호의를 받아들이자.

나는 잰걸음으로 복도로 나와 교사 가장자리에 위치한 계단을 올라갔다.

그리고 옥상으로 향해…… 망설이지 않고 문을 열었다.

그곳에는 펜스에 기대어 하늘을 올려다보는 나고시 선배의 모습이 있었다.

그녀의 시선이 서서히 이쪽으로 향했다.

"오…… 너도 왔어? 보스 러쉬네, 그야말로."

선배가 농담투로 말하고서 '에구, 에구' 하고 어깨를 들먹였다.

"소스케도 왔다 갔습니까?"

나는 선배에게 천천히 다가가면서 물었다.

"왔다 갔어. 남자다운 얼굴로 진지한 표정을 지으며 다가와서 또 고백하는 줄 알았다니까."

선배는 여전히 시시덕거렸다.

"소스케는 뭐 하러?"

"음…… 후야제, 꼭 보러 와달라고 하더라."

나고시 선배가 등을 말아서 펜스에 몸을 기대려고 했다. 철망이 삐걱거렸다.

"영락없이…… 쳐달라고 말할 줄 알았는데 의외였어."

선배가 그렇게 말하고서 곁눈으로 나를 봤다.

"너, 그 녀석한테 무슨 소리 했어?"

선배가 묻자 나는 고개를 서서히 가로저었다.

"전, 아무 말도."

"……그래."

선배가 온도감이 모호한 말장구를 치고서 하늘을 올려다봤다.

"연주해 달라고 부탁하기도 하고, 들어 달라고 요청하기도 하고…… 그 녀석은 참 바쁘네."

"……반드시, 들어주세요."

나는 드디어 선배의 눈앞까지 다가와 말했다.

선배가 놀랐는지 입을 반쯤 벌린 채로 나를 쳐다봤다.

"소스케는…… 당신을 위한 '말'을 열심히 준비했을 겁니다."

나는 말하면서 소스케의 손가락에 붙어 있던 반창고를 떠올렸다.

그는 분명 일심불란하게 연습했을 것이다. 입으로는 선배의 마음을 움직일 수 없음을 깨닫고서 그녀에게만 닿을 '언어'를 습득하기 위해서 두 손이 상처투성이가 될 만큼 노력했다.

내 말을 듣고 선배가 코웃음을 쳤다.

"훗, 무대 위에서 고백이라도 할 셈? 그런 이벤트, 이미 겪어봤어."

선배가 그렇게 말하며 익살맞게 웃었지만…… 내가 아무 말 없이 진지한 얼굴로 쳐다보자 그녀의 표정도 바뀌었다.

그녀가 내 넥타이를 향해 손을 뻗었다. 그러고는 그대로 홱 잡아당겼다.

"……윽!"

앞으로 고꾸라질 뻔했지만 팔을 뻗어 펜스를 잡았다. 철 컹! 하고 소리가 났다.

바로 눈앞에 나고시 선배의 얼굴이 있었다. 얼굴과 얼굴이 맞닿을 것만 같은 거리였다.

바람이 휘잉 불어와 나와 그녀의 머리카락이 흔들렸다. 선배가 두 눈으로 나를 쳐다봤다.

"내게 말도, 음악도…… 의미가 없다고…… 네게 말했을 텐데?"

나는 대답할 말이 없었지만 그래도 어떻게든 의사를 표시하고 싶어서 고개를 살짝 끄덕였다. 서로의 코가 살짝 부딪쳤다.

"그렇지만…… 과거를 완전히 덮어버릴 수는 없어. 너희들의 들뜬 음악을 듣다가 추억을 잠시 떠올렸던 적도 있었지. 그게 내 마음을 얼마나 고통스럽게 했는지 넌 다 알 거야."

그래, 나는 알고 있다.

그녀가 일찍이 동경했던 육친과 언니라고 여겼던 여성을 잃고서…… 동시에 마음의 중심이었던 '음악'마저 상실했음을. 그리고 인생 속에 '개념'으로서 남아 있는 음악을 되도록 멀리하여 그녀는 스스로의 마음을 지켜왔다.

그럼에도…… 동시에 그녀는 자기 자신의 소중한 감정까지도…… 분명 계속 묻어두고 지내왔다.

그래서.

"……예."

내가 수긍하자 선배가 훗, 하고 코웃음을 쳤다. 그러나 눈매를 보니 전혀 웃고 있지 않았다.

그러나 왠지 싸늘하게 식은 것도 아닌 듯했다.

그녀의 눈동자가 계속 흔들렸다. 당혹해하는 듯, 무언가 답을 구하듯.

"그런데도…… 내게 들으라고 하는 거구나?"

선배가 그렇게 묻고는 지근거리에서 내 눈을 쳐다봤다.

그 눈동자 속에…… 당혹감보다도, 갈등보다도 더더더 깊은 곳에.

분명 소스케와 선배 자신이 원했던 답이 있는 듯했다.

"예."

나는, 고개를 끄덕였다.

"그래도…… 들어주세요."

내가 단호히 말하자 선배가 몇 초쯤 내 두 눈을 번갈아 보다가 고개를 천천히 떨궜다. 그녀의 코에서 숨이 서서히 뱉어졌다.

그리고 내 넥타이를 쥐었던 손이 느슨해졌다. 나도 마찬가지로 깊은 숨을 토해내면서 앞으로 기울어졌던 상체를 일으켰다.

"너희들은…… 잔혹해."

선배가 그렇게 말하고서 웃었다.

나도 희미하게 미소를 지어줬다.

"이렇게라도 하지 않으면…… 선배는 진심을 말해주지 못하니까."

"그런 걸 두고 협박이라고 하는 거야."

"협박은 피차일반이죠. 눈앞에서 팔을 그어 보이거나, 차고를 더는 쓰지 못하게 할 거라고 엄포를 놓거나……. 선배도 그런 소통밖에 하질 않잖아요."

"너희들이 건방져서 그래."

"선배는 고집쟁이입니다."

"내 마음은 바뀌지 않아."

"그래도 소스케는, 선배를 믿습니다."

내가 말하자 선배는 말을 가볍게 주고받는 것을 그만두고서 숨을 삼켰다.

"끝내 닿지 못할지라도…… 믿었다면 그 말은 결코 물거품이 되지 않아. 이뤄지지 않더라도 애달픈 마음으로 빌었다는 사실은 결코 사라지지 않아."

바람이 불고 있었다.

나와 선배의 머리카락이 강풍에 마구 헝클어졌다. 선배의 앞머리가 휘날릴 때마다 그녀의 신비로운 눈동자에 석양이 드리워졌다가 사라지면서 반짝반짝 빛나는 것처럼 보였다.

내가 뭘 할 수 있을지…… 줄곧 생각했다.

그리고 알았다. 결국 나는 이것밖에 할 수가 없었다.

내가 선배와 쌓아올린 것은 말 말고는 아무것도 없었다. 선배는 늘 장난치듯 굴었고, 나와 대화를 나눌 때도 별 에너지를 쓰지 않았음을 알았다.

선배가 과거를 들려줬던 건 우연히 내가 그 차고에 있던 전자 드럼을 쳤기 때문이었다. 그리고 스트레이 피시도 우연히 알게 되어 선배와 사지마 에스코 씨와의 관계를 눈치챘기 때문이었다. 그저 그뿐이었다. 내가 무슨 특별한 것을 이룩한 것이 아니었다.

나는 소스케처럼 선배의 '음악'을 모른다. 그리고 선배가 과거에 맛봤던 절망의 크기도 말만 듣고서 어림짐작할 수밖에 없는지라 그녀가 실제로 느꼈던 정도와는 동떨어져 있음을 잘 안다.

그래도…… 나는 두 사람과 대화를 나눴으니까.

소스케가 지닌 마음이 얼마나 순수하고 큰지 들었다. 그의 마음은 올곧아서 나는 그저 말을 듣기만 해도 그의 감정을 알 수 있었다.

선배는 늘 마음을 숨긴 채로 나와 대화를 나누지만……

가끔씩 그녀의 속내를 엿볼 수 있었던 순간이 있었고, 나의 서투른 드럼을 들으면서 몸을 흔들었던 선배의 표정을, 그 부드러움을 알고 있었다.

그러니…… 나도 그들이 했던 말에 대해 응답할 따름이다.

그것이 무언가를 직접 바꾸지 않아도 좋다. 누군가를 구하지 않더라도 좋다.

그래도…… 말을 섞는 것을 그만둬서는 안 된다.

마음이 통하지 않았더라도 이렇듯 마주하고서 말로써 대화를 나눴던 시간이 사라지는 것은 아니다.

대면하면서 말을 주고받았다는 것 자체가…… 아무에게도 보이지 않는 곳에서 뜻대로 되지 않는 현실을 조금이나마 바꿔 줄지도 모른다고 믿고 싶었다.

그래, 나도…… 바라고 있다.

"전…… 소스케의 염원이, 말이…… 선배한테 닿길 바랍니다."

이 여름이…… 소스케의 평생의 후회가 되지 않기를 바라고 있다.

그리고 소스케의 '말'이 나고시 선배의 마음에 드리워진 안개를 가르고서…… 그 밑바닥에 있는 감정을 그녀 자신이 깨달을 수 있게끔 해줬으면 좋겠다.

"아…… 그래!"

"아얏!"

선배가 갑자기 일어서더니 내 이마에 꿀밤을 먹였다. 인정사정도 없이 힘을 꽤 실었다.

"뭐…… 그렇게까지 말한다면 들으러 가줄게. 어차피 할 일도 없으니."

선배가 그렇게 말하면서 옥상 출입구까지 총총 걸어가더니 이쪽을 돌아봤다.

"딴 사람 챙기는 건 좋지만, 너도 드럼을 치잖아? 본 공연 때 긴장해서 실수나 하지 마라~."

그녀는 그 말만을 남기고서 손을 살랑살랑 흔들리면서 옥상을 나갔다.

선배는 늘 뺀질거리듯 말하지만…… 거짓말은 하지 않았다.

그러니 분명…… 후야제 스테이지를 보러 와줄 것이다.

"……좋아."

나는 두 손으로 뺨을 짝짝! 때리고서 하늘을 올려다봤다.

줄곧 학교 안에 있어서 날씨 따윈 신경 쓰지 않았는데…… 하늘이 상쾌할 만큼 맑았다.

눈을 꿰뚫듯 곧장 내려쬐는 석양을 향해 실눈을 뜨면서 심호흡을 했다.

"해보자."

나는 작게 중얼거리고서 옥상을 떠났다.

이제는…… 나의 연주를 해낼 뿐이다.

소스케가 우리에게 함께 밴드를 하자고 권해준 이유는 물론 나고시 선배의 베이스를 다시금 듣고 싶다는 바람도 있겠지만…… 분명 함께 추억을 만들자는 측면도 크겠지.

그런 기분이 허사가 되지 않도록…… 열심히 치자.

그렇게 결심했다.

EP.15 [15장]

A story of love and
dialogue between
a boy and a girl with
regrets.

"나고시 리사 씨! 좋아합니다!! 저랑 사귀어 주세−요!!!!"

그 외침에 행사장이 들끓었다.

외친 사람은 2학년 남학생이었다. 얼굴도 모르는 선배.

환호성과 손가락 휘파람이 울리는 중에 스포트라이트가 체육관 안을 더듬듯 움직였다.

그리고 체육관 가장 뒤쪽에서 스윽 일어서는 실루엣을 발견하고는⋯⋯ 불빛이 그곳을 비췄다.

나고시 선배였다.

선배는 쓴웃음을 지으면서 조명을 받고 있었다.

그리고⋯⋯ 두 손을 머리 위로 들어올려 'x' 마크를 만들었다.

"아아~!"

행사장이 술렁거렸다. 커플이 성립하지 않았다.

"선배, 불량하다는 소문이 나도는데 인기가 많네."

왼쪽에 앉아 있던 소스케가 쓴웃음을 지었다.

"멋있으니까."

내가 말하자 소스케도 수긍하고는 눈빛이 조금 아련해졌다.

"맞아, 멋있어."

나는 곁눈으로 보고서 다시 스테이지 위에 있는 2학년 남학생 쪽으로 시선을 돌렸다.

"저, 아직 포기 안 했습니다–!!"

그렇게 외치면서 스테이지에서 빠져나가는 그를 향해 커다란 박수가 쏟아졌다.

후야제가 시작됐다. 지금 「나, 마음속의 외침」이라는 옛날 인기 방송을 모방한 고백 코너가 진행되고 있었다. 일단 무엇을 외치든 상관없지만, 대부분의 내용이 이성에게 바치는 고백이었다. 이미 커플 몇 쌍이 성립돼서 행사장이 크게 들끓었다.

뭐라고 해야 할까. 정말로 '축제' 같은 느낌이라서 나도 조금 들뜬 기분으로 즐겼다.

단상에서 30분 넘게 고백이 이어진 뒤…… 다음 코너인 '미스 콘테스트'로 넘어갔다.

미스 콘테스트는 2학년 이상의 여학생이 참가할 수 있지만 –일단 남학생도 입후보할 수 있다고 하지만, 대부분 다른 사람들을 웃기려는 익살스러운 남학생이 출전한다고 한다– 대체로 각 반마다 한 명씩 '귀엽다!' 추천받은 여학생이 단상에 올라가 짧게 어필한 뒤에 관객들의 투표를 받아서 올해의 '미스'를 선발한다고 한다.

선배들은 자신의 분위기에 맞춰서 사복을 입고서 화장까지 했다. 모두가 상당히 열의를 쏟는 행사인 듯했다. 뒤에 있는 사람도 볼 수 있도록 카메라맨을 맡은 학생이 맨 앞줄에서 비디오로 촬영한 영상을 투사하는 특대 프로젝터가 스테이지 옆에 설치되어 있었다.

다들 세련되고 귀여운 사람들뿐인데…….

오른쪽 옆을 힐끗 훔쳐보니 아이가 즐거운 표정으로 스테이지 위를 보고 있었다.

후야제는 반끼리 모여야 하는 의무가 딱히 없기에 아이는 당연하다는 듯 내 옆에 다가와 행사를 즐겼다.

스테이지에서 이쪽으로 새어 나오는 조명이 어둠 속에서 아이의 얼굴 윤곽을 또렷하게 드러냈다. 불빛이 눈동자에 반사하여 반짝였다.

예쁘구나…… 싶었다.

단상에 나오는 그 어떤 여학생보다 아이가 더 귀엽다. 절대로 입 밖으로 내뱉지는 못하겠지만, 그렇게 생각했다.

불현듯 아이의 시선이 이쪽으로 움직였다. 그리고 고개를 갸웃거렸다.

"응?"

"아, 아냐…….""

너무나도 쑥스러운 생각을 하던 차에 눈을 마주쳐서 나는 우물쭈물거렸다.

"왜 그래?"

행사장이 시끌벅적해서 서로의 목소리가 잘 들리지 않았다. 아이가 일부로 내 귓가에 입을 가까이 대고서 물었다.

나는 두근거리면서…… 마찬가지로 아이의 귓가에 입을 가져갔다.

"내년에…… 분명 아이는 미스 콘테스트에 참가할 거라고 생각했어."

내가 말하자 아이가 놀랐는지 나에게서 얼굴을 확 떼고는 이쪽을 물끄러미 쳐다봤다.

그리고 다시 내 귓가에 다가왔다.

"그거…… 귀엽다고 말해준 거지?"

대놓고 물어보니 나는 고개를 끄덕일 수밖에 없었다.

"그런 셈이지."

내가 대답하자 아이가 간지럽다는 듯 키득키득 웃었다.

그리고 조금 짓궂은 표정을 지으면서 아이의 오른쪽 옆에 앉아 있던 카오루의 팔을 확 잡아당겼다. 스테이지에 푹 빠져 있던 카오루가 크게 놀란 얼굴로 아이와 나를 번갈아 쳐다봤다.

"뭐야!"

카오루가 들끓는 행사장의 소음에 묻히지 않도록 큰소리로 따지자 아이가 대답했다.

"내년에 카오루 짱이랑 같은 반이 되면! 누가 미스 콘테스트에 나갈 것 같아?!"

아이가 나를 보면서 묻는 말에 엄청나게 난처해졌다.

아이는 재밌다는 얼굴로 싱글벙글 웃고 있고, 카오루는 실눈으로 나를 쳐다봤다.

아이는 아주 예쁘다.

카오루는…… 굉장히 귀엽다. 더욱이 사복 차림이 아주

멋지다는 걸 잘 안다.

누가 출전할 것 같으냐고 물어본들…… 정말로 잘 모르겠다.

"그걸, 내가 어떻게 알아!"

내가 대답하자 아이가 '아하하!' 하고 웃었고, 카오루는 조금 불만스러운 표정으로 나에게서 눈을 돌렸다. 노골적으로 실망한 눈치였다.

누가 왼쪽에서 등을 툭! 밀었다. 놀라서 돌아보니 소스케였다. 소스케는 내 등에 손을 대고서 몸을 앞으로 내밀었다.

"나! 같은 반이 된다면 미즈노 씨를 추천할 거다! 어떤 여자애가 있든 무조건 밀 거야!"

아이가 눈을 동그랗게 뜨고서 소스케의 말을 들었다.

그러다가…… 조금 창피한지 눈을 이리저리 굴리다가.

"고마워!"

수줍어하며 웃었다.

나는 그 표정을 보고서 가슴이 철렁했다.

아이도…… 정면에서 칭찬을 받으면 그런 식으로 수줍게 웃는구나, 하고 새삼 깨달아서였다.

소스케는 언제나 올곧아서 기분 좋게 대화를 나눌 수 있는 녀석이다. 그런 부분을 좋아한다.

그래도 내가 아이와 '커뮤니케이션을 착실히 쌓아가고 싶다'라는 이유로 언제까지고 지지부진하게 친구 관계를 지속해나간다면…… 어쩌면 그녀의 마음이 소스케 쪽으로 쏠릴지도 모르겠다.

지금은 아이의 호감이 직접적으로 전해지기에 나도 차분히 행동하고 있지만…… 그것은 그녀의 그런 부분에 과하게 의지하고 있을 뿐이다.

소스케는 그 나름대로 자신의 연애에 일직선이다. 진지하다.

나도…… 나 자신의 '인간관계'를 진지하게 자각해야만 한다고 생각했다. 그리고 그 '인간관계' 안에는 당연히 카오루도 들어 있다.

"그럼 난 카오루한테 투표할까!"

내가 말하자 세 사람이 동시에 '어?' 하고 의아해했다.

"내게는 두 사람 모두 우위를 가릴 수 없을 만큼 매력적이라서…… 소스케가 추천하지 않은 쪽을 밀 거야! 그럼 반 친구들이 던진 표가 깔끔하게 양분돼서 평등해지겠지!"

내가 반쯤 농담으로 말하자 카오루의 표정에 여러 감정들이 뒤섞였다. 한순간 수줍어하듯 입가를 풀었다가 이내 눈에 힘을 꽉 주고서 입을 확 열었다.

"우유부단!!

"둘 다 응원하고 싶으니까!"

"그걸 우유부단하다고 하는 거야!!"

소스케와 아이는 우스운지 깔깔 웃었다.

그래, 나는…… 우유부단하다.

나는 너무나도 소중한 두 '친구' 사이에서 흔들리고 있다.

과거로부터 쫓아온 사랑과 다시 마주해야 할지, 그게 아니면…… 새롭게 생겨난 인연을 쫓아 친구 관계에서 연인 관계로 나아갈지.

나는 관계성의 소용돌이 속에 빠진 채로 무엇을 우선해야 좋을지 알 수가 없었다.

아이를 좋아한다. 그러나 예전처럼 서로를 향한 동경만으로 맺어지고 싶지 않았다. 모처럼 재회했으니…… 서로 착실히 말을 쌓아서 후회 없는 관계를 구축하고 싶었다.

그리고…… 카오루도 소중한 친구로서 좋아한다. 그녀가 나를 '이성으로서' 좋아하고 있음을 안다. 언젠가 내가 그녀를 그런 식으로 여기게 될 날이 올지는 모르겠다. 그래도 그녀가 원한다면…… 진심으로 그녀와도 마주해야만 한다. 어떤 결론을 내리든 간에 대화를 그만둔다면 후회만이 남는다는 걸 잘 안다.

"어이, 유즈루. 분명…… 내년 문화제, 순식간에 온다?"

소스케가 내 쪽으로 몸을 살짝 기울고서 말했다.

……그가 무슨 말을 하고 싶은지 알고 있었다.

"그러게."

나는 진지하게 수긍했다.

시간은 시시각각으로 흘러간다. 그리고 그 시간의 흐름 속에서 나는 소중한 사람들과 수많은 대화를 나누게 되겠지.

대화를 거듭하면 관계성도, 마음도 바뀌어 간다. 그것을 멈출 수는 없었다.

언제까지고 같은 지점에 서서 계속 고민만 하고 있을 수는 없었다.

"나는…… 네가 망설이는 사이에도 진지하게 연애하려고 할 테니까."

"……알아."

소스케는 모든 것을 다 꿰뚫어 본 듯했다.

카오루가 고백했음을 소스케에게 말하지는 않았지만…… 그는 분명 나와 그녀의 관계가 조금씩 바뀌고 있음을 눈치챘겠지.

그리고…… 그럼에도 내가 아이에게 계속 끌리는 것도 잘 알고 있다.

흘긋 소스케를 보니 그도 마찬가지로 나를 곁눈으로 보고 있었다. 입꼬리를 씨익 올리고 있다.

나는 그의 옆구리를 툭 찌르고서 말했다.

"충고 고마워! 그보다 지금은 밴드가 우선이지."

"그러게…… 이제 코앞이야."

"준비는 완벽해?"

"아니, 전혀. 그래도 힘껏 할 거야."

소스케가 어깨를 들먹이고서 그렇게 대답했다. 그는 이미 단단히 결심했다. 긴장한 기색은 보이지 않았다. 이 순간에 긴장을 완전히 숨길 수 있을 만큼 각오를 굳힐 수 있다니 멋지다고 생각했다.

계속 진행되는 미스 콘테스트를 바라보면서…… 나는 조

금씩 긴장이 고조되어 가는 것이 느껴졌다.

× × ×

"좋아, 그럼! 이제는 전력을 다할 일만 남았네!"

무대 뒤에서 기타 스트랩을 어깨에 메면서 소스케가 빙긋 웃었다.

지금 스테이지 위에서 경음악부가 연주를 하고 있다. 우리보다 치밀한 연주가 들렸다.

"나 참…… 위원회도 순서를 제대로 고려했어야지. 왜 경음악부가 먼저냐고."

소스케는 입술을 삐죽 내밀면서도 즐거워하는 표정으로 스테이지 쪽을 쳐다봤다.

"아~! 긴장돼!"

아이가 불안한 표정으로 제자리에서 발을 동동 굴렀다.

"미즈노 씨, 서로 맞춰 봤을 때 실수 안 했잖아. 괜찮아."

소스케가 아이에게 가볍게 웃어줬다. 아이가 '고마워' 하고 고개를 끄덕였지만, 긴장이 가시지 않았는지 두 손을 맞대고서 비볐다.

그 옆에서 카오루는 우뚝 서 있었다. 무표정했지만…… 어쩐지 굳어 있는 듯했다.

"카오루, 긴장했어?"

"하는 게 당연하잖아."

"그렇구나. 나도 그래."

내가 말하자 카오루가 나를 힐끗 째려봤다.

"그게 무슨 위로야."

"괜찮아. 무조건 내가 더 많이 실수할 테니까."

"실수하기 없기."

"즐겁게 하면 돼. 게다가…… 카오루의 노래는 정말로 아름다우니까. 분명 크게 호응해 줄 거야."

"맞아, 맞아! 자신감을 가져!"

아이가 카오루의 두 어깨에 손을 툭! 올려두자 그녀가 고개를 연신 끄덕이고는 드디어 포커페이스를 풀고서 심호흡을 시작했다.

경음악부 연주가 끝나고 박수가 울렸다.

심장이 쿵쾅쿵쾅 뛰었다. 가슴에 손을 대지 않아도 알 수 있을 정도였다.

팔다리가 찌릿찌릿 마비된 것 같은 감각이었다. 두 손으로 스틱을 꾸욱 쥐고서 그 감촉을 확인했다.

경음악부 부원들이 스테이지 뒤로 물러났다. 미스즈 선배가 소스케에게 손을 가볍게 흔들고서 생긋 웃었다.

"행사장은 따끈하게 데워뒀어."

"난감한데요? 너무 뜨거워서."

소스케가 그렇게 말하자 미스즈 선배가 웃으면서 오른손을 불끈 쥐고서 앞으로 내밀었다. 그도 마찬가지로 주먹을 뻗어 가볍게 맞부딪쳤다.

소스케가 미스즈 선배를 따라 무대 뒤로 돌아온 유시마 군에게 말했다.

"바로 이어서 연주인데 괜찮겠어?"

"얕잡아 보지 마."

"하하, 센데? 부탁해."

소스케가 유시마 군의 등을 찰싹 때리자 그는 성가시다는 표정으로 입을 일그러뜨렸다. 그러나 왠지 싫지만은 않은 눈치였다.

미스즈 선배의 시선이 나에게로 향했다.

"유즈루, 긴장하고 있네?

선배가 히죽 웃으면서 다가와 내 등을 찰싹! 때렸다.

"넌 가장 진지하게 연습했으니까 괜찮아. 실력이 정말로 많이 늘었어."

선배가 그렇게 말하고서 부드럽게 미소 지었다.

"멋진 모습을 보여주라고."

"……예. 열심히 하겠습니다."

"음, 좋아."

선배가 고개를 끄덕이자마자 행사 사회자가 안내하기 시작했다.

「다음은 또다시 밴드 그룹!! 무려 프레쉬한 1학년들만으로 구성됐다고 합니다! 어떤 연주를 들려줄지 기대해주세요!」

사회자가 이쪽을 돌아봤다. 소스케가 그 시선에 고개를 끄덕여줬다.

「그럼 한바탕 즐겨볼까요!!」

사회자 학생이 그렇게 외치자마자 행사장에서 박수가 울렸다.

우리는 선두에 선 소스케를 따라서 스테이지에 나갔다.

무대 뒤에서 나가자 시야가 확 트이더니…….

"우와아……."

무심코 감탄이 작게 새어 나왔다.

행사장에 앉아 있는 학생들의 얼굴이 조명을 반사하여 뿌옇게 빛났다. 수많은 사람들이…… 보고 있었다.

긴장이 최고조에 달했다.

드럼 의자에 앉으려는 순간, 손에서 힘이 풀려 스틱을 떨어뜨리고 말았다.

깡! 깡! 드르르르르륵…….

커다란 소음이 들리자 행사장이 들끓었다. '야, 괜찮냐~!' 하고 야유가 날아들었다.

나는 얼굴을 붉히면서 황급히 스틱을 주웠다.

자기 위치에 선 다른 멤버들과 한 사람씩 눈을 마주쳤다.

유시마 군과 아이, 카오루…… 그리고 소스케.

소스케가…… 일부로 입꼬리를 씨익! 올렸다.

아아…… 멋있네.

긴장이 사악 풀려나가는 것이 느껴졌다. 역시 이 밴드의 연주는 기필코 성공시켜야만 한다. 그리고…… 저 최고로 멋진 친구의 대승부를 위해서 밑바탕을 깔아주는 거다.

그렇게 되면…… 분명 우리에게도 잊을 수 없는 추억이 남으리라 확신했다.

친구를 위해서…… 그리고 나를 위해서.

수개월 동안 쌓아온 연습과 감정을…… 전부 꺼내겠다.

나는 고개를 들고서 스틱을 높이 쳐들었다.

그러고는 그것을 탁탁 맞부딪쳤다.

"원 투 쓰리……!"

초장부터 필-인 파트였다. 긴장해서 손끝 감각이 불안정했지만, 생각 이상으로 소리가 날카롭게 잘 나서 놀랐다. 여태껏 쳐본 것 중에서 가장 기분 좋은 소리로 연주를 시작했다.

소스케의 기타, 그리고 유시마 군의 베이스가 한데 어우러졌다.

행사장이 환호성으로 들끓었다. 다함께 신바람을 낼 수 있도록 소스케가 유명한 노래를 선곡했다. 다들 곡명을 알기에 뜨겁게 호응해 준 거겠지.

아이가 리듬에 맞춰서 즐겁게 몸을 좌우로 흔들었다. 방금 전까지 긴장된다고 말했던 당사자가 맞나 싶을 만큼…… 자연스럽게 무대에 녹아들었다.

그리고 마이크 앞에 선 카오루는…… 미동도 하지 않고 그곳에 서 있었다. 그래도…… 역시 아까 전까지 긴장했던 모습과는 조금 달랐다.

뒤에 있어서 표정은 전혀 보이지 않지만…… 뭐라고 해야 할까, 그 뒷모습에서 존재감이 느껴졌다.

아아, 분명 괜찮겠구나 싶었다.

인트로의 마지막 소절이 끝나자 카오루가 숨을 스읍……
들이마시는 소리를 마이크가 포착했다.

「밤이 오면 아침의 기억을 잊어버리는 거니?」

카오루가 그렇게 노래를 부르자마자 한순간…… 정말로
한순간 행사장이 고요해진 것 같았다.

그리고 행사장에서 비명 같은 환호성이 터져 나왔다. 여
자들의 카랑한 목소리, 그리고 남자들의 낮게 깔린 환호성.
기대를 웃도는 노랫소리에 들끓었음을 알 수 있었다.

소스케가 즐거운 듯 웃는 모습이 보였다. '거봐' 하고 으스
대는 것 같은 표정이었다.

곡이 점점 진행되니 긴장이 풀리는 느낌이 들었다. 연습
대로 치고 있다는 안도감, 그리고…… 우리의 연주를 수많
은 사람들이 듣고 있다는 고양감이 신기하게도 손을 가볍게
해줬다.

몸이 붕 떠오른 것 같은 감각이었다.

그렇구나…… 연습해 왔던 거구나. 이 순간을 위해서……
줄곧.

카오루가 절정부를 다 부르자 연주가 아직 끝나지 않았는
데도 행사장에서 커다란 박수가 일었다. 다들 펜라이트도

없는데 손을 들고서 좌우로 크게 흔들었다.

축제다. 우리가 축제의 중심이 되어…… 지금 이 커다란 에너지를 폭발시키고 있다.

줄곧 필사적으로 연습하느라 미처 몰랐다.

음악이 이토록 흥분되는 일임을 나는 지금 이 순간까지 몰랐다!

"하핫……."

저도 모르게 웃으면서 드럼을 치고 있었다.

첫 연습 때는 '언제 끝나나' 하고 생각할 만큼 길게 느껴졌던 곡이 순식간에 끝났다.

사소한 실수가 있긴 했지만…… 리듬을 어그러뜨리지 않고 연주해 내서 안도했다.

사회를 맡은 학생이 무대 뒤에서 달려 나와 소스케에게 마이크를 건넸다.

「어…… 최고의 동료들과 첫 번째 곡을 쳤습니다. 이 곡은 다들 알죠? '아침에 내린다'였습니다! 」

소스케가 주눅 들지 않고 당당하게 소개하자 다시 박수 소리가 행사장을 감쌌다.

「같은 반 여자애한테 '나, 기타 친다'라고 말했더니 '거짓말!'이라고 해서 마음에 담아뒀거든요. 어이, 나 제대로 칠 줄 알지!!」

소스케가 외치자 같은 반 여학생들이 '미─안!!' 하고 외치는 소리가 들렸다. 행사장이 웃음에 휩싸였다.

「어…… 정말로 즉흥적으로 급조한 밴드지만…… 특히 드럼을 쳐준 아사다 유즈루가 열심히 해줬습니다! 이 녀석, 여름방학 전에는 드럼을 한 번도 쳐본 적이 없었다니까! 엄청 대단하지!!」

소스케가 관객들이 박수를 치도록 유도했다. '아사다-!!' 하고 외치는 소리가 들렸다. 나는 창피해져서 고개를 꾸벅꾸벅 숙였다.

「그리고 같은 반인 오다지마 카오루!! 노랫소리가 끝내주죠!! 프로를 꿈꿔도 되겠어!!」

남자들이 폭발적으로 환호성을 보냈다. 나는 무심코 웃고 말았다. 가뜩이나 카오루는 남자들 사이에서 은근히 인기가 많았다. 앞으로는 인기를 더 끌겠구나…….

「미즈노 아이 씨!! 키보드를 정말 잘 쳐!! 게다가 엄청 귀엽기까지!!」

소스케가 흥을 이끌어내면서 멤버들을 소개해 나갔다. 역시 대단하구나 싶었다.

아이가 에헤헤, 하고 웃어 보이자 '귀여워-!!' 하고 관객들이 외쳤다.

「그리고 경음악부에서 도우미로 와준 유시마 군!! 연달아 연주를 했는데도 여전히 쿨하다니까!!」

행사장이 끓어오르든 말든 유시마 군은 무표정하게 서있었다. 이런 때조차 감정을 엿볼 수가 없다니 일종의 재능이라고 생각했다. 그럼에도 불쾌해하지 않는다는 것만은 전해지니 참 신기했다.

「그럼 멤버들 소개를 마쳤으니…… 두 번째 곡 갑니다! 우리의 연주는 이것으로 끝! 마지막까지 신나게 즐겨줘!!」

소스케가 외치고서 사회자에게 마이크를 돌려줬다.

그리고 이내 무대 뒤편으로 물러나려는 사회자에게 달려가 마이크를 빼앗았다.

「두, 두 번째 곡은 '분주한 라이엇'입니다! 곡 소개를 깜빡했어!」

어수룩한 일면도 보여주자 행사장이 확 들끓었다.

나는 긴장감에서 완전히 해방되어 아까보다 더 둥실둥실한 기분으로 스틱을 머리 위로 올렸다.

"원 투 쓰리 포-!"

이번에는 드럼의 필-인부터 시작하지 않으므로 나는 포 카운트까지 스틱을 확실히 쳤다.

기타의 아르페지오부터 시작하여 뒤쫓듯이 베이스가 어우러졌다. 키보드도 섞이면서 복잡한 리듬을 형성했다.

행사장에서 '오오-!' 하는 환호성이 커졌다.

나도 타다당! 하고 필-인부터 시작하여 리듬을 따라갔다. 연습 초창기에는 이 부분에서 고전했다. 이미 리듬을 형성한 기타와 베이스에 맞추려고 하니 손이 자꾸 꼬였다. 그러나 미스즈 선배가 '드럼은 당당히 들어가! 리듬은 다른 멤버들이 맞추면 되니까!' 하고 계속 지적해 줘서 겨우 익숙해졌다. 본 공연 때도 잘 파고들어서 가슴을 쓸어내렸다.

첫 번째 곡보다 템포가 빠르고 격렬한 곡이다. 행사장에서 관객들이 박자에 맞춰서 치는 박수가 점점 커져갔다.

카오루의 목도 첫 번째 곡을 부르고서 제대로 달궈졌는지 떨리지 않고 목소리를 힘차게 쭉 뻗어냈다.

즐겁다.

마냥 즐거웠다.

흥이 오른 행사장의 열기에 전도된 듯 우리의 연주도 점점 뜨거워져 갔다.

그 상승효과가 정말로 기분 좋아서 실수할까 조마조마하던 마음도 이미 사라져 버렸고…… 막상 그런 마음을 먹으니 신기하게도 실수를 전혀 하지 않게 됐다.

고개를 들면 이따금씩 다른 멤버들과 눈을 마주쳤다.

소스케는 입꼬리를 씨익 올렸고, 아이는 즐겁게 눈웃음을 지었으며, 유시마 군은 무표정하게 몇 초쯤 눈을 마주쳐 줬다. 카오루만은 마이크 스탠드가 고정되어 있어서 이쪽을 돌아보지 않았지만…… 어째선지 다른 멤버들과 마찬가지로 밴드 전체를 의식하고 있음을 알 수 있었다. 그녀의 노랫소리가 밴드의 소리와 한데 어우러져 하나의 그루브를 만들었기 때문인지도 모르겠다.

지금 우리는 말 한 마디 섞지 않고도…… 같은 감정을 공유하고 있음을 알았다.

소스케가 했던 말을 이제야 이해한 듯했다.

그렇구나…… 이것도 대화야.

우리는 같은 언어를 사용하기 위해서, 그리고 그 온도를 공유할 수 있도록 줄곧…… 연습했다.

곡이 종반부에 접어들었다.

곧…… 끝나고 만다.

결코 짧지 않은 기간 동안 연습했는데도 막상 선보이는 시간이 되니 눈앞이 핑핑 돌 만큼 빠르게 스쳐 갔다.

그래도 신기하게도 섭섭하지는 않았다.

이토록 짧은, 한순간이라고도 할 수 있는 시간을 위해서 지금껏 수많은 땀을 흘렸다고 생각하니…… 그 시간들이 통째로 사랑스러웠다.

끝나고 만다. 그러나…… 끝내기 위해서 계속해 온 것이다.

눈물이 나올 것 같았지만 참았다. 감정이 고조됐다.

손끝이 흔들려서 스네어의 가장자리를 때리고 말았다. 원래와는 다른 캇! 하는 소리가 났지만, 신기하게도 동요하지 않았다. 이만한 실수로 한창 뛰어대는 리듬을 깨뜨릴 수는 없음을 잘 알고 있었다.

카오루의 마지막 가사를 음악에 실어 보내자 아웃트로에 진입했다.

아웃트로도 순식간에 진행되었고…….

드디어 마지막 소리가 멎었다.

와아아아! 하는 환호성이 터졌다. 박수와 휘파람이 되울려서 음량이 요란했다.

짝짝 쳐대는 박수가 점점 일정한 리듬을 이뤄나갔다. '짝!

짝! 짝! 짝!' 하고 치는 그 4박자 리듬이 '앵콜'을 원하는 뜻임을 알았다.

소스케가 우리를 돌아보고서 딱 한 번 고개를 끄덕였다.

우리도 고개를 끄덕여 주고서 무대에서 물러났다.

무대 뒤편으로 들어가니 미스즈 선배가 기다리고 있었다.

그녀가 나에게 달려와 그대로 끌어안았다!

"우와아?!"

"잘했어!! 최고!! 이제 경음악부에 들어 와버려!!"

"가, 감사합니다……?!"

미스즈 선배가 나를 안은 채로 뿅뿅 뛰었다.

"진짜, 연습 수고했어. 끝까지 당당히 치다니 대단해, 유즈루."

"선생님이 유능해서."

"음후후, 기특한 소리를 다 해주네."

선배는 다른 멤버들도 돌아보고서 박수를 짝짝 쳤다.

"다들 정말로 좋은 연주였어! 고생했어!"

미스즈 선배가 그렇게 말하자 아이와 카오루가 조금 겸연쩍어하며 감사를 표했다. 유시마 군은 여전히 무표정했다.

연주가 끝나고 흥분도 채 식지 않았지만…… 나는 미스즈 선배가 등에 짊어지고 있는 것이 마음에 걸렸다.

"저기…… 선배 그거."

내가 말하자 미스즈 선배가 '아' 하는 소리를 흘리며 당황했다.

"맞아. 농땡이를 부릴 때가 아냐."

선배가 발을 동동 구르는가 싶더니만…… 갑자기 진지한 표정을 스윽 지었다.

"나도 해야만 할 일을 해야지."

"예?"

"자, 서두르지 않으면 소스케의 연주가 시작될 거야. 너희들도 얼른 관객석으로 가!"

선배가 그렇게 말하고서 문을 열고서 종종걸음으로 체육관 쪽으로 나가버렸다.

「여러분, 박수 고마워! 하지만 최고의 밴드 멤버들이랑 준비한 곡은 아까 그게 마지막이라서…… 이제는 내 솔로 연주를 보여주려고 해!」

소스케가 소개를 시작했다.

"서두르자."

우리도 급히 문을 열고서 체육관으로 나갔다.

적당히 빈 공간에 앉아 스테이지를 올려다보니…… 그 한가운데에 소스케가 서있었다.

「음…… 예, 제겐 음악의 즐거움을 알려줬던 사람이 있습니다.」

소스케가 미소를 지으면서 진지하게 말했다.

조명이 비추는 그 모습은 반짝반짝 빛나는 듯 보였다.

힘내라.

마음속으로 염원했다.

「전 어린애라서 그 사람의 음악을 줄곧 잊을 수가 없었습니다. 아니, 지금도 잊지 못합니다! 어떻게든 다시 듣고 싶어서 끈질기게 달라붙었고 대단히…… 난처하게 했습니다.」

방금 전까지 흥겨웠던 행사장이 고요해졌다.

모두들 소스케의 이야기에 귀를 기울였다.

「근데…… 곰곰이 생각해 봤더니 제가 그 사람한테서 받은 건 말이 아니라 음악이었습니다. 음악만 듣고서 전 그 사람한테 푹 빠졌고…… 음악에도 푹 빠졌습니다. 그래서…….」

소스케가 그 대목에서 고개를 들고서 힘차게 빙긋 웃어보였다.

「저도…… 그러려고 합니다. 그 사람이 '남긴' 음악을…… 제 안에 남아 있던 그 음악을 목숨 걸고 쳐보겠습니다. 들어주세요!!」

마지막에 소스케가 큰 소리로 말하고서 주먹을 힘껏 쳐올리자 행사장이 박수에 휩싸였다.

그 박수에 많은 기대가 담겨 있음을 알았다.

그야 그렇겠지. 이토록 시적으로 소개를 한 뒤에 어떤 음악이 튀어나올지…… 궁금하지 않을 리가 없다.

소스케는 숨을 한번 고르고서 기타 줄을 현란하게 튕기기 시작했다.

"와……."

무심코 소리가 새어 나왔다. 행사장도 술렁였다.

아까 전까지 쳤던 곡에서는 선보이지 않았던 고속 아르페지오.

그건 격렬하게 힘차고⋯⋯ 동시에 어딘가 위태로웠다.

아르페지오에서 시작한 뒤 이번에는 커팅으로 넘어갔다. 기본적인 리듬으로 바뀌었지만, 코드가 어지러울 정도로 수시로 바뀌었다. 테크니컬한 곡인 것 같았다.

그리고⋯⋯ 명백히 기술이 쫓아가지 못하고 있음을 초보자인 나도 알았다.

그러나 소스케는 고통스러운 표정을 일절 짓지 않고 자신만만한 얼굴로 기타를 계속 쳤다.

행사장에서 관객들이 박자에 맞춰 박수를 치기 시작했다. 왠지 그를 응원하는 것 같은 따뜻한 감정이 실려 있는 듯했다.

뭐지⋯⋯.

뭐지, 이 기분은.

아까까지만 해도 우리는 매우 '즐겁게' 연주했다. 서로 그렇게 느끼고 있음이 전해졌다.

그러나 지금 소스케의 연주는⋯⋯ 절실했다.

이따금씩 실수하는 게 보였다. 음이 명확히 탁해지는 순간이, 리듬이 흐트러지는 순간이 훤히 들렸다.

그래도⋯⋯ 그 소리를 듣고서 '서투르다' 같은 생각은 들지 않았다.

내가 초보자라서⋯⋯ 그런 게 아니라.

그의 음악에서 전해졌다⋯⋯. 무언가 절실한 감정⋯⋯ 그것만은 전해졌다.

위태로운 연주 속에서 거대한 '의지'가 느껴졌다.

"힘내라…… 소스케……."

나는 중얼거렸다.

힘내라.

더 외쳐줘.

만족할 때까지 실컷 외쳐줘.

그렇게 생각했다.

나는 소스케가 외치는 감정의 정체가 무엇인지 모르겠다. 나는 이해할 수 없는 언어로 그는 말하고 있었다.

그녀에게는…… 전해지고 있을까?

소스케가 지금 말을 거는 상대에게는…… 그의 말이 제대로 닿고 있을까?

닿았으면 좋겠다.

오로지…… 그렇게 생각하면서 나는 기도하듯 소스케의 연주를 들었다.

×　×　×

"아- 아-. 즐겁게 연주하네, 뭐……."

체육관 가장 뒤편, 벽에 기댄 채로 나는 안도의 밴드가 연주하는 음악을 듣고 있었다.

처음에는 긴장해서 뒤뚝거렸던 아사다의 드럼도 멤버들

끼리 호흡이 맞기 시작하면서 점점 경쾌하게 바뀌었다. 두
번째 곡에 들어갔을 즈음에 그의 드럼은 완전히 '신난 것처
럼' 소리를 냈다.

"……닮았네…… 정말로……."

흥겨운 행사장 속에서 아무에게도 들리지 않는 목소리로
나는 중얼거렸다. 그러자 가슴 속이 꾸욱 욱신거렸다.

마냥 즐겁다. 그런 감정이 음악에 실려서 울렸다.

넌…… 음악을 할 때도 수다쟁이구나.

아사다에게서 눈길을 돌리고서 안도를 봤다.

그는 직전에 옥상까지 올라와…… 결연한 표정으로 말
했다.

「저…… 음악으로, 선배한테 마음을 전하겠습니다. 그러
니 반드시 들으러 와주세요.」

소스케가 그런 식으로 말하고, 아사다도 신신당부를 했
기에…… 무시하려니 양심이 아팠다. 후야제는 자유 참가
라서 그냥 돌아갈까도 생각했지만.

즉석 밴드가 이토록 호흡이 잘 맞는 광경을 보니…… 왠
지 감개무량했다.

아사다가 우리 집 차고에서 필-인을 한창 연습했을 즈음
에는…… 능숙한 안도가 아사다의 드럼에 맞춰졌는데. 지
금 두 사람은 연주 중에 미소를 주고받을 수 있을 만큼 호흡

이 척척 맞았다. 그 둘뿐만이 아니라 밴드 전체가 하나의 소리를 내고 있음을 알았다.

정말로…… 잘하네, 하고 생각했다.

그리고…… 그런 '즐거운' 밴드 연주를 보고 있으니 에츠코 언니가 자꾸 떠오르기만 해서 조금 괴로웠다.

미스즈가 아사다와 안도를 차고로 데려왔을 때…… 내 안에 덮어뒀던 '음악'이 다시 열릴까 불안했다. 그리고 그러지 않도록 마음의 끈을 단단히 붙잡으려고 했다.

그러나 이렇게 완성된 그들의 밴드 연주를 들어보니…… 왠지 남 일 같았다.

안심했다.

역시…… 이미 음악은 내 손에서 완전히 떠나고 말았다.

그것을 확인할 수 있어서 잘 됐다.

「즐겁기만 해서는, 안 되나 봐…….」

에츠코 언니의 말이 머릿속에서 울렸다.

아냐, 에츠코 언니.

역시 즐겁기만 하면 되는 거야.

그것만으로는 부족하다면…… 이상해져 버린 거야.

아사다의 즐거운 드럼이 기분 좋게 귀에 닿았다.

그의 드럼은…… 분명 에츠코 언니에게 바치는 공양이 됐겠지.

즐거운 것이 바로 음악이라는 사실을 그 소리가 증명한다.

그러나…… 나는 그 즐거움도, 찬란함도…… 에츠코 언니와 그 사람을 동시에 잃어 버렸을 때 상실하고 말았다.

그러니 이제 음악은…… 나와는 관계가 없게 됐다.

마음속에서…… 딸깍!

베이스를 넣은 케이스의 잠금쇠가 닫히는 소리가 들렸다.

내가 그것을 마지막으로 닫았을 때 들었던 소리였다.

두 번째 곡이 끝나자 나는 손뼉을 짝짝 쳤다.

행사장이 크게 들끓었다. 두 달 연습해서 관객들을 이토록 흥분시켰다면 잘한 거지.

박수가 조금씩 일정한 리듬을 띠기 시작했다. 앵콜을 요청하는 소리로 바뀌었을 즈음에 나는 일어섰다.

어차피 앵콜은 없겠지. 그 짧은 기간에 문외한까지 섞인 밴드가 세 곡이나 연습할 수 있을 리가 없다. 아사다가 연습하는 소리를 들어봤을 때도 두 곡밖에 준비하지 않은 듯했다.

바닥에 댔던 엉덩이를 팡팡 털고서 치맛자락을 매만졌다. 여름방학 때 집에서 오직 치마만 입고 지낸 바람에 치맛자락이 구깃구깃해져서 고생을 했다.

「여러분, 박수 고마워! 하지만 최고의 밴드 멤버들이랑 준비한 곡은 아까 그게 마지막이라서…… 이제는 내 솔로 연주를 보여주려고 해!」

체육관을 떠나려고 발을 내디딘 순간 안도가 그렇게 소개했다. 나는 무심코 발걸음을 멈췄다.

혼자서 치나?

「음…… 예, 제겐 음악의 즐거움을 알려줬던 사람이 있습니다.」

안도의 그 말에 행사장이 고요해졌다. 내 심장이 꽈악 옥죄이는 것도.

역시나 그 말은 나에게 보내는 것임을 알았다.

내가…… 음악의 즐거움을 알려줬다.

그 말을 곱씹으니 몸이 떨렸다.

나는 그럴 의도가 전혀 없었다. 제멋대로 떠들어 대지 말아줬으면 좋겠다.

「전 어린애라서 그 사람의 음악을 줄곧 잊을 수가 없었습니다. 아니, 지금도 잊지 못합니다! 어떻게든 다시 듣고 싶어서 끈질기게 달라붙었고 대단히…… 난처하게 했습니다.」

그래. 나는 난처했다.

그걸 알면서도 멈추질 않으니 정말이지 이기적이라고 생각했다.

그래도 아사다는…… 그 생각을 멈출 수는 없다고 말했다. 나도 그렇게 생각하고 말았다. 타인의 감정을 막을 수는 없다. 할 수 있는 건 거절하는 것뿐. 아무리 거절해도 똑바로 다가오는 상대에게 대체 어떡해야 좋단 말이야.

무엇을 잘못했느냐고 묻는다면…… 내 음악을 그에게 들려준 것이다. 처음부터 잘못했다.

「근데…… 곰곰이 생각해 봤더니 제가 그 사람한테서 받은 건 말이 아니라 음악이었습니다. 음악만 듣고서 전 그 사람한테 푹 빠졌고…… 음악에도 푹 빠졌습니다. 그래서…….」

타인을 푹 빠지게 할 생각은 하지도 않았다. 나는 그저 순수하게 동경했던 사람의 등을 쫓아 베이스를 쳤다.
그것이 누군가의 마음에 남아 지독한 집념을 불러일으킬 줄은 생각지도 못했다.
나의 과거가, 연주했던 음악이…… 나를 쫓아왔다.

「저도…… 그러려고 합니다. 그 사람이 '남긴' 음악을…… 제 안에 남아 있던 그 음악을 목숨 걸고 쳐보겠습니다. 들어주세요!!」

제발 그만둬.
몸이 떨렸다.
그의…… 아니 '그들'의 올곧음은 그런 식으로 살 수 없는 인간에게는 폭력이다. 정당성 따윈 내던지고서 자신이 틀렸을지도 모른다고 생각하면서도 곧장 나아가는 인간을 말로써 규탄해 본들 의미가 없다. 무적의 존재다.

아무리 거절해도 이리로 다가온다면…… 도망칠 수밖에 없잖아.

"……미안해."

나는 나직이 사과하고서 걸어 나갔다.

내 마음은 절대로 흔들리지 않는다. 그리 생각했건만…… 어째선지 안도의 그 연주를 듣는 것이 두려웠다.

그의 내면에 남아서 필시 변질됐을 그 음악을 듣는다면 이상해질 것 같은 예감이 들었다. 나는 도망치듯 체육관 출구로 향했다.

그러나.

결국 연주를 시작하기 전에 밖으로 나가지 못했다.

"……아."

그가 친 첫 음을 듣고서 내 발걸음이 멎었다.

무심코 안도가 서 있는 스테이지를 쳐다봤다.

그의 시선이 순간 이쪽으로 향한 듯했다.

학생들의 시선이 모두 스테이지에 꽂혀 있었다. 그러나 안도의 음악은…… 이쪽을 향해서 흐르고 있음을 확연히 알고 말았다.

"……어떻게?"

내가 의아해하자마자 눈앞에 한 학생이 우뚝 막아섰다.

"……미스즈."

미스즈가 내 앞에 서있었다. 그리고 그녀가 등에 짊어진 것을 보고서 나는 눈이 휘둥그레졌다.

"……밴드를 그만뒀을 때 '죄다 마음대로 처분해도 좋다'라고 했지?"

미스즈가 나를 째려보면서 말했다.

"……말하긴 했지."

"그래서 마음대로 했어."

"바보 아냐? 그걸 안도가 칠 수 있을 리가."

"그래도 치고 있어."

미스즈가 내 말을 끊었다.

치고 있다니…….

나는 스테이지 위에 있는 안도를 봤다.

……너무 서툴러.

아르페지오는 와들와들, 커팅도 코드만 지정되어 있는 파트이건만 왜 저렇게 바들바들 떨도록 변주했는지 모르겠다. 그런 고도의 주법은 프로나 하는 것이다. 본인의 수준에 맞지 않았다. 무모한 도전 때문에 코드가 원만하게 이행되질 않아서 리듬이 흐트러졌다.

그가 무얼 치려고 하는지…… 알고 있었다.

왜냐면 그 곡은…… 나와 야스 오빠가 지은 악보이니까.

"소스케가 그러더라. 우리가 너무 '어른스러운 척' 굴어서 리사가 음악을 관두고 말았다고. 그 말이 맞다고 생각해. 우린 억지로라도 리사한테 베이스를 쥐게 했어야 했어."

"그게…… 그런 상황에서 가능할 리가 없어. 그렇게 해주질 않아서 고마웠어."

"거짓말하지 마."

미스즈는 언제나 내 말을 적당히 흘려버리는 주제에……오늘만은 전력으로 달려들었다.

"리사는 동경과 실망과 음악을 한데 뒤섞어 버렸어. 실은 별개임을 알면서도 한데 뭉쳐서 상자에 처박은 뒤 뚜껑을 닫았을 뿐이야. 다 알면서도 줄곧 모르는 척했어. 그래서 자신이 괴로워하고 있다는 걸 다 알면서도!"

안도의 서투른 기타 소리가 체육관에 울렸다. 관객들이 박자에 맞춰서 손뼉을 쳤다. 연주자로서 부끄러운 연주일 테지만, 이 공간 안에서 지지를 받고 있었다. 응원을 받아 그의 소리에 힘이 점점 실렸다.

"다 아는 척 말하지 마. 난 믿었던 음악에 배신당했어. 이제 진절머리가 나. 배신당하는 것도, 언젠가 누군가를 배신하는 것도."

"네가 배신한 건 바로 너 자신이잖아?!"

미스즈가 외쳤다.

여러 학생들이 이쪽을 돌아봤다. 그러나 아무렇든 상관없었다.

가슴이 아팠다. 직설적인 그 말이 내 심장을 도려내듯, 내 몸도 깎아내는 듯했다.

"리사의 음악은 언제나 들떠 있었어. 리사는 오직 베이스를 쥐었을 때만 수다를 잔뜩 떨었어! 말주변이 없어서 음악에만 진심을 실었으면서…… 어느새 얄팍한 말과 웃음으로 진심을 덮는 데만 능숙해져서는……."

미스즈가 눈물로 그렁그렁한 눈으로 나를 째려봤다.

절실한 말과 소리.

부드러운 천으로 심장을 꾹꾹 옥죄는 것 같은 통증이 느껴졌다.

"아사다의 드럼을 듣고서 즐거워하는 것 같았어. 리사의 음악은 아직도 살아 있단 말이야."

"이미 죽었어. 새삼스레 파낼 마음 없어."

"그런데! 왜 남겼어!!"

미스즈가 부르짖었다.

"야스나가 씨랑 쓴 악보도 북북 찢어서 버리지 그랬어! 베이스도 박살 내지 그랬어! 왜 그러질 못했는데?! 네 의지로 그것들을 남겼잖아!"

"그건……."

말문이 막혔다.

그러지 못했을 뿐이었다. 그런데 왜 그러지 못했는지는 말로 표현할 수가 없었다.

내가 입을 다물자 미스즈가 눈을 치뜨고서 나에게로 성큼성큼 다가왔다.

그러고는 짊어지고 있던 베이스 케이스를 내려놓고 눈앞에서 열었다.

심장이 뛰었다.

그 시절 그대로 내 베이스가 모습을 드러냈다.

심장이 혈액을 온몸으로 콸콸 내보내는 것이 느껴졌다.

미스즈가 베이스를 들고서 나에게 떠밀었다.

"안도는 모든 걸 내던지고서 치고 있어. 리사를 기다리고 있어, 저기서!"

"날더러, 뭘⋯⋯."

"친구야, 쳐. 제발⋯⋯ 쳐줘."

미스즈가 눈물을 뚝뚝 흘리면서 말했다. 그 눈동자에서 눈길을 뗄 수가 없었다.

서투른 아르페지오가 또 들려왔다.

"지금 치지 않으면 평생, 후회할 거야!!"

어째서?

어째서 그렇게 단언할 수 있는 거지?

"나도 후회했어. 네가 음악에서 멀어져 가는데 잠자코 지켜보기만 한걸."

기회가 남아있다고 그녀가 말했다.

그리고⋯⋯ 후회하고 있다고도.

어째서. 어째서.

그 말만이 가슴속에 온통 들어찼다.

"리사의 곡이야."

미스즈가 말했다.

"리사를 위한 곡이야. 리사가 남겼고, 그걸 애처롭게 여긴 소스케가 이어받았어. 다 들리지?"

듣고 있어. 아플 만큼.

"외치고 있어. 서투르고 투박한 손놀림으로. 리사를 부르고 있어."

미스즈가 다시금 나에게 베이스를 툭 들이밀더니 갈라진 목소리로 말했다.

"리사의 '음악'을, 리사의 '말'을 듣고 싶다고…… 외치고 있어.

하아…… 숨이 새어 나왔다.

목구멍에 막혀서 나오질 않는 말이 가슴 속에서 계속 맴돌았다.

눈앞에 내밀어진 그것을 쥔다면…… 내 말이 형태를 이루게 될까?

"리사……!"

미스즈가 굵은 눈물방울을 주룩주룩 흘리면서 나를 곧장 쳐다봤다. 흐르는 눈물을 따라서 화장이 지워져 가는 것이 어두운 실내에서도 보였다.

"제발."

미스즈가 말했다.

"리사의 마음을…… 알려줘."

가슴속에서 무언가가 터졌다.

무언가를 말하고 싶은데 말로 표현할 수가 없었다.

나는 친구가 내민 베이스를 움켜쥐었다. 미스즈의 눈이 휘둥그레졌다.

나는 그녀의 옆을 지나 걸었다.

걷고 걷다가 정신을 차려보니 뛰고 있었다.

어째서?

어째서 나는 또 베이스를 쥐고 있는 거지.

어째서 스테이지를 향해 뛰고 있는 거지.

무대 위에 서 있는 안도와 눈을 마주쳤다.

그의…… 입가가 훗, 하고 풀어졌다.

스테이지 옆에 난 계단을 올랐다.

행사장이 술렁거렸다. 아무래도 상관없었다.

아까 전까지 미스즈의 후배의 베이스에 연결됐던 어댑터를 베이스에 꽂고서 앰프를 켰다.

스피커에서 지이이이잉! 하고 소리가 울렸다. 이렇게 연결하면 안 된다는 것쯤은 안다. 그래도 이제는 그 역시 아무래도 상관없었다.

스피커에서 부우우웅, 하고 전자적인 저음이 울렸다. 이제 줄을 튕기면 소리가 나겠지.

안도가 기타를 계속 치면서 나를 봤다.

나도 그를 봤다.

"……진짜 못 친다."

내가 말하자 안도가 진심으로 기뻐하며 웃었다.

"괜찮아요. 선배가 와줬으니까."

가슴이 폭발할 것 같았다.

아무것도 모르겠다. 가슴 속에서 떠오르는 감정들마다 나는 일일이 이름을 붙여줄 수가 없었다. 단어를…… 전혀 모르니까.

그래서 좋았다.

그러지 않으면 안 된다고 생각했다.

그리고 나는…… 베이스 줄을 튕겼다.

세상의 소리가 사라진 기분이었다.

심장이 피를 토해내는 소리. 거친 숨소리.

두근, 두근.

헉……헉…….

몸이 내는 소리가 귀에 울렸다.

그리고 가슴속에서 '어째서?'라는 물음이…… 폭발했다.

그 에너지가 팔을 타고 베이스의 줄을 울렸다.

내가 낸 소리는 잘 들리지 않았다. 앰프에서 스피커로 전해진 소리가 내 몸을 뒤흔들었다.

멀리서 환호성이 들려오는 듯했다.

어째서?

그 사람은 그렇게까지 궁지에 내몰렸던 거야?

어째서?

에츠코 언니는 죽어야만 했던 거야?

즐거운 것만으로는 안 됐던 거야?

나는 그것만으로도 좋았는데. 그 둘만 있으면, 그 음악만
있으면 좋았는데.

어째서 없어져 버린 거야?

처음으로 팔을 그었을 때의 감각과 감정이.

완전히 잊었던 기분이 되살아났다.

어쩌다, 이렇게 돼버린 거지?

나는 모르겠다.

무언가가 손쓸 수도 없이 어긋나서 믿었던 모든 것이 사
라졌다.

남겨진 나는 잊는 것 말고는 다른 방법을 몰랐다.

그러나 억지로 잊어 보려고 해도…… 나에게 음악이라는
존재는 너무나도 컸다.

내 인생은 언제나 음악과 함께였다.

아무리 잊으려고 해도 늘 마음 한구석에 음악이 남겨져
있음을 알아챘다.

그리고…… 음악을 잃어 버린 나는 그 감정을 토해낼 방
법조차도 모르게 돼버렸다.

어째서.

어째서.

어째서.

봇물이 터지듯 넘쳐흐르는 감정.

소리를 제대로 내고 있는지 나는 잘 모르겠다.

"젠장…… 젠장…… 젠장!!"

나는 감정을 죽이듯 중얼거렸다. 그러나 손은 멈추지 않았다.

줄곧 음악 때문에 괴로웠는데.

어째서.

왜 이리도…….

"……후련, 한 거냐고……!"

시야가 뭉그러졌다. 뺨이 뜨거웠다. 눈물이 흐르고 있음을 알았다.

줄곧 쌓여온 이름도 붙일 수 없는 감정들이 소리와 눈물이 되어 온몸에서 넘쳐흘렀다.

이제야…… 알 것 같았다.

그 사람의…… 아빠의 소리는.

분명 이런 식으로 당혹감과 분노와 슬픔으로 이루어져 있었다.

그것을 말로 표현할 만한 재주가 없어서…… 음악으로 부딪쳤을 뿐이었다.

그리고 분명…… 자신과 마찬가지로 괴로워하는 사람들에게 닿기를 바랐다. 그렇게 바랐던 순간에 아빠의 음악은 더는 즐거운 것이 아니게 됐다.

그저 토해내기만 했던 마음의 소리를 누군가를 위해서 아름답게 꾸미려고 괴로워했다.

그리고 진정한 의미에서 그 고뇌를 알아줄 수 있는 사람은…… 분명 아무도 없었다. 친딸인 나조차도 '죽어'란 말을 내뱉고서 등을 돌렸다.

"아아……."

이제야 그것을 깨닫고서 나는 후회했다. 한심하고 슬프고 쓸쓸했다. 미안하고 화가 치밀고 괴로웠다.

「살아 있으면 그게 음악이 되는 거니까.」

아빠의 그 말의 의미를 비로소 이해한들…… 모든 것이 너무 늦었다.

울면서 일사불란하게 베이스를 쳤다.

안도는 서투르고 제대로 치지도 못하면서… 내 소리에 다가붙듯 연주했다.

감정이 시키는 대로 연주하는 내 소리와 그의 어설픈 소리가 한데 얽혔다.

그야말로 뒤죽박죽인데도 어째선지 마치 애당초 그런 곡이 있는 것처럼 느껴졌다.

아빠가 쳐주길 바라고서 작곡한 곡이었다.

결국 그것이 이뤄지지 않아서…… 손을 놓은 곡이었다.

그런데…… 또 이렇게 치고 있다.

안도가 눈앞까지 다가왔다. 도발하듯 몸을 앞으로 기울이며 서투른 기타를 열심히 쳤다.

그는 울면서도…… 웃고 있었다.

"……바보네, 진짜."

나도 울면서 웃었다. 오열이 멈추질 않아서 목소리가 뒤집어졌다.

이 바보야. 그렇게 울 만큼 내 소리를 듣고 싶었니?

널 위해서 쓴 곡이 아냐.

그렇게 생각했는데.

마음속에서 재생되는 그 말들과는 반대로…… 베이스 줄을 튕기는 내 손은 멈출 줄을 몰랐다.

"하핫…… 바보."

"응. 바보 맞아요. 그래도 좋습니다."

우리의 목소리는 분명 아무에게도 들리지 않겠지. 스피커에서 토해내는 기타와 베이스의 소리가 우리의 말을 지워버렸다.

안도가 말했다.

"드디어…… 얘기를 나눴네요."

그래, 난…… 줄곧 누군가에게 말하고 싶었다.

그러나 내 언어는 다른 사람과는 다르다는 걸…… 너무 늦게 알아챘다.

"아핫…… 하하하……!"

나는 울면서 웃으면서 베이스를 쳤다. 안도도 그랬다.

후야제와는 전혀 어울리지 않는 지독한 연주였다.

그래도…… 나에게, 그리고 눈앞에 있는 안도에게는.

이 연주는 물속에 오래 잠겨 있다가 밖으로 고개를 내민 것처럼 숨을 한껏 들이마시는 순간처럼…….

정신이 이상해질 만큼 기분이 좋아서 살아가기 위해서 필요한…… 연주였다.

연주가 끝날 때까지 나와 안도는 바보처럼 소리와 소리를 부딪치며…… 대화를 나눴다.

× × ×

호흡하는 걸 잊어 버렸던 것 같은 감각이었다.

우리의 연주가 끝난 순간, 나는 비로소 알아챈 것처럼 숨을 깊이 들이마셨다.

행사장이 들썩거릴 만큼 큰 박수가 터져 나왔다.

넘쳐서 멈추질 않았던 눈물을 훔쳤다.

옆을 보니 아이도 눈물을 흘리면서 스테이지를 멍하니 보고 있었다.

무대 위에서 날뛰었던 두 사람이 뒤편으로 물러갔다.

……부르짖는 것 같은 연주였다.

나고시 선배의 베이스에서 명칭을 붙일 수 없는 감정이 터져 나온 것 같았다. 분노인지 슬픔인지 전혀 모르겠지만……그 열량만은 가슴에, 배에 직접 울린 듯해서.

정신을 차려보니 눈물을 주르륵 흘리면서 움직이질 못했다.

왜…… 그녀가 스테이지에 올랐는지 모르겠다. 분명……소스케와 선배밖에 모르는 '대화'가 있었겠지.

처음에는 그 형태도 모를 거대한 감정을 퍼붓는가 싶더니만 마지막에는 둘이서 마냥 즐겁게, 친구와 수다를 떨듯 악기를 쳤다.

소스케는…… 나고시 선배의 말을 이끌어 낸 듯했다.

「오…… 대단한, 연주였네요. 말로는 잘 못하겠는데…… 펑펑 울었습니다. ……하, 하지만! 이게 끝이 아닙니다! 아직 후속 행사들이 남아 있거든요!」

사회를 맡은 학생이 코맹맹이 소리로 말하자 나는 드디어 의식이 현실로 되돌아온 듯 느꼈다.

나는 숨을 스읍 들이마시고서 무대 뒤편으로 이어지는 문으로 달려갔다.

그 문을 힘껏 열자 벽에 등을 푹 기대고서 주저앉은 소스케가 보였다.

"소스케!"

"오…… 유즈루."

소스케가 펑펑 울고 있었다.

"소스케. 대단했어…… 대단했다고. 잘했어."

"아하하…… 고마운 말이네. 고마워, 유즈루……."

소스케가 순간 웃어 보였지만, 이내 얼굴을 잔뜩 구기고서 눈물을 쏟아냈다.

나는 참지 못하고 그를 끌어안았다.

"……유즈루, 나……."

"응."

"드디어…… 선배랑, 얘기를 나눴어……."

"응…… 좋겠네. 정말로……."

정말로…… 대단하다고 생각했다.

그는 자신의 감정을 관철시켰을 뿐만 아니라 분명 선배의 마음까지 울렸다.

그 한결 같은 감정의 결실을 우리는 그 스테이지에서 봤다.

누구나 할 수 있는 일이 아니었다.

그 후로 나는 소스케가 일어서려고 할 때까지 줄곧 그의 등을 어루만져 주었다.

×　×　×

"리사!!"

베이스만 쥐고서 체육관을 나가자 누군가가 뒤에서 큰 소리로 불렀다.

눈 밑을 쓱쓱 문대고서 돌아봤다.

그곳에는 얼굴이 엉망이 된 미스즈가 서있었다.

"아– 아– 어휴, 화장이 다 뭉개졌잖아."

"잘됐어!!!"

내가 익살맞게 말하자 미스즈가 외치듯 말했다.

그러고는 또 얼굴을 잔뜩 일그러뜨렸다.

"잘됐어……! 리사아…….."

미스즈가 비틀비틀 다가와 나를 부둥켜안았다.

나도 그녀의 등에 팔을 둘렀다.

"나도…… 진짜 못 치더라. 역시 오랫동안 놨더니 녹슬었나 봐."

미스즈가 신음하듯 말했다.

"실컷, 들었어…… 리사의 목소리…….."

"그래? 미안…… 줄곧, 말을 못해서."

"바보……. 됐어, 그딴 소린……. 나야말로, 미안…….."

"네가 왜 사과를 해?"

"리사가 입을 다무는 걸 막지 못했으니까……!"

"됐어, 내가 멋대로 결심한 거니까."

"그래도!"

"됐어."

나는 강한 어조로 한 번 더 말했다.

그보다도 해야만 하는 다른 말이 있었다.

나는 숨을 작게 내뱉고서 입을 열었다.

이렇게 간단한 말은 나도 입으로 할 수 있다.

"고마워."

내가 말하자 미스즈의 목에서 '피–' 하고 높은 소리가 나오더니 얼굴을 잔뜩 구겼다.

"진짜……! 그건 내가 할…… 말이라고오……."

결국 미스즈는 내 얇은 가슴에 얼굴을 대고서 아이처럼 엉엉 울기 시작했다.

"……네 화장, 셔츠에 다 묻겠다."

"시끄러, 바보!"

엉엉 우는 미스즈의 등을 주뼛주뼛 어루만졌다.

이렇게 눈앞에서 울고 있으니, 마치 나를 대신하여 울어주는 것 같아서 어째선지 가슴이 후련했다.

한숨을 서서히 내쉬었다.

「끝내 닿지 못할지라도…… 믿었다면 그 말은 결코 물거품이 되지 않아. 이뤄지지 않더라도 애달픈 마음으로 빌었다는 사실은 결코 사라지지 않아.」

아사다의 말이 가슴속에서 울렸다.

"분하네."

나는 입 안에서 미스즈에게도 들리지 않을 만한 작은 목소리로 중얼거렸다.

역시…… 네 말은, 결국 옳다.

꾸미지 않은 진심 속에 한 조각의 진실이 담겨 있는 듯했다.

두 어린 남자애들에게서 끊임없이 태클을 받고 나서야 비로소 자신의 인생을 똑바로 직시할 수 있었다는 사실이 왠지 분했다.

분하면서, 그리고 고마웠다.

"미스즈."

코를 훌쩍이는 미스즈의 등을 두드렸다.

"왜애?"

"베이스 케이스 돌려줘."

"어…… 앗…… 응."

코를 크게 킁 들이마시고서 미스즈가 어깨에 메고 있던 케이스를 돌려줬다.

나는 왼손에 쥐었던 베이스를 케이스에 넣고서…… 그 잠금쇠를 딸깍! 걸었다.

두 번 다시 열지 않겠다고 결심했을 때와 똑같은 소리였다.

그런데 전혀 다르게 들렸다.

"후후…… 말이라."

나는 중얼거리고서 케이스를 어깨에 멨다.

"그 악보, 돌려주지 않아도 돼. 안도한테 줄게."

"어?"

"완벽하게 습득한다면 또 연주해 줄 수도 있다고도 전해주고."

내가 말하자 미스즈가 눈을 동그랗게 뜨면서 나를 봤다.

"또…… 베이스를 치겠다는 소리……?"

미스즈가 묻자 나는 쓴웃음을 지으며 고개를 갸웃거렸다.

"글쎄? 아직 안 정했어."

"뭐어……?"

"그래도 나, 역시 이게 아니면 속내를 잘 표현할 수가 없는 것 같으니까."

나는 그렇게 말하고서 어색하게 웃어 보였다.

"일단 조금씩 연습할게."

내가 말하자 미스즈가 표정이 확 밝아지더니 고개를 연신 끄덕였다.

"응…… 응! 또 언젠가 같이 연주하자……!"

"그러니까 그건 아직 모른대도."

"무조건 해……!"

"남의 말을 진짜 안 듣는 녀석이네~."

나는 쓴웃음을 짓고서 한 손을 올렸다.

"그럼 갈게."

"엇!"

"피곤해서. 또 봐."

"앗…… 엇…… 응……?"

미스즈가 어리둥절해하자 나는 부리나케 걸어갔다.

한 걸음 내딛을 때마다 등에 멘 케이스가 무게를 주장했다.

완전히 잊고 있었던 무게였다.

가슴 속에서 소용돌이쳤던 말을 모조리 내뱉은 것만큼 무게가 늘어났다고 생각했다.

"아빠."

혼자서 중얼거렸다.

안도와 베이스를 쳤을 때부터 아빠의 얼굴이 머릿속에서 사라지질 않았다.

"……평생, 용서하지 않아."

나는 말했다.

"……응. 절대로, 용서 안 해."

그가 떠안고 있었던 감정, 그로부터 태어난 음악.

그 일부를 이해했더라도…… 타인의 목숨을 빼앗은 죄는 지울 수 없다.

아빠를 소중하게 여겨줬던…… 그리고 내가 사랑했던 에츠코 언니를 죽인 아빠를 용서할 생각은 없었다.

……하지만.

그래도.

눈물이 핑 도는 걸 꾹 참았다.

"……또 듣고 싶어. 아빠의 음악을."

어찌하지 못할 만큼 그리웠다.

마음속에 줄곧…… 그 음악이 있었다.

아무리 덮어놔도 들렸다.

그 소리가 내 인생이었다.

지울 수 없는 오직 하나의 소리였다.

"그러니까……."

눈시울에 맺힌 눈물을 와이셔츠 소매로 난폭하게 훔쳤다.

"칠게…… 나."

그렇게 중얼거리자마자 가슴속에 맺혀 있던 마지막 감정이 쑤욱…… 하고 어딘가로 떨어져 사라진 것 같았다.

그는 남겼다.

무슨 일이 벌어졌든 그의 음악과 말 그 자체는 보물이었다.

다만 내가…… 부정했을 뿐이었다.

남겨진 그것들을 주워 모아서 내가…… 잇는다.

모든 현실을 받아들이고서 이제부터 나의 음악을 자아내 나간다.

그것만이…… 남겨진 내가 해야만 하는 일이라고 생각했다.

[에필로그]

YOU ARE

A story of love and
dialogue between
a boy and a girl with
regrets.

MY REGRET...

문화제가 끝났다.

후야제 이튿날, 우리는 등교하여…… 그 뒷정리를 하고 있었다.

"제작하느라 고생했는데 뜯어내는 건 한순간이네."

인테리어반 리더를 맡았던 나이토 씨가 투덜거렸다. 나는 쓴웃음을 지으면서 '진짜 그래' 하고 맞장구를 쳤다.

그녀의 어깨에 양생 테이프 쪼가리가 붙어 있었다.

"아, 테이프 붙어 있어."

내가 떼여주자 그녀가 조금 창피했는지 몸을 배배 꼬며 고개를 꾸벅 숙였다.

"고마워."

"천만에."

내가 웃어주자 나이토 씨가 '아' 하고 목소리를 높이고서 나를 봤다.

"그러고 보니 밴드 굉장했어."

"어어…… 고마워. 난 초보자라서 다른 멤버들의 발목을 붙잡지 않으려고 필사적이긴 했지만."

"아니야! 왠지 평소랑 분위기가 달라서…… 좀 두근거렸을지도."

"어어…… 정말? 왠지 창피한데. 고마워."

서로 겸연쩍어하면서 대화를 나누고 있으니.

"유즈루, 골판지 상자 가져가!"

"앗, 와아!"

묵직한 골판지 상자를 −커다란 골판지 상자 안에 접은 골판지들이 채워져 있다− 느닷없이 떠넘겨서 자세가 무너질 뻔했다.

"카오루!"

"입 움직일 시간이 있으면 손을 움직여. 일찍 끝나면 일찍 돌아갈 수 있으니까."

"아, 알고 있어……. 옥상에 가면 되나?"

"그래. 빨리 해."

"사람을 막 부려 먹긴……."

내가 골판지 상자를 다시 들어 올리자 나이토 씨가 쓴웃음을 지으면서 나와 카오루를 번갈아 봤다.

"사이 좋구나……!"

나이토 씨가 말하자 나는 고개를 끄덕였다.

"뭐, 같은 부니까."

"독서부라고 했던가?"

"응. 그래봤자 카오루는−."

"얼른!!"

카오루가 입을 확 벌리며 호통을 쳤다. 나는 쓴웃음을 슬쩍 흘리고서 나이토 씨에게 '그만 가볼게' 하고 양해를 구하고서 그곳을 벗어났다.

카오루가 의자에 털썩 앉더니 벽 한 면에 붙어 있던 도화지들을 쫙쫙 찢으면서 쓰레기봉투에 넣어 나갔다. 내가 그 옆을 지나가자.

"더는 인기 끌지 마."

그녀가 소곤거리는 목소리가 들렸다.

"딱히 그런 거 아닌데."

내가 말대답하자 카오루가 나를 찌릿 째려보고서 말했다.

"빨리 가!"

무서워, 무서워라.

골판지가 가득 담긴 골판지 상자는 꽤 무겁고, 앞도 잘 보이지 않아서 복도를 엉금엉금 걸어야만 했다.

"유즈루?"

골판지 상자 맞은편에서 누군가의 목소리가 들렸다. 아이의 목소리였다.

"엄청난 양이네. 도와줄까?"

아이가 그렇게 말하면서 내 바로 옆에서 얼굴을 뿅 내밀었다.

그러나 그녀의 양손에도 꽉꽉 채워진 커다란 쓰레기봉투가 쥐어져 있었다.

"아니, 아이도 쓰레기 버리러 가는 길이잖아. 방향도 다르니 괜찮아."

나는 고개를 저었다. 골판지와 목재만 옥상에 모으고, 나머지는 1층 쓰레기장에 가져가는 것이 규칙이었다.

"음~ 그래? 그럼 넘어지지 않도록 조심해!"

아이가 선뜻 수긍하고서 나와 스쳐 지나가듯 걸어 나갔다.

"아!"

무언가가 떠올랐는지 뒤에서 아이가 목소리를 높였다.

돌아보니 그녀가 싱글벙글 웃으면서 말했다.

"오늘 같이 돌아가자!"

때마침 아이의 옆을 지나가던 남학생이 화들짝 놀라 나와 아이를 번갈아 봤다.

나는 조금 겸연쩍어하면서 고개를 끄덕였다.

"응. 그럼 일찍 끝나면 부실에서 기다릴게."

"고마워! 우리 반은 창문에까지 검은 도화지를 붙여놔서 시간이 꽤 걸릴 것 같아."

"괜찮아. 책 읽으면서 기다리지 뭐."

우리는 서로를 보며 키득키득 웃고는 동시에 각자 다른 방향으로 걸어갔다.

왠지 학교에서 아이와 함께 귀가하는 게 오랜만인 것 같았다. 밴드 연습을 시작한 후로는 나고시 선배의 집에 들락날락했고, 학원제도 준비해야 해서 서로 귀가 시간이 맞질 않았다.

방과 후의 즐거움이 늘어서 발걸음이 조금은 가벼워졌다.

계단을 신중히 올라 옥상에 도착하니 숨이 머리끝까지 찼다.

두 팔로 골판지 상자를 안은 채로 문을 여는 것도 고생스러웠다.

왼손을 억지로 꺾어 손잡이를 돌리고서 왼쪽 어깨로 문을 미는데……

그렇게 고전하던 도중에 갑자기 문이 홱! 열려서 나는 앞으로 고꾸라졌다.

"으악! 으으······."

"오-."

그대로 위험하게 넘어질 뻔한 나를 누군가가 잡아줬다.

고개를 드니······ 햇볕을 반사하는 아름다운 금발이 눈에 들어왔다.

"······나고시 선배."

"자주 만나네. 혹시 스토커?"

"무슨 소릴! 선배가 옥상에 틀어박혀 있으니까 그렇죠."

나는 선배를 째려보면서도 받쳐준 것을 잊지 않고 '고맙습니다' 하고 작게 인사했다.

"······와있을 줄은 몰랐습니다."

내가 솔직히 말하자 선배가 깔깔 웃었다.

학원제 뒷정리는 '모두가 왔으면 좋겠지만, 출석 여부를 따지지는 않겠다'라는 느슨한 규칙 아래에서 진행된다. 뒷정리 시간에 배정할 만한 교과목이 없겠지. 홈룸 시간을 할애하면 되지 않나? 싶기도 하지만, 분명 그럴 수 없는 이유가 있겠지.

어쨌든 그런 느슨한 규칙 때문에 땡땡이치는 학생들이 드문드문 생긴다. 우리 반에도 오지 않은 학생들이 몇 명 있었다.

나고시 선배는 틀림없이 땡땡이를 칠 줄 알았는데······.

"너, 날 불량아라고 생각하지?"

"사실이잖아요. 성실한 학생은 수업 중에 옥상에서 땡땡이치지 않습니다."

"하하, 너무 돌직구야."

사실 선배는 등교하긴 했지만, 뒷정리는 명백히 땡땡이친 듯했다.

"선배는 친구가 있습니까?"

나는 골판지 상자를 지정된 장소에 내려놓으면서 물었다.

"그게, 없더라고. 여자들은 날 어려워하고, 남자들한테는 나름 인기가 있어서 외톨이 취급이 더욱 가속되더라."

"여러모로 힘들겠네요, 선배도."

"진짜로."

그렇게 웃으면서도 선배는 아무렇든 상관없다는 눈치였다.

아마도 이 사람도 홀로 살아갈 수 있는 유형이겠지. 오히려 혼자 있어야만 홀가분한 것처럼 보였다.

나는 골판지 상자 안에 채워진 접힌 골판지를 꺼내서 적치장에 쌓아나갔다. 그리고 그대로 마지막 골판지를 상자와 함께 그대로 누르려고 했는데…….

"……으."

생각보다 튼튼한데다가 테이프로 여러 겹 보강까지 되어 있었다. 테이프를 떼어내는 데 애를 먹었다.

"자."

내가 쪼그려 앉아서 악전고투를 벌이자 옆에서 커터칼을 쓱 내밀었다.

"앗…… 고맙습니다."

나고시 선배와 커터칼. 불길한 조합이었다.

나는 커터칼을 받고서 날을 살짝 꺼낸 뒤 테이프를 쨌다. 순식간에 골판지 상자를 펴는 작업을 종료했다.

나는 커터칼을 물끄러미 쳐다봤다.

"저기…… 아마도 해체해야만 하는 골판지 상자가 더 남았을 텐데 이거 빌려도 될까요?"

내가 말하자 선배가 펜스에 기대면서 콧소리를 흥 냈다.

"어차피 안 돌려줄 거지~? 됐어, 줄게."

"아……."

그녀가 선선히 말하자 나는 어리둥절했다. 선배가 짓궂게 씨익 웃었다.

"내 팔을 그었던 칼이라도 상관없다면……."

"앗……."

커터칼을 쥔 채로 내가 굳어 버리자 나고시 선배가 깔깔대며 웃었다.

"농담, 농담! 괜찮으니까 가져가."

"아, 예…… 감사합니다."

나는 커터칼을 주뼛주뼛 가슴 주머니에 넣었다.

……이제 필요 없다는 뜻일까?

그랬으면 좋을 텐데…….

"저기, 아사다."

"예?"

"전에 내가 말했잖아. '아무도 알아주길 원치 않는 사람이 있다'라고."

똑똑히 기억하고 있다.

이곳에서 아이와 도시락을 먹었을 때 선배가 그렇게 말했다.

"……예."

내가 수긍하자 선배가 조금 자조적으로 웃고서 중얼거렸다.

"나도 그쪽인 줄 알았어, 내 자신이. 근데…… 그래, 착각이었나 봐."

선배가 흥얼거리듯 말하고서 나를 봤다.

"그래서…… 너랑 안도가…… 열성적으로 말을 이끌어 내 준 덕분에, 살았어."

선배가 너무나도 솔직히 그런 말을 하자 나는 그저 눈만 깜빡거렸다.

"고마워……. 안도한테도 전해 주고."

그녀가 태연하게 말하자 나는 한동안 멍하니 있다가 무심코 쓴웃음을 흘렸다.

"본인 입으로 말해요."

내가 대답하자 선배가 '우엑-' 하고 말하면서 인상을 찌푸렸다.

"어떻게 말하냐? 그 녀석, 쓸데없이 들떠서 까불어 댈 텐데 말이야."

"그럼…….."

나는 콧등을 긁적거리고서 머뭇머뭇 말했다.

"또…… 함께 베이스를 쳐주면…… 아마도 그게 답례가 될 거예요."

내가 말하자 선배가 어리둥절한 얼굴로 입을 헤 벌렸다.

그러고는 웃음을 풋 터뜨렸다.

"건방지다~ 너!"

나도 코웃음을 쳤다.

선배가 쓴웃음을 섞으며 대답했다.

"기분이 내키면."

치지 않는다고 말하지 않아서 조금 안도했다.

나고시 선배가 나에게 검지를 척 내밀었다.

"그러는 너도…… 모처럼 열나게 연습했으니까 드럼 관두지 마."

그 말을 듣고서 나는 굳어 버렸다.

그러고 보니…… 앞으로 드럼을 계속할지 말지 전혀 생각해본 적이 없었다. 후야제가 끝나서 마냥 안심하고 있었다.

하겠다고도, 안 하겠다고도 할 수가 없어서.

"……기, 기분이 내키면요."

나는 그렇게 대답했다.

선배가 깔깔 웃고서 다시 한번 말했다.

"건방져!"

그 웃음이 왠지 평소와 달리 그녀의 감정이 고스란히 담겨 있는 것 같아서⋯⋯ 몹시 기뻤다.

× × ×

종이를 팔락 넘기는 소리가 왠지 묘하게 정겹게 느껴졌다.

교정에서 운동부원들의 고함은 들리지 않았지만⋯⋯ 학교 건물 여기저기에서 커다란 소리며 소음이 들려왔다.

1년에 한 번 열리는 축제가 끝난 뒤 다들 아직 들뜬 기분을 떨쳐내지 못했다.

이렇게 말하는 나도 시끌벅적한 소리를 들으면서 마찬가지로 들뜬 기분으로 독서를 하고 있었다. 눈으로 글자를 쫓으니 평소보다 내용이 머릿속에 잘 들어오지 않는 것 같기도 했다.

그래도⋯⋯ 역시 이렇게 독서를 하고 있으니 마음이 편안했다.

최근 2개월은 눈앞이 핑핑 돌 만큼 너무 분주했다.

여름방학이 되어 다 함께 바다에 갔고, 밴드 연습을 시작했고.

처음 해보는 것들뿐이라서 매일 매일이 충실했다. 그만큼 시간이 순식간에 지나간 것 같았다.

오늘은 왠지 더는 에어컨을 켤 필요가 없을 만큼 공기가 선선했다.

그토록 더웠던 여름이 눈 깜빡할 새에 끝나고 완연한 가을에 접어들었다. 어영부영하다 보면 겨울이 되겠지.

복도에서 경쾌한 발소리가 탓탓탓! 들려오자 나는 문고본을 덮었다.

"나 왔어-!"

부실 문이 힘껏 열렸다.

아이가 숨을 헐떡이면서 서 있었다.

"오래 기다렸지!"

"응, 가자."

나는 문고본을 책가방에 넣고서 부실 출입구로 향했다.

부실 문을 잠그고서 직원실로 향했다.

이 흐름도 왠지 정겹게 느껴져서 입가가 절로 흐뭇해졌다.

열쇠를 직원실에 반납한 뒤 아이와 나란히 신발장으로 향했다.

아이가 로퍼 앞부리를 통통! 땅에 부딪치며 신발을 신었다.

"왠지 진짜 오랜만인 것 같아!"

"그러게."

둘이서 나란히 교문으로 걸어갔다. 평소에 이곳을 나란히 걸을 때면 해가 서쪽으로 기울어질 즈음인데, 오늘은 아직 해가 높이 떠 있어서 신기한 느낌이었다.

"……저기서 아이랑 다시 만나고 벌써 4개월이나 지났네."

"그러네……."

내가 말하자 아이가 진심으로 수긍했다.

"순식간에 지나갔네!"

"응."

"여러 일들이 있었고."

"즐거웠어."

"나도!"

아이가 사근사근하게 웃고는…… 한숨을 내쉬듯 말했다.

"이렇게 쭉…… 둘이서 여러 경험들을 쌓아 나가고, 공유하고……."

아이가 그 대목에서 말을 끊고는 왠지 먼발치를 보는 것 같은 얼굴로 중얼거렸다.

"함께, 고등학교를 졸업할 수 있으면 좋겠네……."

나는 말없이 고개를 끄덕였다.

그랬으면 좋다. 나도 그렇게 생각했다.

그 후에는 학원제 때 서로 반에서 겪었던 일들을 주고받으면서 나와 아이는 전철에 탔다.

흔들리는 전철을 타는 시간도 그녀와 함께라면 왠지 즐거웠다.

이렇게 별것 아닌 시간이 보물처럼 되어가는 것이 행복했다.

집 근처 역에 내리자 아이가 한숨을 내쉬었다.

"아―아, 벌써 도착해 버렸어. 여기서부터 금방인데."

아이가 그렇게 말하고서 뾰로통해했다.

"집이 같으면 좋을 텐데?"

"아니…… 그건 그것대로 여러모로 문제가 있잖아."

"여러모로라면?"

"여러모로는 여러모로야."

아이의 천진난만한 질문을 흘려 넘기면서 개찰구를 지났다.

난 정기권을 가방에 넣느라 앞을 잘 보지 못했다가, 갑자기 앞에 스윽 나타난 그림자에 황급히 발걸음을 멈췄다. 하마터면 부딪칠 뻔했다.

"아, 죄송합니다……!"

나는 고개를 들면서 사과……하려다가 숨을 헉 삼켰다.

부딪칠 뻔했던 사람은…… 뭐라고 해야 할까, 일단 '예쁜' 여성이었다. 얼굴 생김새가 대단히 아름다워서 무심코 숨을 삼키고 말았다. 이런 적은 처음이라서 나는 당혹스러웠다.

그 여성이 부드럽게 미소 짓고서 '아뇨~' 하고 대답했다.

그대로 우리의 옆을 지나칠 줄 알았는데…… 그녀는 그곳에 가만히 서 있었다.

뭐지……?

그 여성의 시선이 나보다 조금 뒤에 있는 아이에게 향해 있음을 깨달았다.

나는 아이를 서서히 돌아보고서…… 놀랐다.

아이가 본 적 없는 표정을 짓고 있었다.

그것은 마치…… 겁을 먹은 것 같은.

"오랜만이네, 아이."

내 앞에 서있는 여성이 말했다.

지인이었나?

다시금 아이를 봤지만, 그녀는 겁을 먹은 표정으로 그 여성을 쳐다보기만 할 뿐 말이 나오지 않는 눈치였다.

"상당히 즐거워 보이네? 학교가 재밌나 봐. 이 아이는 누구? 남자친구?"

여성이 온화하게 생긋생긋 웃으면서 아이에게 질문 공세를 했다.

아이는…… 이제야 험악한 표정으로 입을 열었다.

"……코즈에 언니."

아이가 그렇게 말하자 나는 또다시 놀라서 여성을 쳐다봤다.

코즈에라 불린 여성은…… 장난스럽게 '예-에, 언니예요~' 하고 아이에게 손을 흔들었다.

듣고 보니 확실히 아이와 많이 닮았구나 싶었다.

그러나 너무나도 어른스러운 사람이라는 점과…… 아이에게 '언니가 있다'라는 소리를 들어본 적이 없었기에 미처 알아채지 못했다.

코즈에 씨가 힐을 또각또각 내딛으며 아이에게 다가와 말했다.

"얘. 아빠와의 도피행은 이미 충분히 즐겼지?"

"……으."

그녀의 말에 아이가 눈동자를 부르르 떨었다.

"이제 그만, 돌아오렴."

코즈에 씨가 대담하게 웃으며 말했다.

"엄마…… 슬슬 진심으로 아빠한테서 아이를 다시 빼앗을 생각이라던데?"

코즈에 씨가 목을 울리듯 킥 웃었지만, 아이는 여전히 아무 말이 없었다.

그래, 나는 몰랐다.

아이와 다시 만나 인연을 복구했음을 기뻐하기만 했지…….

그녀가 어떤 인생을 겪고서…… 이곳에 돌아왔는지 아무것도 몰랐다.

차가운 바람이, 불었다.

여름이 끝나고…… 새로운 계절이 시작된다.

우리는 또다시 자각하지 못한 사이에…… 커다란 결단의 기로에 세워졌다.

작 가 후 기

처음 뵙겠습니다. 시메사바입니다.

대쉬엑스 문고에서 이번에 네 번째 책을 내주셨습니다. 감사한 마음을 곱씹으며 이 글을 쓰고 있습니다.

자, 3권을 쓰다가 불현듯 생각이 들었는데…… 전 옛날부터 부모님을 포함하여 '어른'들로부터 자주 '말을 잘하는구나' 하는 소리를 들으며 자라왔습니다.

그때는 칭찬을 기쁘게 받아들였습니다만, 어른이 되고 보니 아마 그 말들에는 제가 생각했던 것보다 더 많은 의미가 담겨 있었던 것 같습니다.

지금은 사람에게 잘 전할 수 없는 감정이야말로 더 소중하다고 느끼기까지 합니다. 생각을 말로 표현하면…… 왠지 눈앞의 사람을 설복시키거나, 그 사람에게 보다 잘 전해질 만한 말로 변환하는 작업 같아서…… 원래 마음속에 있던 그것과는 형태가 달라져 버립니다.

결국 후에 혼자서 곰곰이 생각해봐도 자신이 무엇을 생각했는지 말로 명확히 치환할 수 없는 경우까지 생기는지라…… 이리저리 고민하다가 잠에 듭니다.

분명 저는 죽을 때까지 이런 생각을 하면서 살아갈 것 같습니다.

책 내용과는 거의 관계가 없는 이야기였습니다만, 메모지를 대신하여 적어 뒀습니다.

자, 여기서부터는 감사 인사를 올리겠습니다.

우선 카지와라 편집자님. 이번에도 끈기 있게 원고를 기다려 주셔서 감사했습니다. 덕분에 이번 권을 완성할 수 있었습니다……. 다음에도 정신을 바짝 차려서 열심히 하겠습니다.

다음으로는 대단히 바쁘신 데도 이번에도 근사한 일러스트를 그려주신 시구레 선생님, 감사합니다! 아이, 카오루의 수영복 디자인이 완성됐을 때 피폐해진 마음이 회복되는 기분이었습니다. 시구레 선생님께서 그려주신 일러스트가 이 이야기의 표지를 장식해줘서 더할 나위 없이 기쁩니다.

그리고 분명 저보다도 본문을 더 진지하게 읽어주셨을 교정 담당자님, 그 밖에 출판 과정에 참여해주신 모든 분들께 진심으로 감사를 올립니다.

마지막으로 이 책을 구입해 주신 여러분, 감사합니다. 대화와 후회의 이야기. 괴로움 속에 담긴 반짝임을 느껴주셨다면 다행이겠습니다.

여러분들과 제가 쓴 이야기가 또 만나길 기원하면서 후기를 마무리하겠습니다.

시메사바

너는 나의 후회 3

2023년 09월 15일 1판 1쇄 발행

저　　　자	시메사바
일 러 스 트	시구레 우이
옮 긴 이	박춘상
발 행 인	유재옥
본 부 장	조병권
담당편집	정지원
편 집 1 팀	김준균 김혜연
편 집 2 팀	박치우 정영길 정지원 조찬희
편 집 3 팀	오준영 이해빈 이소의
편 집 4 팀	전태영 박소연
라이츠담당	김정미 맹미영 이윤서
디 지 털	박상섭 김지연 윤희진
미　　　술	김보라 박민솔
발 행 처	㈜소미미디어
인쇄제작처	㈜코리아피앤피
등　　　록	제2015-000008호
주　　　소	서울시 마포구 토정로222, 403호 (신수동, 한국출판콘텐츠센터)
판　　　매	㈜소미미디어
영　　　업	박종욱
마 케 팅	최원석 박수진 최정연
물　　　류	허석용 백철기
전　　　화	(02)567-3388, Fax (02)322-7665

ISBN 979-11-384-7935-6
ISBN 979-11-384-3588-8 (세트)